산소리

山の音

SHINJU / YAMA NO OTO
by KAWABATA Yasunari

Copyright © 1926/1954 by The Heirs of KAWABATA Yasunari
All rights reserved
Originally published in Japan
Korean translation rights arranged with The Heirs of KAWABATA Yasunari, Japan
through THE SAKAI AGENCY and IMPRIMA KOREA AGENCY

산소리
山の音

웅진지식하우스 일문학선집 ❻

가와바타 야스나리
신인섭 옮김

웅진지식하우스

수도의 정원 · 275

상처 후 · 303

빗속 · 327

모기떼 · 347

뱀알 · 365

가을 물고기 · 389

작품 해설 성(性), 죽음, 꿈의 하모니
　　　―《산소리》의 미학과 터부 · 419

연보 · 433

○ 차례

정사 · 7

산소리 · 11

산소리 · 13

매미 날개 · 39

구름 불꽃 · 67

밤톨 · 87

섬 꿈 · 119

겨울 벚꽃 · 147

아침의 물 · 171

밤의 소리 · 195

봄의 종소리 · 221

새집 · 251

그녀를 싫어해 도망친 남편에게 편지가 왔다. 두 해 만에 머나먼 타지에서 날아온 것이었다.

"아이에게 고무공을 치게 하지 마라. 그 소리가 들려온다. 그 소리가 내 심장을 두들긴단 말이다."

그녀는 아홉 살 먹은 딸의 고무공을 빼앗았다.

또 남편에게 편지가 왔다. 이전의 편지와 다른 우체국에서 온 것이었다.

"아이에게 신발을 신겨서 학교에 보내지 마라. 그 소리가 들려온다. 그 소리가 내 심장을 밟는단 말이다."

그녀는 신발 대신 털실로 짠 조리(일본식 슬리퍼-옮긴이)를 딸에게 주었다. 소녀는 울음을 터뜨리며 학교에 가지 않았다.

또 남편에게 편지가 왔다. 두 번째 편지가 온 지 한 달이 지난 후였지만 글자에서는 갑자기 늙음이 느껴졌다.

"아이에게 사기그릇에 밥을 먹게 하지 마라. 그 소리가 내 심장을 찢고 있다."

그녀는 딸이 세 살배기 아이인 것처럼 자기 젓가락으로 밥을 먹였다. 그러고는 딸이 실제로 세 살배기였을 때 남편과 함께한 즐거운 순간을 떠올렸다. 소녀는 제멋대로 찬장에서 자신의 밥그릇을 꺼내 왔다. 그녀는 얼른 빼앗아 정원의 돌 위로 세차게 던졌다. 남편의 심장이 깨지는 소리. 돌연 그녀는 쌍심지를 켜고 자신의 밥그릇을 집어 던졌다. 이 소리도 남편의 심장이 깨지는 소리가 아닌가. 이번에는 식탁을 정원에 내박쳤다. 이 소리는? 벽에 온몸을 부딪치며 주먹을 휘둘렀다. 창처럼 달려들어 장지문을 뚫고 뒹굴었다. 이 소리는?

"엄마, 엄마, 엄마."

울면서 되돌아오는 딸의 뺨을 찰싹 때렸다. 아아, 이 소리를 들어라.

그 소리의 메아리처럼 또 남편에게 편지가 왔다. 지금까지와는 달리 새롭고 먼 땅의 우체국에서 온 것이었다.

"너희들은 일절 소리를 내지 마라. 문 여닫는 것도 하지 마라. 숨도 쉬지 마라. 집 안의 시계도 소리를 내서는 안 된다."

"너희들. 너희들, 너희들이여."

그녀는 그렇게 중얼거리며 눈물을 뚝뚝 떨어뜨렸다. 일절 소리를 내지 않았다. 그렇게 영원히 자그마한 소리도 내지 않았다. 엄마와 딸은 죽은 것이다.

그리고 이상하게도 그녀의 남편도 머리를 나란히 하고 죽어 있었다.

산소리

산
소
리

*

1

오가타 신고는 눈살을 약간 찌푸리며 입을 조금 벌리곤 어떤 생각에 골몰하고 있었다. 다른 사람의 눈에는 생각하는 것처럼 보이지 않을지도 모른다. 언뜻 슬퍼하는 것 같기도 하다.

아들 슈이치는 그런 아버지의 모습을 눈치챘지만 늘 있는 일이라 별로 신경 쓰지 않았다.

그는 아버지가 뭔가를 생각한다기보다 떠올리려고 한다는 것을 정확히 알 수 있었다.

아버지는 모자를 벗어 오른손 손가락에 끼운 채 무릎에 내려놓았다. 슈이치는 잠자코 그 모자를 집어 전철 짐칸 위에 올려 두었다.

"음, 왜 있잖아."

이럴 때 신고는 말도 제대로 안 나왔다.

"요전에 그만둔 식모 이름이 뭐라고 했더라?"

"가요를 말씀하시는 겁니까?"

"아, 맞다. 가요였다. 언제 그만뒀더라?"

"지난주 목요일이니까 닷새 전이네요."

"닷새 전인가? 닷새 전에 그만둔 식모 아이 얼굴도, 차림새도 기억이 안 나는군. 정말 큰일 났구나."

슈이치는 아버지가 조금 과장하고 있다고 생각했다.

"가요가 말이다. 그만두기 이삼 일 전이었던가. 내가 산책을 나갈 때 게타(일본식 나막신-옮긴이)를 신으면서 무좀인가, 하고 말했더니, 가요가 오즈레('오(お)'는 상대방을 높이는 표현, '즈레(ずれ)'는 '살갗이 벗겨지다'라는 의미-옮긴이), 해서 감탄했거든. 말을 꽤 기특하게 하는 아이구나, 하고 탄복했는데 지금 생각해보니까 다른 의미의 '오즈레(일본어로 가는 끈을 '오(緒)'라고 읽음-옮긴이)'였어. '끈에 발이 까졌어요'라는 걸 '발이 부르터 까지셨어요'라고 들었다니. 가요의 악센트가 틀려서 거기에 속은 것 같아. 지금 갑자기 그걸 깨달았다." 신고는 그렇게 말을 이었다.

"경어의 '오즈레'를 발음해보지 않을래?"

"오즈레."

"나막신 끈에 쓸렸다고 할 때 '하나오즈레(鼻緒ずれ)'는?"

"오즈레."

"그렇지. 역시 내 생각이 맞았어. 가요의 악센트가 틀렸었군."

아버지는 지방 출신이라 도쿄식 악센트에는 자신이 없었다. 반면 슈이치는 도쿄에서 자랐다.

"오즈레, 할 때 경어를 붙여 말했다고 생각하니까 상냥하고 예쁘게 들렸거든. 현관까지 배웅 나와서 무릎을 꿇고 앉은 자세로 말이야. 나막신 끈의 '오'라고 깨닫고 보니까 별것도 아니잖아. 그런데 그 식모 애 이름이 안 떠오르다니. 얼굴도 차림새도 기억나지 않고. 가요는 반년이나 집에 있었잖아."

"그래요."

슈이치는 이런 상황에 익숙하기 때문에 아버지의 걱정에 조금도 동정심을 보이지 않는다.

신고 본인에게는 이런 일이 익숙하다고는 해도 일말의 공포로 다가왔다. 가요를 아무리 생각해내려고 해도 확실히 떠오르지 않는다. 머리가 텅 빈 듯한 초조함은 때때로 감상에 사로잡혀 누그러지기도 했다.

지금도 비슷한 경우인데 신고의 기억 속에 가요는 현관에 쭈그리고 있었다. 그 상태에서 상체를 조금 앞으로 내밀며 "발이 까지셨군요"라고 말했던 것이다.

식모였던 가요를 반년 동안이나 알고 지냈는데도 현관에서 배웅하는 장면 하나로 간신히 기억한다고 생각하니, 신고는 생을 잃어가는 것처럼 느꼈다.

*
2

신고의 아내 야스코는 한 살 많은 예순셋이다.

슬하에 아들 하나와 딸 하나를 두고 있다. 큰딸 후사코에게는 두 명의 딸이 있다.

야스코는 비교적 젊은 편이었다. 연상의 아내로 보이지 않았다. 그만큼 신고가 늙어 보인다기보다, 일반적인 경우처럼 아내가 남편보다 어리다고 여겨질 정도로 자연스러웠다. 자그마한 체격에 옹골차고 튼튼한 탓도 있었다.

미인이 아닌 데다가 젊었을 때는 누가 봐도 연상처럼 보였기 때문에, 야스코는 남편과 함께 걷는 것을 싫어했다.

그랬던 것이 언제부터 대부분의 부부처럼 남편이 아내보다 나이가 많아 보이게 된 것인지 신고는 아무리 생각해도 알 수가 없었다. 쉰 중반이 지나고 나서라고 짐작한다. 아무래도 여자가 더 빨리 늙을 텐데 거꾸로 되었다.

작년 환갑 때 신고는 피를 조금 토했다. 폐에 문제가 있던 모양인데, 정밀 검사도 받지 않고 보양도 하지 않았지만 별다른 이상은 없었다.

그로 인해 노쇠해진 것은 아니었다. 오히려 피부는 깨끗해졌다. 보름 정도 누워 있었을 때도, 눈이나 입술 색은 젊음을 되찾은 것 같았다.

이전까지 신고에게 결핵을 자각할 만한 증상은 없었다. 예순 고개를 넘어 피를 토했다는 사실이 너무 음산한 나머지 의사의 진찰을 피한 부분도 있었다. 슈이치는 노인의 완고한 고집이라고 했지만 신고의 입장에서는 그렇지도 않았다.

야스코는 튼튼한 탓인지 잠을 잘 잔다. 신고는 한밤중에 잠에서 깨면 야스코의 코 고는 소리 때문이 아닌가 하고 생각한다. 그녀의 코 고는 버릇은 열대여섯 살부터 시작되어 장인과 장모가 고치려고 무척 고생을 했다는데 결혼을 하니 멈추었다. 그것이 쉰이 지나자 다시 나타났다.

그럴 때마다 신고는 야스코의 코를 잡고 흔든다. 그래도 멈추지 않으면 목을 잡고 흔든다. 그건 기분이 좋을 때 이야기이고, 기분이 나쁠 때면 오랜 세월 동안 부부로 함께 살아온 육체에 노추(老醜)를 느낀다.

오늘 밤도 신고는 기분이 나쁜 상태로 전등을 켜고는 야스코의 얼굴을 곁눈질하고 있었다. 목을 잡고 흔들었다. 땀에 조금 젖어 있었다.

아내의 몸에 직접 손을 대는 것이 겨우 코 고는 소리를 멈추게 할 때뿐이라고 생각하니 신고는 허무한 감상을 지울 수가 없었다.

머리맡의 잡지를 집었지만 날씨가 후텁지근하여 일어나 덧문을 하나 열었다. 그러고는 그 앞에 쭈그려 앉았다.

달밤이었다.

기쿠코의 원피스가 덧문 밖에 널려 있었다. 축 늘어진 데다 마음에 안 드는 희멀건 빛이 돌았다. 신고는 빨래 걷는 것을 잊은 건가 싶었지만 어쩌면 땀에 젖은 것을 밤이슬에 적시는 중인지도 모른다.

"맴, 맴, 맴" 하고 우는 소리가 정원에서 들렸다. 정원 왼쪽 벚나무 줄기에 붙어 있는 매미였다. 이토록 불길한 소리를 내는 게 맞는지 의심스러웠지만 역시 매미였다.

매미도 악몽에 떠는 일이 있을까?

매미가 날아와 모기장 자락에 앉았다.

신고는 매미를 잡았지만 놈은 울지 않았다.

"벙어리다." 신고는 중얼거렸다. 맴맴 하고 운 매미와는 다른 놈이었다.

불빛을 잘못 보고 다시 날아오지 않도록 신고는 있는 힘껏

매미를 왼쪽 벚나무 꼭대기를 향하여 던졌다. 반응이 없었다.

그는 덧문을 잡고 벚나무 쪽을 바라보았다. 매미가 붙어 있는지 사라졌는지 알 수가 없었다. 달밤이 깊어져갔다. 깊은 밤이 자욱이 퍼져 나가는 것이 느껴졌다.

8월이 되려면 열흘이나 남았는데도 가을벌레가 울고 있었다.

나뭇잎에서 나뭇잎으로 밤이슬이 떨어지는 듯한 소리도 들렸다.

그러자 문득 신고에게 산소리가 들렸다.

바람은 없다. 달은 보름달에 가깝게 밝지만 작은 산 위를 수놓은 나무들의 윤곽은 습한 밤기운으로 희미해진다. 그러나 바람에 움직이지는 않았다.

신고가 서 있는 복도 밑의 풀고사리도 움직임이 없었다.

밤이 되면 가마쿠라의 골짜기 깊숙한 곳에서 파도 소리가 들려오곤 했기에, 순간 바닷소리인가도 의심했지만 역시 산소리였다.

아득한 바람 소리와 닮았지만 땅울림 같은 깊은 저력이 있었다. 자신의 머릿속에서 들리는 것 같기도 해서, 신고는 이명인가 싶어 머리를 흔들어보았다.

소리는 멎었다.

소리가 멎은 뒤에야 비로소 신고는 공포에 휩싸였다. 임종을 알려주는 것일지도 모른다고 생각하니 오한이 났다.

바람 소리인지, 바닷소리인지, 이명 증세인지, 신고는 냉정해지려고 했지만 그런 소리 따위는 애초에 나지 않았던 것도 같다. 그러나 확실히 산소리는 들렸다.

악귀가 지나가다가 산을 울리고 간 듯했다.

급한 비탈이 물기를 품은 야경과 어우러져 산의 앞면은 어두운 벽이 서 있는 것처럼 보였다. 신고의 집 정원에 자리 잡을 정도의 동산이므로, 벽이라고 해도 달걀 모양을 반으로 잘라 세운 모습이었다.

그 옆쪽과 뒤쪽에도 작은 산이 있었지만 소리가 울린 곳은 신고의 집 뒷산이었다.

꼭대기의 나무들 사이로 몇 개의 별들이 투명하게 빛났다.

신고는 덧문을 닫으면서 이상한 생각을 떠올렸다.

열흘 정도 전에 그는 새로 개업한 요릿집에서 손님을 기다리고 있었다. 손님은 아직 오지 않고 기생도 한 명뿐이었다. 나머지 두어 명의 기생은 늦는 모양이었다.

"넥타이를 푸세요. 더워 보여요." 기생이 말했다.

"응."

신고는 기생이 넥타이를 푸는 걸 내버려두었다.

단골도 아니었었는데 그녀는 넥타이를 도코노마(일본 다다미 방의 상좌를 한 단 높게 하여, 벽에 액자를 걸거나 장식품을 올려놓는 용도로 쓰는 곳-옮긴이) 옆에 있는 신고의 양복 주머니에 넣고는 자기 이야기를 시작했다.

두 달쯤 전 기생은 그 요릿집을 세운 목수와 정사(情死)를 시도했다. 그러나 청산가리를 마실 때가 되자, 그녀는 이 정도 양으로 확실히 기분 좋게 죽을 수 있을까, 하는 의심에 사로잡혔다.

"틀림없는 치사량이라고, 그 사람이 말하는 거예요. 그 증거로 이렇게 한 봉씩 따로따로 싸여 있잖아, 정확히 담았어, 하고 말이에요."

그러나 믿을 수가 없었다. 한번 일어난 의구심은 더 강해질 뿐이었다.

"'약은 누가 담아준 거예요? 당신과 여자를 혼내주기 위해 죽지 않을 만큼만 고통을 주려고 손썼을지도 모르잖아요?' 하고 어디 의사인지, 어느 약국에서 준 것인지 물어도 그것은 말할 수 없다는 거예요. 정말 이상하죠? 두 사람 다 죽어버리면 그만인데 어째서 말할 수 없다는 거죠? 나중에 알 리가 없잖아요?"

'만담하는 거니?'라고 말할까 했지만 그는 잠자코 있었다.

다른 사람에게 약의 분량을 재어달라고 할 테니까 그러고 나서 다시 시도하자고 그녀는 끝까지 우겼다고 했다.

"여기에 그대로 갖고 있어요."

신고는 이상한 이야기라고 생각했다. 요릿집을 세운 목수라는 것만 귀에 남았다.

기생은 지갑에서 약봉지를 꺼내 펼쳐 보였다.

"음." 신고에게는 그것이 청산가리인지 아닌지 알 도리가 없었다.

덧문을 닫으면서 그 기생이 떠올랐다.

신고는 다시 잠자리에 들었다. 하지만 산소리를 들었다는 공포감에 대해 예순셋의 아내를 깨워 이야기할 수는 없었다.

*
3

슈이치는 신고와 같은 회사에 근무하면서, 아버지의 기억을 담당하는 역할도 맡았다.

야스코는 물론 슈이치의 아내 기쿠코도 그 일을 분담했다. 가족 중 세 명이 신고의 기억을 보완해주고 있었다.

회사에서는 신고의 여비서도 그의 기억을 돕고 있었다.

슈이치는 신고의 방에 들어와 구석에 위치한 작은 책장에서 뭔가를 한 권 꺼내 훌훌 페이지를 넘겼다.

"이것 좀 봐." 그가 여비서의 책상 위에 페이지를 펼쳐 보였다.

"뭐야?" 신고도 조금 웃으면서 말했다.

슈이치는 그것을 펼친 채로 가져왔다.

─이곳의 정조 관념이 실종된 것이 아니다. 남자는 한 명의 여성을 계속해서 사랑하는 괴로움, 여자는 한 명의 남자를 사랑하는 괴로움을 견디지 못하고, 서로 즐겁게, 보다 지속적으로 사랑하기 위해서 애인 이외의 상대를 찾는 수단, 즉 각자의 중심을 견고히 하는 방법으로서……

그런 내용이 쓰여 있었다.

"이곳은 어디를 말하는 게냐?" 신고는 물었다.

"파리요. 어떤 소설가의 유럽 기행이에요."

신고의 머리는 경구(警句)와 역설에는 이미 둔감해져 있었다. 그러나 그 글은 경구도 역설도 아닌 훌륭한 통찰처럼 다가왔다.

슈이치가 이 말에 감명받은 것은 아니었다. 퇴근길에 여비서를 꾀어내려고 재빠르게 말을 맞춘 게 틀림없었다. 신고는 그 사실을 알아챘다.

가마쿠라역에 내린 신고는 슈이치와 시간을 맞추거나 그보다 늦게 귀가하면 좋았을걸, 하고 생각했다.

도쿄에서 돌아오는 인파 때문에 버스도 붐비고 해서 그는 걷기로 했다.

생선 가게 앞에 멈춰 서서 들여다보던 중 주인이 인사를 하기에 가게 앞으로 다가갔다. 보리새우가 담긴 나무통 속 물이 희멀겋다. 신고는 왕새우를 손끝으로 찔러보았다. 분명 살아 있을 텐데 움직이지 않았다. 소라가 많이 나와 있어서 그것을 사기로 했다.

"몇 개?" 주인이 물었지만 신고는 바로 대답하지 못했다. 잠시 말문이 막혔다.

"음, 세 개. 큼직한 걸로."

"자, 다듬어드리겠습니다."

주인과 두 아들이 소라에 칼날을 들이대고 알맹이를 비틀어 꺼냈다. 신고는 그 날붙이가 껍데기에 삐걱거리는 소리가 싫었다.

수돗가에서 씻고 나서 잽싼 솜씨로 자르고 있을 때 아가씨 두 명이 가게 앞에 멈춰 섰다.

"뭐 드릴까?" 주인이 소라를 자르면서 말했다.

"전갱이 주세요."

"몇 마리?"

"한 마리."

"한 마리요?"

"예."

"한 마리라?"

조금 큼직한 새끼 전갱이다. 주인의 노골적인 태도를 아가씨는 그다지 마음에 두지 않았다.

주인은 종이 쪼가리에 전갱이를 싸서 건네주었다.

뒤쪽에 나란히 선 아가씨가 앞쪽 아가씨의 팔꿈치를 쿡쿡 찌르며,

"생선은 필요 없는데"라고 말했다.

앞쪽 아가씨는 전갱이를 받아 들고 나서 왕새우를 보고 있었다.

"저 새우 토요일까지 있을지 모르겠네. 우리 그이가 좋아하는 건데."

뒤쪽 아가씨는 아무 말도 하지 않았다.

신고는 깜짝 놀라 아가씨를 훔쳐보았다.

요즈음의 매춘부다. 등을 숨김없이 드러내고 천으로 된 샌들을 신은 날씬한 몸매였다.

생선 가게 주인은 잘게 썬 조갯살을 도마 한가운데 놓고, 껍데기 세 개에 나누어 담으면서,

"저런 게 가마쿠라에도 늘어났지요."라고 내뱉듯 말했다.

신고는 생선 가게 주인의 말투가 매우 의외여서,

"그래도 마음 씀씀이가 기특하지 않소."라고 괜스레 반박했다.

주인은 아무렇게나 알맹이를 넣고 있었다. 세 개의 소라에서 발라낸 알맹이들은 서로 섞이다 원래의 껍데기로는 돌아가지 않을 것이다. 신고는 묘하게도 사소한 일에 신경이 쓰였다.

오늘은 목요일이라 토요일까지는 사흘이나 남았지만 생선 가게에 왕새우가 자주 나와 있을 테지, 하고 신고는 생각했다. 저 야성적인 아가씨가 한 마리의 왕새우를 어떻게 요리해 외국인에게 먹이려는 것일까. 그러나 왕새우는 조려도, 구워도, 쪄도 되는 야만적이고도 간단한 요리다.

신고는 분명히 그 아가씨에게 호의를 느꼈지만 금세 괜히 쓸쓸해져서 견딜 수가 없었다.

가족은 네 명인데 소라는 세 개만 샀다. 슈이치가 저녁 식사 전에 돌아오지 않는다는 걸 알았기 때문에 며느리 기쿠코에게 켕기는 구석이 있어서였을까? 생선 가게 주인이 몇 개 드릴까, 하고 묻기에 왠지 모르게 그냥 슈이치를 빼버린 것이었다.

신고는 중간에 채소 가게에 들러 은행도 사 가지고 돌아왔다.

4

 평소와 다르게 신고가 소라를 사 왔지만, 야스코도, 기쿠코도 놀라는 기색은 없었다.
 함께 있어야 할 슈이치가 보이지 않았기 때문에 그 감정을 감추기 위한 것일지도 몰랐다.
 신고는 소라와 은행을 기쿠코에게 건네주고 그녀의 뒤를 따라 부엌으로 갔다.
 "설탕물 한 잔."
 "네. 지금 바로 가져올게요." 기쿠코가 대답했지만 신고는 손수 수도꼭지를 틀었다.
 거기에는 기쿠코가 사다 놓은 왕새우와 보리새우가 있었다. 생선 가게에서 새우를 사려고도 생각했다. 그러나 양쪽 다 사고 싶은 생각이 들지 않았다.
 신고는 보리새우를 보고,
 "좋은 새우군" 하고 말했다. 싱싱하고 광택이 좋았다.
 기쿠코는 칼등으로 은행을 두들겨 깨면서 말했다.
 "모처럼 사 오셨지만 이 은행은 못 먹어요."
 "그래? 제철이 아닌 것 같더니만."

"채소 가게에 전화해서 그렇게 말해야겠어요."

"됐어. 근데 새우와 소라는 같은 종류인데 내가 괜한 짓을 했구나."

"해변의 요릿집에서는 이렇게도 나와요." 기쿠코가 농담을 했다.

"소라는 쓰보야키(소라를 잘게 썰어 양념을 해서 껍데기에 다시 넣어 굽는 조리법-옮긴이)로 하니까, 왕새우는 굽고 보리새우는 튀기지요. 제가 표고버섯을 사 올 테니까, 아버님, 그동안 정원에서 가지를 따주시지 않겠어요?"

"응."

"작은 걸로요. 그리고 차조기 이파리도 부드러운 걸로 조금이요. 보리새우만 드시겠어요?"

기쿠코는 저녁상에 소라로 요리한 쓰보야키를 두 접시 내왔다.

신고는 조금 망설였다.

"소라 하나 더 있지?"

"어머, 할아버지와 할머니는 치아가 안 좋으시니까 두 분이 서로 사이좋게 나누어 드시면 어떨까 했어요." 기쿠코는 말했다.

"뭐? 어이없는 말 좀 하지 마라. 손자가 집에 없는데 어떻게 할아버지야."

야스코는 얼굴을 숙이고 킥킥 웃었다.

"죄송합니다." 기쿠코는 얼른 일어나 하나 남은 쓰보야키를 가져왔다.

"기쿠코 말대로 둘이서 사이좋게 먹으면 될 것을." 야스코가 말했다.

신고는 기쿠코의 임기응변에 내심 감탄하고 있었다. 소라가 세 개인지, 네 개인지 신경 쓰던 것이 단번에 해결된 것이다. 순진하게 거리낌 없이 말하는 것이 여간 아니었다.

한 개를 슈이치 몫으로 남겨두고 자기가 사양한다든가, 한 개를 시어머니와 단 둘이 나눠 먹든가 하는 게 보통일 텐데, 하긴 기쿠코도 생각해서 그런 것일지도 모른다.

그러나 야스코는 신고의 생각을 눈치채지 못하고,

"소라가 세 개밖에 없었수? 네 식구인데 세 개만 사오니까 그렇지" 하고 멍청하게 뒷북을 쳤다.

"슈이치는 없으니까 필요 없잖아."

야스코는 쓴웃음을 지었다. 그러나 나이 탓인지 쓴웃음으로는 보이지 않는다.

기쿠코는 표정이 어두워지기는커녕 슈이치가 어디에 갔는지도 묻지 않았다.

기쿠코는 여덟 남매 중 막내였다.

위로 일곱 형제 모두 결혼했고 아이도 많다. 신고는 사돈 부부의 왕성한 생식력에 대해 종종 생각했다.

기쿠코는 신고가 자신의 오빠와 언니의 이름을 아직까지도 잘 기억하지 못한다며 자주 불평했다. 많은 조카들의 이름은 더욱 외우지 못했다.

기쿠코가 태어난 것은, 그녀의 부모님이 이제 아이가 필요 없고 더 이상 낳을 수도 없다고 굳게 결심한 뒤였다. 그녀의 어머니는 이 나이에 수치라며 자신의 몸을 저주했을 정도였고 낙태를 시도했지만 실패했다. 난산이라 집게로 아기의 이마를 집어 꺼내었다.

그녀는 어머니에게 들었다며 신고에게도 그렇게 말했다.

신고는 그런 일을 자식에게 이야기하는 어머니도, 또 시아버지에게 토로하는 기쿠코도 이해할 수 없었다.

기쿠코는 앞머리를 손바닥으로 올려 이마의 희미한 상처 자국을 보여주었다.

그 후 기쿠코의 이마에 난 상처가 눈에 띄면 신고는 문득 그녀가 귀여워졌다.

기쿠코는 막내답게 성장한 것 같았다. 응석받이로 자랐다기보다 모두에게 허물없이 사랑받았다는 게 느껴졌다. 그러나 조금 연약한 점은 있었다.

기쿠코가 시집을 왔을 때, 어깨를 흔들지 않고 아름답게 움직이는 모습이 눈길을 사로잡았다. 신선한 교태가 분명하게 느껴졌다.

호리호리하고 살결이 흰 그녀를 보며 신고는 야스코의 언니를 떠올렸다.

소년 시절, 신고는 야스코의 언니를 동경했다. 언니가 죽고 나서 야스코는 언니의 시집에 들어가 일하며 조카를 돌봤다. 그야말로 헌신했다. 야스코는 언니의 자리에 앉고 싶었던 것이다. 미남인 형부를 좋아하기도 했지만 야스코 역시 언니를 동경하고 있었다. 한배에서 태어났다고는 믿을 수 없을 정도로 야스코의 언니는 미인이었다. 야스코에게는 언니 부부가 이상향에 사는 것처럼 보였다.

야스코는 형부에게도 조카에게도 없어서는 안 될 사람이었지만, 형부는 야스코의 본심을 못 본 체했다. 그는 놀기에 바빴다. 그렇게 야스코는 희생적인 봉사에 만족하며 살 것처럼 보였다.

신고는 그런 사정을 알고 야스코와 결혼했다.

삼십여 년이 지난 지금 신고는 자신의 결혼이 잘못되었다고 생각하지는 않는다. 오랜 결혼 생활이 반드시 출발선에 좌우되는 것은 아니다.

그러나 야스코 언니의 모습은 여전히 두 사람의 마음속에 남아 있었다. 신고도 야스코도 그녀의 언니 이야기는 하지 않았지만 잊어버리지도 않았다.

기쿠코가 며느리로 들어와 신고의 추억에 번개 같은 불빛이 비친 것도 그리 병적인 증상은 아니었다.

슈이치는 결혼한 지 두 해가 되기도 전에 다른 여자와 놀아나기 시작했다. 신고에게는 놀랄 만한 일이었다.

시골 출신인 신고의 청년 시절과는 달리 슈이치는 정욕도 연애도 고민하는 법이 없었다. 울적하게 보이지도 않았다. 아들이 언제 처음 여자에 대해 눈을 떴는지조차 신고는 짐작이 가지 않았다.

슈이치가 지금 만나는 여자는 매춘부 혹은 그 부류의 여자가 틀림없다고 신고는 예상했다.

회사 여직원들과 어울리는 것은 춤추러 데리고 다니는 정도일 테지만, 어쩌면 아버지의 눈을 속이기 위한 수단인가, 하고 의심하기도 했다.

상대 여자는 풋내기 계집아이는 아닐 것이다. 왠지 모르게 기쿠코를 보면 알 수 있었다. 슈이치에게 여자가 생기고 나서 슈이치와 기쿠코의 부부 생활이 급진전한 것 같았다. 단적으로 기쿠코의 몸매가 변했다.

소라 사건이 있던 날 밤, 자다가 눈을 뜬 신고에게 난데없이 기쿠코의 목소리가 들렸다.

신고는 기쿠코가 슈이치의 여자에 대해서 아무것도 모른다고 생각했다.

"바람난 자식 몫을 일부러 빠뜨려 소라 한 개로 며느리에 대한 죄의식을 표현한 셈인가." 신고는 뇌까렸다.

그러나 기쿠코는 전혀 모르는 그 여자에게 영향을 받고 변화를 보였다. 신고는 의문을 느꼈다.

꾸벅꾸벅 졸다 보니 해 뜰 무렵이 되었다. 신고는 신문을 가지러 나갔다. 달은 아직 높은 하늘에 걸려 있었다. 그는 신문을 대충 훑어보고는 다시 잠이 들었다.

*

5

슈이치는 도쿄역에서 재빨리 전철에 올라타 자리를 잡은 후 뒤이어 들어온 신고에게 자리를 양보하고 일어섰다.

그러고는 신고에게 석간신문을 건네고 자신의 주머니에서 돋보기를 꺼내주었다. 돋보기야 신고도 가지고 있지만 자주 잊어버려 어딘가에 두고 오기 때문에 슈이치가 예비로 들고 다니는 것이다.

슈이치가 신문 너머 신고 쪽으로 몸을 굽히며 말했다.

"오늘 말이죠. 다니자키의 초등학교 동창이 가정부로 일하고 싶다고 해서 그에게 부탁해두었는데요."

"그래? 다니자키의 친구는 좀 거북하지 않겠니?"

"어째서요?"

"그 가정부가 네 일을 다니자키에게 듣고 기쿠코에게 얘기할지도 모르잖니."

"무슨 말씀이세요? 뭘 얘기한다는 겁니까?"

"가정부의 신분이 확실하다면 됐지, 뭐." 신고는 석간신문으로 눈을 돌렸다.

가마쿠라역에 내리자 슈이치가 말을 꺼냈다.

"다니자키가 아버지께 뭔가 제 얘기를 했습니까?"

"아무 말도 안 했어. 입단속을 시킨 모양이더구나."

"예에? 아버지도 참! 아버지의 방에서 일하는 여직원을 제가 손댄다면 아버지께 수치이자 비웃음거리가 될 걸 아는데 제가 무슨 이유로요."

"당연한 얘기다. 그런데 너, 기쿠코는 모르게 조심해라."

슈이치는 그리 감출 생각도 없는지 말을 이었다.

"다니자키가 얘기했죠?"

"다니자키는 너에게 여자가 있는 걸 알면서도 같이 놀아나고 싶은 게냐?"

"뭐, 그렇죠. 질투가 반이에요."

"질리는구나."

"헤어질 거예요. 헤어지려고 하고 있어요."

"무슨 말인지 난 잘 모르겠다. 자세한 얘기는 천천히 듣자꾸나."

"헤어지고 나서 천천히 말씀드리겠습니다."

"어쨌든 기쿠코는 모르게 해라."

"네. 근데 기쿠코가 알고 있을지도 몰라요."

"그래?"

신고는 기분이 언짢아 입을 다물어버렸다.

집에 돌아와서도 기분이 좋지 않았던 신고는 저녁 식사 자리에서 얼른 일어나 자기 방으로 들어왔다.

기쿠코가 수박을 잘라 가져왔다.

"기쿠코, 소금을 안 가져갔어." 야스코가 따라왔다.

기쿠코와 야스코는 아무 생각 없이 복도에 앉았다.

"아버님, 수박이에요. 수박 드세요'라고 기쿠코가 불렀는데 못 들었어요?" 야스코가 말했다.

"못 들었어. 수박을 차게 해둔 것은 알고 있었지."

"기쿠코, 그게 안 들리셨대." 야스코는 기쿠코 쪽을 보고 말했다.

기쿠코도 야스코 쪽을 향해 대답했다.

"아버님께서 뭔가 화가 나 계셔서 그럴 거예요."

신고는 잠자코 있다가 말했다.

"요즘 귀가 조금 이상해졌는지도 몰라. 요 전날 밤에 덧문을 열고 바람을 쐬고 있는데 저 산이 울리는 듯한 소리가 들려서 말이지. 할멈은 쿨쿨 자고 있었어."

야스코와 기쿠코도 작은 뒷산을 바라보았다.

"산이 울리는 일이 정말 있을까요?" 기쿠코가 말했다.

"언젠가 어머님께 들은 적이 있어요. 어머님의 언니가 돌아가시기 전에 산이 울리는 것을 들으셨다고, 어머님께서 말씀하셨지요?"

신고는 움찔했다. 그것을 잊고 있었다니 완전히 구제 불능이라고 생각했다. 산소리를 듣고도 왜 그걸 생각해내지 못했을까?

기쿠코도 말하고 나서 마음에 걸렸는지 아름다운 어깨를 미동조차 하지 않았다.

매
미
날
개

✱

1

 딸 후사코가 두 손녀를 데리고 왔다.
 첫째는 네 살, 둘째는 돌이 막 지나서 그 터울로 간다면 셋째는 멀었을 텐데도 신고는 아무렇지도 않게 말했다.
 "셋째는 안 생기니?"
 "아이 참, 아버지는 정말 또. 지난번에도 말씀하시고는."
 후사코는 민첩하게 둘째를 눕히고 포대기를 빼면서 말을 이었다.
 "기쿠코는 아직 소식 없어요?"
 역시 별 생각 없이 말한 것이지만 아기를 들여다보던 기쿠코의 얼굴이 갑자기 굳어졌다.
 "그 애는 잠시 그렇게 둬라." 신고는 말했다.
 "구니코예요. 그 애가 뭐예요? 아버지가 직접 지어주신 이름이잖아요."

기쿠코의 낯빛을 알아차린 것은 신고뿐인 것 같았다. 그러나 신고도 그리 마음에 두지 않고, 발가벗은 아기의 다리운동이 귀엽다는 듯 바라보고 있었다.

"그냥 그렇게 두렴. 기분이 좋아 보이는구나. 아기도 더웠을 거야." 야스코가 무릎걸음으로 다가가 아기의 아랫배부터 다리 가랑이를 간질이듯이 토닥거리며 말했다.

"엄마는 숙모랑 목욕탕에 가서 땀을 씻고 오라고 하자."

"수건은요?" 기쿠코가 일어나려 했다.

"가지고 왔어." 후사코가 말했다.

후사코는 며칠 묵을 생각으로 온 것 같았다.

후사코가 보따리에서 수건과 갈아입을 옷을 꺼내는 동안 첫째 사토코는 등에 착 달라붙어 입을 꼭 다물고 서 있었다. 아이는 여기 와서 아직 한마디도 하지 않았다. 뒤에서 본 사토코는 머리카락이 검고 짙은 것이 눈에 띄었다.

신고에게는 딸의 짐 보따리가 낯익었는데, 집에 있던 것 같다는 정도밖에 생각나지 않았다.

후사코는 구니코를 업고 사토코의 손을 잡고선 보따리를 들고 전철역에서 걸어온 것이다. 신고는 어이쿠 하는 생각이 절로 들었다.

그런 상태로 손만 잡고 걷기에는 사토코는 다루기 어려운 아이였다. 이상할 정도로 엄마가 곤란해하거나 난처해할 때 더욱 보채는 아이였다.

며느리 기쿠코가 단정하게 차려입고 있던 탓에 그런 딸의 꼴을 보는 야스코는 피로웠을 것이다.

후사코가 목욕탕에 간 뒤 야스코는 구니코의 안쪽 허벅지가 조금 벌게진 것을 어루만지면서 말했다.

"왠지 이 아이가 사토코보다 똑똑할 것 같아요."

"부모 사이가 안 좋아지고 나서 태어난 탓일 거야." 신고는 말했다.

"사토코가 태어난 후 딸 부부 사이가 나빠져 그 영향을 받은 게지."

"네 살짜리 아이가 뭘 알겠수?"

"알고말고. 영향을 주지."

"천성이에요, 사토코는……."

그때 아기가 예상치 못한 방법으로 몸을 뒤집고는 갑자기 기기 시작하더니 장지를 잡고 일어섰다.

"어머나!" 기쿠코가 양팔을 벌려 아기의 손을 잡았다. 그리고 옆방 쪽으로 걸음마를 시켜주었다.

야스코가 갑자기 일어섰다. 그녀는 후사코의 짐 옆에 있던 지갑을 집어 안을 들여다보았다.

"여봐, 뭘 하는 거야."

신고는 소리를 죽였지만 그의 목소리는 떨리고 있었다.

"그만둬."

"어째서요."

야스코는 침착했다.

"그만두라면 그만둬. 무슨 짓을 하는 거야."

신고는 손끝이 떨렸다.

"뭘 훔치는 것도 아닌데."

"훔치는 것보다 더 나빠."

야스코는 지갑을 원래대로 놓았다. 그러나 그 자리에 앉은 채 말했다.

"딸 일을 걱정하는데 뭐가 그렇게 나빠요? 친정에 오자마자 아이 간식도 제 손으로 못 사주면 곤란하잖아요. 후사코의 주머니 사정도 알고 싶기도 하고." 신고는 야스코를 흘겨보았다.

그러던 중 후사코가 목욕탕에서 돌아왔다.

야스코는 재빨리 일러바치듯 말했다.

"애야, 후사코. 지금 네 지갑을 들여다보다 아버지께 야단을 맞던 참이란다. 기분이 나쁘다면 미안해."

"나쁘다면은 또 뭐람."

신고는 야스코가 후사코에게 말한 것이 더욱 싫었다.

야스코 말처럼 엄마와 딸 사이에는 대수롭지 않은 일일지도 모른다고 그는 생각해보았지만, 이내 화가 치밀어 몸이 떨리고 나이로 인한 피로가 깊은 바닥부터 올라오는 듯했다.

후사코는 신고의 안색을 살폈다. 엄마가 지갑을 뒤진 것보다도 아버지가 화를 내는 모습에 놀란 것일지도 모른다.

"보셔도 괜찮아요. 자, 보세요." 후사코는 내뱉듯 말하며 지갑을 제 엄마의 무릎 앞에 휙 던졌다.

그 모습에 신고는 다시 감정이 상했다.

야스코는 지갑에 손을 대려고 하지 않았다.

"아이하라는 내가 돈이 없으면 못 도망칠 거라고 생각하니까, 어차피 아무것도 안 들어 있어요." 후사코가 말했다.

기쿠코가 걸음마를 시키던 중 구니코가 갑자기 발에 힘이 빠졌는지 넘어졌다. 기쿠코가 아기를 안고 왔다.

후사코가 블라우스를 들어 올려 아기에게 젖을 먹였다.

후사코는 얼굴은 못생겼지만 몸매는 좋았다. 가슴도 아직 처지지 않았다. 젖을 자주 물린 탓에 젖꼭지가 크게 부풀어 있었다.

"일요일인데 슈이치는 외출했어요?" 후사코는 동생에 대해 물었다.

아버지와 어머니 사이의 서먹한 분위기를 진정시켜야겠다고 깨달은 것이다.

*
2

신고는 집 근처로 돌아와 남의 집의 해바라기를 올려다보았다.

꽃을 쳐다보며 그 아래로 다가갔다. 해바라기는 출입구 옆에서 꽃을 출입구 쪽으로 늘어뜨리고 있었기에, 신고는 그 집의 출입을 방해하는 격이 되었다.

그 집에 사는 여자아이가 돌아왔다. 신고 뒤에 서서 기다리고 있었다. 신고를 피해 문 안으로 들어갈 수도 있었지만, 여자아이는 그가 누군지 알고 있었기 때문에 기다린 것이다.

신고는 여자애를 발견하고,

"커다란 꽃이구나. 정말로 멋있다"라고 말했다.

여자애는 조금 수줍은 듯이 미소를 지었다.

"꽃을 한 송이만 심었거든요."

"한 송이만 심었단 말이지. 그래서 이렇게 커졌구나. 오랫동안 피어 있었니?"

"네."

"며칠 정도 피어 있었니?"

열두세 살 정도의 여자애로서는 대답할 수가 없었다. 머릿속으로 생각하면서 신고의 얼굴을 보다가 다시 그와 함께 꽃을 올려다보았다. 여자애의 얼굴은 햇볕에 그을었고 포동포동하게 둥글었지만 손발은 가늘고 말랐다.

신고가 여자아이에게 길을 비켜주려고 맞은편을 보자 두세 채의 집 앞에도 해바라기가 있었다.

맞은편 해바라기에는 한 줄기에 세 송이의 꽃이 달려 있었다. 크기는 여자아이네 꽃 한 송이의 절반 정도밖에 안 되었고 줄기 꼭대기에 붙어 있었다.

신고가 물러나려다가 다시 해바라기를 보고 있자니,

"아버님" 하는 기쿠코의 목소리가 들렸다.

기쿠코는 신고의 등 뒤에 서 있었다. 장바구니 가장자리로 풋콩이 삐져나와 있었다.

"안녕히 다녀오셨어요. 해바라기를 보고 계셨어요?"

신고는 해바라기를 보던 것보다도 슈이치와 같이 오지 않은 데다가 집 근처까지 다 와서 남의 집 꽃을 보고 있던 것이 기쿠코에게 좀 난처했다.

"어때, 멋있지?" 신고는 말했다.

"위인의 머리 같잖아."

기쿠코는 고개를 끄덕였다.

위인의 머리라는 표현은 순간적으로 떠오른 것이다. 신고는 그것을 떠올리며 꽃을 보고 있던 것은 아니었다.

그러나 그렇게 말했을 때, 해바라기 꽃의 커다란 무게감이 신고에게 강하게 다가왔다. 꽃의 질서정연한 구조도 느껴졌다.

꽃잎은 관의 테두리 장식 같고, 원반의 대부분은 꽃술이다. 꽃술은 수북이 덮인 상태로 솟아오르듯 무리 지어 있다. 더구나 꽃술과 꽃술 사이에는 싸움의 빛은 없고 정돈되고 고요함으로 가득하다. 그리고 힘이 넘쳐흐른다.

꽃은 인간의 머리통 둘레보다 크다. 그 질서정연한 양감(量感) 때문에 신고는 순간적으로 인간의 뇌를 연상했을 것이다.

왕성한 자연의 힘이 지닌 양감에 신고는 또 한 번 거대한 남성의 상징을 떠올렸다. 그 꽃술로 가득한 원반에서 수술과 암술이 어떤 식으로 되어 있는지는 모르지만 그는 남성을 느꼈다.

여름도 희미해지고 바람 한 점 없는 저녁 무렵이었다.

꽃술 원반 주위의 꽃잎이 여성인 듯 노랗게 보인다.

기쿠코가 옆에 있기 때문에 이상한 생각이 들었나 싶어서, 신고는 해바라기를 벗어나 걷기 시작했다.

"나는 말이지, 요즘 머릿속이 매우 멍해져서 해바라기를 보아도 머리만 생각나. 저 꽃처럼 머리가 맑아질 수 없을까? 아까 전철 안에서도 머리만 세탁하거나 수선을 맡길 수 없을지 생각했어. 머리를 싹둑 자른다고 하면 거칠긴 하지만, 머리를 잠깐 몸통에서 떼어내 세탁물처럼 '자, 이걸 부탁합니다'라고 말하며 대학 병원에 맡길 수 없을까? 병원에서 뇌를 씻어내거나 나쁜 곳을 수선하는 동안 사흘이든 일주일이든 몸통은 푹 자는 거야. 뒤척이지도 않고 꿈도 꾸지 않으면서 말이지."

기쿠코는 눈썹을 드리우면서,

"아버님, 피곤하시죠"라고 말했다.

"응. 오늘도 회사에서 손님과 만나 담배를 한 모금 빨고 재떨이에 두었는데 또 불을 붙여서 재떨이에 놓았지 뭐니. 정신을 차리고 보니 똑같이 긴 담배가 세 개비나 나란히 연기를 내뿜고 있는 거야. 정말 창피했지."

신고가 전철 안에서 뇌를 세탁한다는 생각에 골몰한 것은 사실이지만 깨끗하게 씻긴 뇌보다도 오히려 푹 자는 몸통 쪽을 떠올리고 있었다. 목을 떼어낸 몸통이 잠에 드는 게 더 기분 좋을 것 같았다. 확실히 지쳐 있었다. 오늘 새벽녘에 두 번이나 꿈을 꾸었는데 모두 꿈속에 죽은 사람이 나왔다.

"여름휴가는 안 쓰세요?" 기쿠코가 물었다.

"휴가를 받아서 가미코치에 갈까 생각 중이야. 머리를 떼어

맡아줄 곳도 없을 테니까. 산을 보고 싶어."

"가시면 되죠 뭐." 기쿠코는 약간 경솔하게 말했다.

"음. 근데 지금 후사코가 와 있잖아. 후사코도 쉬러 온 것 같은데. 그래서 말인데 후사코는 내가 집에 있는 편이 나을까, 없는 편이 나을까? 기쿠코는 어떻게 생각하지?"

"어머, 정말 좋은 아버님이셔. 아가씨가 부러워요."

기쿠코의 태도가 조금 이상했다.

신고는 기쿠코를 위엄으로 누르거나 적당히 얼버무려, 아들과 함께 돌아오지 않은 것을 드러내고 싶지 않은 것일까? 그럴 마음이 아니었는데도 조금은 그런 것 같다.

"얘, 지금 비꼬는 거니?"

신고는 거리낌 없이 얘기했지만 기쿠코는 깜짝 놀랐다.

"후사코가 저런 꼴이니 좋은 아버지도 아니잖니."

기쿠코는 난처해했다. 볼이 빨개지더니 귀까지 빨개졌다.

"아버님 탓이 아닌걸요, 뭐."

그렇게 말하는 기쿠코의 음색에서 신고는 왠지 모를 위안을 느꼈다.

*
3

신고는 여름에도 차가운 음료를 싫어했다. 야스코가 못 마시게 했기 때문에 언젠가부터 그렇게 되어버렸다. 아침에 일어나거나 밖에서 돌아오면 우선 뜨거운 엽차를 듬뿍 마시는 것이 습관이 되었는데, 매번 기쿠코가 신경을 써주고 있다.

해바라기를 보고 돌아온 날에도 기쿠코는 제일 먼저 서둘러 엽차를 끓였다. 신고는 찻잔의 반 정도를 마시고 나서 유카타(얇은 무명으로 된 일본식 홑옷-옮긴이)로 갈아입고, 그 찻잔을 들고 툇마루로 나갔다. 걸음을 옮기며 한 모금씩 마셨다.

그 뒤를 따라 기쿠코가 찬 물수건과 담배 등을 가지고 와서는 다시 찻잔에 뜨거운 엽차를 부었다. 그러고는 한 번 일어나 석간신문과 돋보기를 가져왔다.

차가운 수건으로 얼굴을 닦은 신고는 돋보기를 끼는 것이 귀찮아져서 정원을 바라보고 있었다.

잔디가 황폐한 정원이다. 맞은편 구석에 싸리와 억새가 덤불을 이루며 거칠게 자라 있다.

그 싸리 건너편에서 나비가 날고 있었다. 파란 싸리 잎 틈새로 아른거려서 몇 마리의 나비처럼 보였다. 싸리 위로 날까, 싸리 옆으로 날까, 신고는 은근히 기다렸는데 나비는 언제까지나 싸리 뒤에서만 날고 있었다.

신고가 그 모습을 보고 있는 동안, 싸리 건너편에 뭔가 작은 세계가 있는 것 같은 생각이 들었다. 싸리 잎사귀 사이로 아른거리는 나비 날개가 아름다웠다.

보름달에 가까운 요 전날 밤, 신고는 뒷산의 나무들 사이로 투명하게 보이던 별을 문득 떠올렸다.

야스코가 와서 툇마루에 앉았다. 부채질을 하면서,

"오늘도 슈이치는 늦는답니까?" 하고 말했다.

"응."

신고는 얼굴을 정원으로 향했다.

"저기 싸리 건너편에 나비가 날고 있지. 보여?"

"네. 보여요."

그러나 나비는 야스코의 눈에 띈 것이 싫은 듯이, 그 순간 싸리 위로 나왔다. 세 마리였다.

"세 마리나 있었구나. 호랑나비구먼." 신고는 말했다.

호랑나비치고는 조금 작고 색이 칙칙했다.

나비는 판자로 된 울타리에 사선을 그리다 옆집 소나무 앞으로 날아갔다. 세 마리가 세로로 나란히 선을 흐트러뜨리지 않고 간격도 맞추면서 소나무 한가운데를 지나 빠르게 나뭇가지 끝까지 올라갔다. 소나무는 정원수답지 않게 다듬어지지 않은 채 높이 뻗어 있었다.

잠시 후 생각지도 못한 곳에서 한 마리의 호랑나비가 정원을 낮게 가로질러 싸리 위를 스쳐 갔다.

"오늘 아침 눈뜨기 전에 죽은 사람 꿈을 두 번이나 꾸었어."
신고는 야스코에게 말했다.

"다쓰미 아저씨에게 메밀국수를 대접받았지."

"여보, 그 국수를 드셨수?"

"응? 글쎄? 먹으면 안 되는 건가?"

꿈에서 죽은 사람이 주는 걸 먹으면 죽는다는 말이 사실일까, 하고 신고는 생각했다.

"어떻게 했더라? 아무래도 안 먹은 거 같은데. 자루 소바(대나무 발에 담은 메밀국수-옮긴이)가 하나 나왔는데 말이야……."

먹지 않고 잠이 깬 거 같다.

밖은 검게 칠하고, 안은 붉게 칠한 사각 테두리에 대나무 발이 깔려 있었는데, 지금도 신고의 눈엔 메밀국수 색깔까지 선명하게 보였다.

꿈에 색이 있었던 것인지 아니면 깨어난 후 색이 있었다고 착각한 건지는 알 수 없다. 어쨌든 지금은 메밀국수만 확실히 기억난다. 그 외의 일은 희미하다.

메밀국수 하나가 다다미에 바로 놓여 있었다. 신고는 그 앞에 서 있던 것 같다. 다쓰미 아저씨와 그 가족은 앉아 있던 것 같다. 아무도 방석을 깔고 있지 않던 것 같다. 신고가 선 채로 있는 것이 이상하지만 서 있던 것 같다. 어렴풋하게나마 이것밖에 기억나지 않는다.

잠에서 깨어났을 때는 꿈을 정확히 기억하고 있었다. 다시 잠들어 아침에 일어났을 때만 해도 훨씬 생생했다. 그러나 저녁 무렵에는 거의 기억하지 못했다. 메밀국수가 담긴 장면이 어렴풋이 떠오를 뿐, 앞뒤 순서가 사라져버렸다.

다쓰미 아저씨는 서너 해 전에 일흔 넘어 죽은 목수다. 신고는 옛날식 장인 기질을 좋아해서 그에게 일을 맡기고 있었다. 그러나 삼 년이나 지난 지금, 꿈에 나올 정도로 친한 사이는 아니었다.

꿈에 메밀국수가 나온 장소는 작업장 안에 있는 응접실이었다. 그러나 신고는 작업장에 서서 응접실에 있는 노인과 이야기한 적은 있어도 그곳에 들어간 적은 없었다. 어째서 메밀국수를 대접받는 꿈을 꾼 것인지는 모르겠다.

다쓰미 집에는 딸만 여섯이 있었다.

그 여섯 명 중 한 명이었는지, 저녁나절이 된 지금은 떠올릴 수 없지만 신고는 꿈속에서 그중 한 명을 건드렸다.

손을 댄 것은 확실히 기억하고 있다. 상대가 누군지는 전혀 생각이 나지 않는다. 생각해낼 단서를 무엇 하나 기억하고 있지 않다.

꿈에서 깼을 때는 상대가 누구인지 잘 알고 있던 것 같다. 한숨 더 자고 아침에 일어나서도 그랬을지도 모른다. 그런데 저녁 무렵인 지금은 전혀 생각나지 않는다.

다쓰미 집에 대한 꿈이 계속 이어졌기 때문에, 그 집의 딸 중 한 명일지 모른다고 생각해봐도 도무지 실감이 안 난다. 무엇보다 다쓰미 집안 딸들의 모습이 신고에게는 떠오르지 않는다.

꿈의 연속이란 건 틀림없었지만 메밀국수와의 전후 관계는 알 수 없었다. 잠이 깨었을 때 메밀국수의 모습이 가장 확실히 머릿속에 남았던 것처럼, 지금은 기억이 난다. 그러나 아가씨에게 손댔다는 놀라움으로 꿈에서 깼다고 하는 편이 꿈의 정석이 아닐까?

물론 잠을 깨우는 자극은 없었다.

마찬가지로 순서는 아무것도 기억나지 않는다. 상대의 모습도 사라져버려 떠오르지 않는다. 신고가 지금 기억하는 것은 느슨한 감각뿐이다. 몸이 서로 맞지 않고 반응이 없었다. 얼이 빠져 있었다.

신고는 현실에서도 그런 여자를 경험해본 적이 없었다. 누구인지는 모르겠지만, 어쨌든 아가씨니까 실제로 일어날 수가 없는 일이었다.

예순둘이나 되어 음란한 꿈을 꾸는 것도 이상했지만, 음란하다고 하기도 민망하게 시시하게 끝나버린 것이 깨고 나서도 의아했다.

그 꿈을 꾼 뒤에 곧 잠이 들었다. 얼마 지나지 않아서 또 꿈을 꾸었다.

몸집이 크고 뚱뚱한 아이다가 한 되들이 술병을 들고 신고의 집에 들어왔다. 이미 상당히 마신 듯 모공이 다 보이는 붉은 낯빛만으로도 취기가 느껴졌다.

그것 말고는 기억나지 않았다. 꿈속에 나온 신고의 집이 지금 살고 있는 이곳인지, 전에 살던 곳인지조차 잘 모르겠다.

아이다는 십여 년 전까지 신고가 다니는 회사의 중역이었다. 작년 말 뇌일혈로 생을 마감했다. 죽기 직전 그는 무척 야위었다.

"그러고 나서 또 꿈을 꾸었는데, 이번에는 아이다가 한 되들이 술병을 들고 말이지, 우리 집에 찾아온 거야." 신고는 야스코에게 말했다.

"아이다 씨요? 아이다 씨는 술을 안 드시잖아요? 이상하네요."

"맞다. 아이다는 천식을 앓고 있어서, 뇌일혈로 쓰러졌을 때도 목에 담이 걸려 죽었는데, 술은 안 마셨지. 약병은 자주 들고 다녔지만."

그러나 꿈속에서 애주가처럼 갈지자로 걸어오던 아이다의 모습이 신고의 머릿속에 생생히 떠올랐다.

"그런데 여보, 아이다 씨와 술잔치를 했수?"

"안 마셨지. 내가 앉아 있는 쪽으로 걸어오는 장면에서 아이다가 앉기 전에 잠이 깬 것 같아."

"께름칙하네요. 죽은 사람이 둘이나."

"날 데리러 왔나?" 신고는 말했다.

이 나이쯤 되면 친한 사람들은 이미 많이 죽어버린 뒤였다. 꿈에 죽은 사람이 나타나는 것은 당연할지도 모른다.

그러나 다쓰미 아저씨도, 아이다도 죽은 사람으로 나타나지 않았다. 살아 있는 모습으로 신고의 꿈에 나타났다.

게다가 오늘 아침 꿈속에 나타난 다쓰미 아저씨와 아이다의 얼굴, 모습은 생생했다. 평소의 기억보다도 확실했다. 취기로 붉어진 아이다의 얼굴은 실제로는 볼 수 없던 모습이지만, 모공이 만연했던 건 생각이 난다.

다쓰미 아저씨와 아이다의 모습은 이처럼 확실히 기억이 나는데, 똑같은 꿈에서 건드린 아가씨는 어째서 얼굴은커녕 누구인지조차 기억나지 않는 것일까?

 혹시 찔리는 데가 있어서 교묘하게 잊은 것인가, 하고 신고는 의심했다. 그렇지도 않았다. 도덕적인 반성을 하기에는 의식이 깨어나지 못한 상태에서 잠들어버렸다. 감각으로나마 실망감을 기억하고 있을 뿐이다.

 그러나 왜 그런 감각의 실망감을 꿈에서 맛본 것인지 신고는 이상해하지도 않았다.

 그는 야스코에게도 이 이야기는 하지 않았다.

 부엌에서 저녁 식사 준비를 하는 기쿠코와 후사코의 소리가 들려왔다. 뭔가 조금 큰 소리로 이야기하는 것 같았다.

*
4

 매일 밤 벚나무에서 매미가 집 안으로 날아 들어온다.

 정원에 나간 김에 신고는 그 벚나무 밑에 가보았다. 팔방으로 날아오르는 매미의 날갯짓 소리가 났다. 신고는 매미 수에도 놀랐지만 날갯짓 소리에는 더욱 놀랐다. 참새 떼가 날아오르는 것에 버금가는 소리였다.

 벚나무를 올려다보는 중에도 여전히 매미는 계속해서 날아오르고 있었다.

하늘 전면에는 구름이 동쪽으로 치우치고 있었다. 일기예보에서 태풍은 무사히 피할 것이라고 말했지만, 오늘 밤에는 비바람이 몰려와 기온이 떨어질 것 같았다.

그때 기쿠코가 왔다.

"아버님, 무슨 일이라도 있으세요? 매미가 하도 요란해서 무슨 일인가 해서요."

"정말 뭔가 사고라도 난 것처럼 소란을 피우는구나. 흔히들 물새의 날갯짓 소리를 두고 그렇게 말하곤 하지만, 매미의 날갯짓 소리도 놀랄 지경이야."

기쿠코는 붉은 실을 끼운 바늘을 손에 쥐고 있었다.

"날갯짓 소리보다도, 겁에 질린 듯한 울음소리가 더 굉장했어요."

"여기선 별로 못 느꼈는데."

신고는 기쿠코가 있던 방을 보았다. 아이의 빨강색 옷을 꿰매는 중이었다. 야스코의 오래된 나가주반(일본식 긴 속옷-옮긴이) 조각이다.

"사토코는 매미를 장난감 삼아 놀고 있니?" 신고가 물었다. 기쿠코는 끄떡였다. 입은 거의 움직이지 않고 살짝,

"네"라고 한 것 같다.

도쿄에서 자란 사토코는 매미를 신기하게 여기면서도 성격 탓인지 처음에는 무서워했다. 그 모습을 본 후사코가 유지매미 날개를 가위로 잘라주었다. 그러고 나서부터 사토코는 유지매미를 잡으면 야스코나 기쿠코에게 날개를 잘라달라고 한다.

야스코는 그걸 아주 싫어했다.

야스코가 알던 후사코는 저런 짓을 하는 아이가 아니었다. 남편이라는 작자가 후사코를 망쳤다고 야스코는 말했다.

날개도 없는 유지매미를 불개미 떼가 끌고 있는 것을 볼 때면 야스코의 얼굴은 새파래졌다.

평소 그런 것에 동요하는 야스코가 아니어서 신고는 우습기도 했고 어이없기도 했다.

그러나 야스코가 파르르 떠는 것은 나쁜 예감이 들어서다. 문제는 매미가 아니라는 걸 신고도 알고 있었다.

사토코는 뚱하고 고집불통이라 어른들이 져주면서 유지매미의 날개를 잘라주어도 계속 칭얼댔다. 날개를 막 자른 매미를 살짝 감추는 척하면서 어두운 눈빛으로 정원에 던져버리기도 했다. 어른들이 지켜본다는 사실을 알고 있는 것이다.

후사코는 매일 야스코에게 푸념을 늘어놓는 모양인데, 언제 돌아갈 거라는 말도 하지 않는 걸 보면 정작 중요한 이야기는 아직 꺼내지 못한 것 같았다.

야스코는 잠자리에 들 때마다 그날그날 딸의 푸념을 신고에게 전했다. 신고는 대충 흘려들으면서 후사코가 뭔가 할 말을 다 못하고 있다는 걸 느꼈다.

부모가 먼저 상담에 응해줘야지, 하고 생각하면서도 시집간 서른 살 먹은 딸 일에 부모가 간단히 나서기도 어려운 노릇이었다. 둘이나 딸린 아이들을 거두는 것도 쉬운 일은 아니었다. 그렇게 상황을 관망하는 식으로 하루하루 미루게 되었다.

"아버지는 며느리에게 다정하고 좋은 시아버지예요." 언젠가 후사코는 그렇게 말했다.

저녁 식사 시간이었는데, 슈이치와 기쿠코도 있었다.

"그래. 나도 새아기한테 다정하게 한다고 하는데 말이야." 야스코가 말했다.

후사코는 대답을 원하는 말투가 아니었는데 제 엄마가 대답한 것이다. 웃음을 머금은 소리였지만 한편으로는 후사코를 억압하는 듯했다.

"새아기가 우리들에게 워낙 잘해주니까 말이다."

기쿠코는 순진하게 얼굴을 붉혔다.

야스코도 솔직히 말한 것뿐이다. 그러나 왠지 딸에게는 빈정대는 것처럼 다가왔다.

행복해 보이는 며느리는 좋아하고, 불행해 보이는 딸은 싫어하는 것처럼 들렸다. 잔혹한 악의를 품은 것인가 의심이 갈 정도였다.

신고는 야스코의 자기혐오라고 해석했다. 신고도 내심 비슷하게 느끼고 있었다. 그러나 여자인 야스코, 즉 나이 든 어머니가 비참한 딸을 향해 그 감정을 폭발시키는 경우도 있나, 하고 신고는 조금 의아해했다.

"나는 찬성하지 않아. 남편에게만은 다정하지가 않아." 슈이치가 농담을 했지만 아무도 웃지 않았다.

신고가 기쿠코에게 다정하게 대하는 것은 슈이치와 야스코는 물론 기쿠코도 잘 알고 있는 일이라 누구도 새삼스럽게 말을 꺼내지 않았는데, 후사코에게 듣고 보니 신고는 문득 쓸쓸함에 빠져들었다.

신고에게 기쿠코는 음울한 가정에 난 창이었다. 육친이 신고의 생각대로 되지 않을 뿐만 아니라 그들 자신 또한 뜻대로 세상을 살아갈 수 없게 되니, 그에게는 육친의 울적함이 더욱 덮쳐왔다. 그러나 젊은 며느리를 보면 안심이 되었다.

다정하게 대한다고 해도, 신고의 어두운 고독에서 배어 나오는 희미한 빛이리라. 그렇게 자신의 처지를 제멋대로 생각하니, 기쿠코에게 상냥하게 대하는 것에 은은한 단맛이 밀려왔다.

기쿠코는 신고의 연령적인 심리까지 곡해하지는 않았다. 그를 경계하지도 않았다.

후사코의 말 때문에 신고의 작은 비밀이 탄로 난 것 같았다.

사나흘 전, 저녁 식사 중이었다.

벚나무 아래에서 신고는 사토코의 매미 사건과 함께 후사코가 한 말을 떠올렸다.

"후사코는 낮잠 자나 보구나."

"네. 구니코를 재우시다가요." 기쿠코는 신고의 얼굴을 보면서 대답했다.

"사토코는 우스운 녀석이야. 후사코가 아기를 재우고 있으면 엄마 등에 찰싹 붙어 잠이 들어버리니 말이야. 그때는 얌전하지."

"귀여워요."

"할머니는 손주를 안 예뻐하지만 열네댓 살이 되면 제 할머니를 닮아 코를 골지도 몰라."

기쿠코는 어이가 없었다.

기쿠코는 바느질을 하던 방으로, 신고는 다른 방으로 되돌아가려고 할 때, 기쿠코가 그를 불러 세웠다.

"아버님, 춤추러 가셨다면서요?"

"응?" 신고가 돌아보았다.

"벌써 들었니? 놀랄 일이로구나."

신고가 회사의 여직원과 함께 댄스홀에 간 것은 그저께 밤이었다.

오늘이 일요일이니까, 어제 다니자키 히데코가 슈이치에게 말하고 슈이치가 다시 기쿠코에게 이야기한 것이 틀림없었다.

신고는 근래 댄스홀에 출입한 적이 없었다. 히데코는 데이트 신청을 받고 놀란 것 같았다. 신고와 춤을 추다가 회사에 소문이 돌면 곤란하다고 말했다. 입만 다물면 된다고 했다. 그럼에도 불구하고 다음 날 잽싸게 슈이치에게 말한 것이리라.

슈이치는 히데코에게 들었으면서 어제도 오늘도 신고 앞에서 모른 척을 하고 있었다. 제 아내에게는 즉시 말한 것 같았다.

신고는 슈이치가 히데코와 자주 춤추러 가는 것 같아 한번 가봤을 뿐이다. 슈이치가 춤추러 가는 댄스홀에 아들의 여자가 있을지도 모른다고 생각했기 때문이다.

막상 가보니 대뜸 그런 여자를 찾을 수도 없는 상황인 데다, 히데코에게 물어볼 마음도 일지 않았다.

히데코는 생각지도 못하게 신고와 오게 되어 조금 들뜬 것 같았는데, 평소와 영 다른 것이 그에게는 위태로워 보여서 가련하게 느껴졌다.

스물두 살인 히데코는 손바닥에 가득 찰 정도의 유방을 지니고 있었다. 문득 하루노부의 춘화(春畵)가 떠올랐다.

그러나 주위의 난잡한 모습을 보니, 하루노부를 떠올리는 것은 확실히 희극적이고 우스꽝스러웠다.

"다음에는 기쿠코도 가자." 신고는 말했다.

"정말이세요? 데리고 가주세요."

기쿠코의 얼굴은 신고를 불러 세웠을 때부터 붉어져 있었다.

슈이치의 여자가 있지 않을까, 하고 간 것을 기쿠코는 알아차린 걸까?

춤추러 간 것을 들켜도 상관은 없었지만 슈이치의 여자라는 다른 속셈이 있었기 때문에, 신고는 갑자기 기쿠코가 말을 꺼내어 조금 당황한 것 같았다.

신고는 현관을 돌아 올라가 슈이치에게 다가가 선 채로 말했다.

"너, 다니자키에게 들었니?"

"우리 집 뉴스니까요."

"뭐가 뉴스야. 너야말로 춤추러 데리고 다니려면 여름옷 한 벌 정도는 사주거라."

"예에? 아버지, 창피당하셨어요?"

"도무지 블라우스와 스커트가 서로 어울리지 않아."

"이것저것 갖고 있어요. 갑자기 데리고 가시니까 그렇죠. 미리 약속을 해두면 잘 입고 와요." 슈이치는 외면하며 말했다.

신고는 잠든 후사코와 두 아이들의 옆을 지나 응접실로 들어가서 벽시계를 보았다.

"다섯 시구나." 그는 확인하듯이 중얼거렸다.

구름 불꽃

※

1

210일(일본에서 계절을 가늠하는 시점으로 태풍이 많이 오는 9월 1일경을 일컬음-옮긴이)은 무사히 지나갈 거라고 신문에 나왔지만, 210일 전야에 태풍이 왔다.

물론 신고가 그 기사를 며칠 전에 본 것인지 잊었을 정도니까 일기예보라고 할 수 없을지도 모른다. 날짜가 가까워지고 나서는 예보도, 경보도 있었다.

"오늘은 일찍 돌아갈 거지?" 신고는 슈이치에게 함께 귀가하길 권했다.

여직원 히데코는 신고의 퇴근을 도운 뒤 자신도 서둘러 준비했다. 하얗고 투명한 비옷을 입으니까 가슴이 더욱 납작해 보였다.

함께 춤추러 갔을 때 히데코의 유방이 빈약하단 걸 알게 된

다음부터 오히려 자꾸 그것이 신고의 눈에 띄는 것이다.

히데코는 뒤에서 계단을 뛰어 내려와, 회사의 출입구에 신고 일행과 나란히 섰다. 비가 매우 심하게 내려서 화장도 고치지 않고 그대로 나온 모양이었다.

집이 어디였지? 하고 신고는 말하려다가 그만두었다. 아마 벌써 스무 번 정도는 물었을 텐데 기억하지 못하는 것이다.

가마쿠라역에서 내린 사람들도 처마 밑에 서서 비바람의 추이를 살피고 있었다.

문간에 해바라기를 심은 집 부근까지 오자 비바람 소리를 타고 영화 〈파리제(祭)〉의 주제가가 들렸다.

"저 사람, 태평하군요." 슈이치가 말했다.

리스 고티(Lys Gauty)의 레코드라, 둘은 기쿠코가 틀어놓았다는 걸 알아챘다.

한 곡이 끝나자 노래는 다시 처음부터 반복되었다.

노래 도중에 덧문을 끌어당기는 소리가 들렸다.

그리고 기쿠코가 덧문을 닫으면서 레코드에 맞춰 노래를 부르는 소리도 뒤이어 들렸다.

그녀는 두 사람이 문에서 현관으로 들어오는 것을 폭풍우와 노랫소리라고 여긴 나머지 알아차리지 못했다.

"대단하네요. 구두 속으로 물이 들어왔어요." 슈이치는 현관에서 양말을 벗으며 말했다.

신고도 몸이 젖은 채 올라갔다.

"어머, 어서 오세요." 기쿠코가 다가왔다. 기쁨으로 가득 차 있었다.

슈이치는 한쪽 손에 쥔 양말을 기쿠코에게 건넸다.

"어머, 아버님도 젖으셨네요?"

레코드가 끝났다. 기쿠코는 바늘을 다시 처음으로 돌려둔 후 두 사람의 젖은 양복을 받아 들고 일어섰다.

슈이치는 오비(기모노의 허리띠-옮긴이)를 매면서 말했다.

"기쿠코, 이웃집까지 소리가 들리던데 너무 태평스러운 거 아냐?"

"무서워서 켜뒀어요. 두 분이 걱정되어 가만히 있을 수 없었는걸요."

그러나 기쿠코는 폭풍우에 전염된 듯 다소 들떠 있었다.

그녀는 신고의 엽차를 가지러 부엌에 가면서도 작은 소리로 흥얼거리고 있었다.

파리의 샹송집은 슈이치가 좋아해 사준 것이었다.

슈이치는 불어를 할 줄 알았다. 기쿠코는 불어를 모르지만 슈이치에게 발음을 배워 레코드 노랫소리를 반복해 흉내 냈기 때문에 비교적 능숙하게 불렀다. 예를 들면 〈파리제〉의 리스 고티, 괴로운 역경에도 굴하지 않고 살아온 사람이 자아내는 감동이 기쿠코에게 있을 리는 없지만, 더듬거리며 노래하는 그녀의 모습도 그런대로 즐거웠다.

기쿠코가 시집올 즈음, 그녀는 여학교 친구들에게서 세계의 자장가를 모은 레코드 세트를 선물받았다. 신혼 때 기쿠코는 자주 그 자장가를 틀었다. 옆에 아무도 없으면 레코드에 맞추어 조용히 노래하기도 했다.

신고는 달콤한 마음에 유혹을 느꼈다.

여자다운 선물이라고 그는 감탄했다. 기쿠코도 자장가를 들으면서 처녀 시절의 추억에 빠지곤 했다.

"내 장례식 때는 이 자장가 레코드를 걸어줄래? 그걸로 염불도 조사(弔辭)도 대신하지, 뭐." 신고가 기쿠코에게 그렇게 말한 적도 있었다. 진담도 아니었는데 갑자기 눈물이 나올 뻔했다.

그러나 아직 아이도 태어나지 않았을뿐더러 자장가에도 질렸는지 요즘 들어 기쿠코는 그걸 듣지 않았다.

〈파리제〉 노래가 끝날 무렵 갑자기 소리가 멎었다.

"정전이구먼요." 응접실에서 야스코가 말했다.

"정전이에요. 오늘은 이제 안 들어올 거예요." 기쿠코는 전기 축음기의 스위치를 끄며 말했다.

"어머님, 식사를 일찍 하지요."

저녁 식사 중에도 가느다란 촛불은 외풍 때문에 서너 번 정도 꺼졌다.

폭풍우 저편에서 바다가 우는 듯했다. 폭풍우 소리보다도 바다의 울음소리가 공포감을 자아내고 있었다.

*
2

베갯머리에서 불어 끈 촛불 냄새가 신고의 코를 떠나지 않았다.

집이 조금 흔들렸을 때, 야스코는 잠자리 위의 성냥갑을 손으로 더듬어 확인하면서 신고에게도 알리려고 조금 흔들었다.

그러고는 신고의 손을 찾았다. 잡은 것도 아니고 가볍게 닿았다.

"괜찮겠수?"

"괜찮을 테지. 뭐, 바깥에 있는 것이 조금 날아간다고 해도 나갈 수는 없잖아."

"후사코네는 괜찮겠죠?"

"후사코네?"

신고는 잊고 있었다.

"뭐, 괜찮겠지. 폭풍우 치는 밤이니까 부부끼리 사이좋게 일찍 잠자리에 들었을 거야."

"잘 수 있겠수?" 야스코는 신고의 말을 흘려듣고는 입을 다물어버렸다.

슈이치와 기쿠코의 말소리가 들렸다. 기쿠코는 응석을 부리고 있었다.

잠시 후 야스코가 계속했다.

"어린애가 둘이나 있어요. 우리 집하고는 다르니까요."

"게다가 어머니는 다리가 편찮으시지. 신경통은 어떻게 됐지?"

"그래, 맞아요. 피난하게 되면 아이하라는 어머니를 업어야만 하잖수."

"서지 못하던가?"

"움직일 수는 있다고 하지만. 이 폭풍우에는……. 그 집은 우울하구먼요."

예순셋인 야스코의 '우울하구먼요'라는 말이 신고는 우스꽝스러워서,

"어디나 우울한 건 마찬가지야"라고 했다.

"일생 동안 여자는 여러 가지 머리를 땋는다고 신문에 나와

있던데, 말을 잘들 만들어내더라고요."

"어디에 나왔어?"

야스코가 말하길, 최근 죽은 여성 미인화(美人畵) 화가를 두고 남성 미인화 화가가 애도문 서두에서 한 말이었다.

그러나 그 말과 반대로, 본문에서는 그 여류 화가가 여러 가지의 머리를 땋지 않았다고 말한 것이다. 그녀는 스물이 넘어서부터 일흔다섯 살로 죽을 때까지 약 오십 년간 쪽을 짓고 끝까지 버텼다.

야스코에게는 한평생 쪽을 진 사람도 감탄스러웠지만, 그것을 떠나 여자는 살면서 여러 가지 머리를 땋는다는 말에도 느끼는 바가 있었던 것이다.

야스코는 매일 보는 신문을 며칠 치 모아두고 이것저것 골라 읽는 버릇이 있기 때문에 언제 적 기사를 이야기한 것인지 알 수 없었다. 게다가 밤 아홉 시 뉴스 해설을 귀 기울여 듣는 탓에 때때로 뜻밖의 이야기를 꺼내기도 한다.

"후사코도 이제부터 여러 가지 머리를 땋는다는 말이야?" 신고는 말했다.

"맞아요, 여자는 말이죠. 하지만 옛날에 일본식 속발을 했던 우리만큼의 변화는 없겠지요. 후사코도 기쿠코만큼 예쁘면 머리 모양이 바뀌는 게 재미있으련만."

"당신, 후사코가 와 있었을 때, 너무 매정하게 굴었어. 후사코는 절망만 안고 돌아간 것 같아."

"당신 기분이 나에게 전염되니 그러지요. 기쿠코만 귀여워하시니까."

"그렇지 않아. 괜한 트집이야."

"맞는걸요. 옛날부터 후사코는 미워하고 슈이치만 귀여워하고선. 당신은 그런 사람이에요. 지금도 슈이치가 밖에 여자가 생겼는데도 아무 말도 없잖아요. 묘하게 기쿠코를 위로하고……. 오히려 잔인해요. 저 애는 아버님께 죄송스럽다며 질투도 못해요. 우울해요. 태풍에 날아가버렸으면 좋겠어요."

신고는 아연실색했다.

그러나 야스코의 과격한 말투에,

"태풍이라"라고 말했다.

"예, 태풍이에요. 후사코도 저렇게 나이를 먹고선 요즘 시대에 부모에게 이혼 문제를 떠맡기려 하니 비겁하지 않아요?"

"그렇지 않아. 근데 이혼 말까지 나왔나?"

"이혼은 접어두고라도, 손녀 딸린 후사코를 떠맡게 될 당신의 그 우울한 얼굴이 눈앞에 어른거리는걸요, 뭐."

"당신이 그런 얼굴을 후사코에게 노골적으로 보인 건 생각 안 하고."

"그건 말이우, 당신 마음에 쏙 드는 기쿠코도 있으니까 눈치 보이잖수. 하지만 기쿠코는 둘째 치고 사실은 나도 싫은 건 싫습디다. 기쿠코가 무슨 말을 하면 휴 하고 마음이 가벼워지건만, 후사코만 보면 마음이 무거워져서……. 시집보내기 전엔 그 정도까진 아니었는데. 내 딸과 손녀가 틀림없는데 부모가 이래도 된답니까? 무섭수. 당신 감화로."

"후사코보다 비겁하군."

"지금 말은 거짓말이유. 당신 감화라고 말하고 날름 혀를 내민 걸 어두워서 못 보셨수?"

"혀가 잘도 도는 할머니군. 질렸다."

"후사코가 가엾죠? 가엾게 생각하죠?"

"떠맡아도 되지, 뭐."

그리고 신고는 문득 떠오른 듯이,

"요전에 후사코가 가져온 보자기 말이지."

"보자기 말이유?"

"응, 보자기. 그 보자기를 본 기억은 나는데 생각이 잘 나지 않았거든. 우리 집 거지?"

"무명 보자기죠? 후사코가 시집갈 때, 화장대 거울을 싸서 주었잖수. 큰 거울이었으니까요."

"아아, 그런가?"

"그 보자기 보는 것도 싫습디다. 그런 거 들 필요 없이 신혼여행 때 가져간 옷 가방에라도 넣어 오면 좋을 걸."

"가방은 무겁지. 두 아이를 데리고 다니려면 체면이고 뭐고 없었겠지."

"하지만 우리 집에 기쿠코도 있고 하니까 내 체면도 생각해야지요. 그 보자기는 내가 시집올 때도 뭔가 싸 왔던 보자기거든요."

"그랬던가?"

"더 오래된 거예요. 언니의 유품일 거유. 언니가 죽고 나서 화분을 싸서 친정으로 보내온 보자기니까. 큰 단풍 분재였어요."

"그랬던가." 신고는 조용히 말했지만, 훌륭한 분재 단풍의 다홍빛이 머릿속 가득 밝게 비쳤다.

시골에서 야스코의 아버지는 분재 도락가였다. 특히 단풍 분재에 열심이었다. 야스코의 언니는 분재를 가꾸는 아버지 옆에서 심부름을 했다.

폭풍우 속 잠자리에서 신고는 분재 선반 사이에 서 있는 그 사람의 모습도 떠올렸다.

아버지는 시집가는 딸에게 분재를 하나 주어 보냈을 것이다. 딸이 원했을지도 모른다. 그러나 딸이 죽자, 친정아버지의 소중한 분재이기도 하고 시집에서 돌볼 사람도 마땅치 않아 되돌려 보냈으리라. 어쩌면 아버지가 되찾은 것일 수도 있다.

지금 신고의 머릿속 가득 물드는 단풍은 야스코 집에서 위패를 모신 방에 있던 분재였다.

그러고 보니 야스코의 언니가 죽은 것은 가을이었던가, 하고 신고는 생각했다. 시나노 지역(지금의 나가노현-옮긴이)이니까 가을이 빠를 것이다.

시댁에서는 며느리가 죽고 나서 바로 분재를 돌려보냈을까? 단풍이 든 채로 위패를 모신 방에 놓였다는 것도 상황이 지나치게 잘 맞아떨어졌다. 추억이 그리운 나머지 향수병에 가까운 공상이 아닐까? 신고는 떠올린 기억에 자신이 없었다.

신고는 처형의 기일을 잊고 있었다.

그러나 야스코에게 묻는 것은 그만두었다.

"나는 아버지 분재 일을 돕지 않았어요. 성질 탓도 있겠지만 아버지가 언니만 귀여워한다는 기분도 있었으니까. 나도 언니한테는 당할 수가 없었어요. 비뚤어졌다고 할 순 없지요. 언니처럼 잘하지 못하면 창피하잖수."

그런 식으로 야스코가 이야기한 적이 있기 때문이다.

슈이치에 대한 신고의 편애를 언급할 때마다 이 이야기가 나왔기 때문에,

"나도 후사코 같았던 거지요, 뭐"라고 야스코는 말했다.

저 보자기도 야스코 언니의 추억이 담긴 것이었던가? 신고는 놀랐지만 처형 이야기까지 나온 터라 입을 다물어버렸다.

"잘까요? 노친네들 되게 안 잔다고 하겠수." 야스코가 말했다.

"이 폭풍우에 기쿠코는 즐거운 듯 웃고 있으니……. 레코드를 계속해서 틀질 않나. 저 애가 불쌍합디다."

"당신, 방금 말한 것 중에도 모순이 있어."

"무슨 말을 그렇게 해요, 당신은."

"그건 이쪽이 할 말이야. 간만에 일찍 자려다가 되게 당하는구먼."

단풍 분재는 아직 신고의 머릿속에 남아 있었다.

소년 시절 품었던 야스코의 언니에 대한 동경이 야스코와 결혼해 삼십 년 남짓 지난 지금까지도 옛 상처로 남은 걸까? 신고는 단풍의 다홍빛이 남아 있는 머리 한구석으로 생각했다.

야스코보다 한 시간 정도 늦게 잠든 그는 엄청난 소리에 잠에서 깨었다.

"뭐야?"

어둠 속을 손으로 더듬으며 발소리를 내고 걸어오던 기쿠코가 복도 저편에서,

"깨셨어요? 신사(神社)의 가마를 보관하는 헛간의 함석지붕이 저희 집 지붕 위로 날아온 것 같아요"라고 알렸다.

3

 헛간 지붕의 함석판은 전부 날아갔다. 신고 집의 지붕과 정원에도 일고여덟 장 떨어져 신사 관리인이 아침 일찍 주우러 왔다.

 다음 날엔 요코스카선(線)도 운행되어 신고는 회사에 나왔다.

 "어제는 어땠어? 못 잤지?"

 엽차를 끓여주는 여직원에게 그는 말했다.

 "네. 못 잤어요."

 히데코는 통근 전철의 창으로 본 태풍의 흔적을 두세 가지 이야기했다.

 신고는 담배를 두 대 피우고 나서 말했다.

 "오늘은 춤추러 못 가겠다."

 히데코는 얼굴을 들고 웃었다.

 "그때 말이야, 다음 날 아침 허리가 아파서 혼났어. 노인네는 안 되겠어." 신고가 말하자, 히데코는 눈꺼풀부터 콧가에까지 장난기 어린 웃음을 지었다.

 "몸이 휘는 듯한 자세를 하고 계셔서 그런 거 아니에요?"

 "휘어? 그런가? 허리가 굽었나?"

"저에게 말이죠. 저한테 닿으면 큰일 날 것처럼 떨어져서 춤을 추시던걸요, 뭐."

"응? 그건 뜻밖이다. 그럴 생각은 없었는데."

"그래도."

"자세를 잘 잡으려고 한 건가? 스스로는 잘 몰라."

"정말 그럴까요?"

"그건 자네들이 항상 달라붙어서 칠칠치 못하게 추고 있으니 그렇지."

"어머, 너무하세요."

요전에 신고는 춤을 추면서, 히데코가 흥분한 나머지 리듬이 흐트러진다고 여겼지만 생각이 좀 모자랐던 것이다. 그게 아니었다. 그가 굳어 있었다.

"그럼, 이번에는 앞으로 굽혀서 달라붙듯이 출 테니, 갈까?"

히데코는 고개를 숙이고 소리 죽여 웃으면서 말했다.

"같이 가드리죠. 하지만 오늘은 안 돼요. 이런 차림으로는 실례인걸요."

"오늘 말고."

히데코가 하얀 블라우스를 입고 하얀 리본을 매고 있는 것이 보였다.

블라우스 자체는 신기할 게 없지만 하얀 리본 때문에 블라우스의 흰빛도 강렬하게 느껴졌다. 히데코는 조금 폭이 넓은 리본으로 머리를 한 다발로 꽉 묶고 있었다. 나름 태풍에 대비한 모양이다.

귀와 귀밑머리가 난 언저리가 드러나, 평소 머리카락에 감춰진 창백한 피부에 털이 예쁘고 가지런히 자라 있었다.

그녀는 얇은 감색 모직 스커트를 입고 있었다. 스커트는 낡아 보였다.

작은 유방이 마음에 걸리지 않는 듯한 복장이었다.

"그 이후로 슈이치는 불러내지 않나?"

"네."

"그건 유감이군. 아버지와 춤을 춘 것 때문에 젊은 아들과 멀어지다니 자네가 딱하게 됐군."

"어머, 오해하지 마세요. 전 전혀 신경 쓰지 않아요."

"걱정이 필요 없다는 얘기군."

"그렇게 놀리시면 춤 안 춰드릴 거예요."

"아니, 근데 슈이치는 자네에게 들키고 나서 머리를 들지 못해."

히데코가 반응을 보였다.

"자네는 슈이치의 여자를 알고 있지?"

히데코는 곤란해했다.

"댄서인가?"

히데코는 대답하지 않았다.

"연상이야?"

"연상이냐고요? 댁의 며느님보다는 연상이에요."

"미인인가?"

"네, 예뻐요." 히데코는 우물거리고 있다가 말했다.

"근데 심한 허스키예요. 허스키라기보다 소리가 둘로 갈라져 나오는 것 같은데, 그게 에로틱하다고 하더군요."

"으응?"

히데코가 말문을 열 기미를 보이자 신고는 귀를 막고 싶어졌다.

스스로 치욕스럽기도 했고 슈이치의 여자와 히데코의 본성이 나오는 것 같아 혐오스러웠다.

여자 허스키가 에로틱하다는 이야기의 서두부터 신고는 질려버렸다. 슈이치도 그렇지만 히데코도 마찬가지다.

신고의 낯빛을 읽고 히데코는 입을 다물어버렸다.

그날도 슈이치는 신고와 함께 귀가하여 문단속을 하고 네 식구가 〈간진초(勸進帳, 벤케이라는 영웅의 일대기를 다룬 시대극-옮긴이)〉를 보러 나갔다.

와이셔츠를 벗고 셔츠로 갈아입을 때 슈이치의 가슴 위와 어깻죽지가 빨개진 것을 보고, 폭풍우 속에서 기쿠코가 새긴 것인가, 하고 신고는 생각했다.

〈간진초〉를 연기했던 고시로, 우자에몬, 기쿠고로 세 사람 모두 지금은 죽고 없었다.

그 감동은 신고와 슈이치, 기쿠코가 모두 다르게 느꼈다.

"고시로의 벤케이를 몇 번이나 봤나 몰라요." 야스코는 신고에게 말했다.

"잊어버렸어."

"당신은 금방 잊는다니까."

마을이 달빛으로 훤하여 신고는 하늘을 보았다.

달은 불꽃 속에 있었다. 그는 문득 그렇게 느꼈다.

달 주위에는 부동명왕(不動明王)의 등 뒤에 타오르는 불꽃, 혹은 도깨비불같이 그림에 그린 불꽃을 떠올리게 하는 진귀한 형태의 구름이 있었다.

차가우면서 뿌연 구름의 불꽃, 차가우면서 뿌연 달의 모습에, 신고는 갑자기 가을 기운이 스며드는 것을 느꼈다.

약간 동쪽에 뜬 달은 대체로 둥글었다. 불꽃 모양의 구름 안에 있어서 가장자리가 희미하게 물들었다.

달을 품은 불꽃 모양의 흰 구름 외에 다른 구름은 없었고, 하늘빛은 폭풍이 지난 하룻밤 사이에 매우 거무스름해졌다.

마을 가게들은 문을 닫고 해질녘의 황량함을 띠고 있었다. 영화를 보고 돌아가는 사람들 말고는 거리는 쥐 죽은 듯 왕래가 없었다.

"어젯밤에는 제대로 못 잤으니까 오늘 밤에는 일찍 자야겠구나." 신고는 왠지 쓸쓸해지고 사람이 그리웠다.

드디어 인생의 결정을 내릴 시기가 온 듯한 기분이 들었다. 결정해야 할 일이 다가와 있는 것 같았다.

밤
톨

＊
1

"은행나무가 또 싹을 틔웠어요."

"기쿠코는 지금 처음 알았구나." 신고는 말했다.

"나는 요전부터 봤어."

"아버님은 항상 은행나무 쪽을 향해 앉아 계시잖아요."

신고에게 옆모습을 보이고 앉아 있던 기쿠코는 뒤편의 은행나무 쪽으로 고개를 돌렸다. 식당에서 식사할 때 네 식구의 자리가 어느새 정해져 있었다.

신고는 동쪽을 바라보고 앉는다. 그 왼편에 있는 야스코는 남쪽을 바라보고 앉는다. 신고 오른편에 있는 슈이치는 북쪽을 바라본다. 기쿠코는 서쪽을 향하고 있어 신고와 마주 앉는 게 된다.

남쪽과 동쪽에는 정원이 있었기 때문에, 노부부는 좋은 자리를 차지한 셈이었다. 물론 두 여자들의 자리가 그렇게 된 데에는 식사 때 요리를 내오거나 잔심부름을 해야 하는 사정도 있었다.

식사 중이 아닐 때에도 식당 테이블에서 자연스럽게 정해진 자리에 앉는 것이 네 사람의 습관이었다.

기쿠코는 항상 은행나무 쪽을 등지고 앉았던 것이다.

그렇다고 해도 저런 거목(巨木)이 때 아닌 싹을 틔우는 모습을 모르고 지나쳤다는 건, 기쿠코의 마음에 어떤 공백이 생긴 탓인 것 같아 신고는 마음에 걸렸다.

"덧문을 열거나 복도를 청소할 때라도 눈에 띌 법한데 말이다." 신고는 말했다.

"말씀하시는 걸 듣고 보니 그도 그렇네요."

"맞아. 우선 밖에서 돌아올 때는 은행나무를 향해 걸어오잖아? 싫어도 보이는걸. 기쿠코는 항상 땅만 바라보고 멍하니 생각에 잠기면서 걷고 있나?"

"어머, 난처하게 만드시네요." 기쿠코는 어깨를 움직였다.

"앞으로는 아버님이 보시는 것은 무엇이든지 봐두도록 주의해야겠어요."

신고에게는 그 말이 조금 서글프게 들렸다.

"그렇게는 안 될걸."

신고는 자신이 보는 것은 무엇이든 상대방도 봐주길 바라는 그런 연인을 평생 가져본 적이 없었다.

기쿠코는 은행나무 쪽을 계속해서 바라보고 있었다.

"산 위쪽에도 새싹을 틔운 나무가 있어요."

"맞아. 저 나무도 역시 폭풍우에 잎이 날아가버린 걸까?"

신고의 집 뒷산은 신사가 있는 곳에서 끊어져 있다. 그 작은 산 일부를 개척해 신사가 들어서 있다. 은행나무는 그 경내에 서 있어서 신고의 집 응접실에서 보면 산속의 나무처럼 보인다.

그 은행나무가 하룻밤 태풍으로 벌거숭이가 된 것이다.

폭풍우에 잎이 날아가버린 것은 은행나무와 벚나무다. 은행나무와 벚나무는 신고의 집 주위에서는 큰 나무에 속했기 때문에 바람을 유난히 드세게 맞았을지도 모르지만, 결국 나뭇잎이란 바람 앞에 약해지기 마련 아닐까?

벚나무는 시든 잎을 조금 남기긴 했지만 그나마도 다 떨어져서 벌거숭이가 된 채 서 있었다.

뒷산의 대나무 잎도 말라 시들었다. 바다와 가까워 바람에 바닷물이 함유된 탓일지도 모른다. 그러나 대나무는 줄기가 꺾여 정원으로 날아가 떨어진 것도 있었다.

은행나무 거목은 또다시 싹을 틔웠다.

신고는 큰길에서 골목으로 접어들어 그 은행나무를 향해 돌아오기 때문에 매일 볼 수 있었다. 응접실에서도 바라보았다.

"은행나무는 역시 벚나무보다도 강한 점이 있나 봐. 오래 사는 나무는 역시 다른 점이 있나, 하고 생각해보았단다." 신고는 말했다.

"저런 고목이 가을이 되어 다시 한번 잎을 내는 데는 어느 정도의 힘이 필요한 걸까?"

"하지만 적막하게 보이는 잎이잖아요."

"그래. 저게 정말 봄에 나오는 잎의 크기만큼 성장할까? 그렇게 생각하면서 보지만 좀처럼 크질 않는구나."

잎은 작을 뿐 아니라 드문드문 났다. 가지를 감출 정도로 많지는 않았다. 게다가 엷은 모양이었다. 색도 초록이 부족한 연한 노랑이었다.

가을 아침 햇살은 은행나무가 벌거숭이가 된 모습을 비추고 있었다.

신사의 뒷산에는 상록수가 많았다. 상록수 잎은 비바람에도 끄떡없이 조금도 상하지 않았다. 그 상록수의 우거진 꼭대기에 연초록 새잎이 돋은 나무가 있었다.

기쿠코는 그 새싹을 발견한 것이다.

야스코가 부엌문으로 들어왔는지 수돗물 소리가 들렸다. 뭔가를 말하는 듯했지만 신고는 물소리 때문에 알아들을 수가 없었다.

"뭐라고?" 큰 소리를 질렀다.

"싸리가 예쁘게 피어 있다고 말씀하셨어요." 기쿠코가 옆에서 거들었다.

"그래."

야스코는 아직도 뭔가 말하고 있었다.

"그만둬. 들리지도 않아." 신고는 고함쳤다.

기쿠코는 고개를 숙이고 나오는 웃음을 참으며 말했다.

"제가 통역해드릴게요."

"통역? 어차피 할멈의 혼잣말일 거야."

"어젯밤 말이죠, 시골집이 엉망진창이 된 꿈을 꾸셨대요."

"흐음."

"아버님의 대답은요?"

"흐음, 이라고 할 수밖에 없네."

수돗물 소리가 멈추고 야스코가 기쿠코를 불렀다.

"기쿠코, 이것 좀 꽃병에 꽂아주렴. 예뻐서 꺾어 왔는데, 부탁할게."

"네. 아버님께 좀 보여드리고요."

기쿠코는 싸리와 억새를 안고 왔다.

야스코는 손을 씻고 나서 시가라키(시가현에 위치한 도자기 산지-옮긴이) 항아리를 물에 적시고 있던 모양인지, 항아리를 들고 왔다.

"옆집 색비름도 좋은 색으로 자라 있습디다."

야스코는 그렇게 말하고 앉았다.

"색비름은 해바라기가 심긴 집에도 있지." 신고는 그 훌륭한 해바라기 꽃이 폭풍우에 날아간 것을 떠올렸다.

줄기가 오륙 척 붙은 채 잘려서는 길가에 떨어져 있었다. 꽃은 며칠 동안이나 그 상태로 뒹굴고 있었다. 인간의 목이라도 떨어져 있는 것 같았다.

가장자리의 꽃잎부터 먼저 시들더니 굵은 줄기도 이내 수분을 잃고 색이 변해 땅과 섞이기 시작했다.

신고는 오가는 길에 그것을 타 넘고 다녔지만 보고 싶지 않았다.

목이 떨어진 해바라기의 줄기 아래쪽은 문간에 그대로 서 있었다. 잎은 붙어 있지 않았다.

그 옆에 색비름 대여섯 송이가 나란히 물들어 있었다.

"하지만 옆집과 같은 색비름은 이 근처에 없어요." 야스코는 말했다.

*
2

 야스코가 꿈속에서 본 엉망진창이 된 시골집은 그녀의 친정이었다.

 야스코의 양친이 돌아가시고 난 뒤, 그 집은 벌써 몇 년째 사는 사람이 없는 상태로 있었다.

 장인은 야스코에게 대를 잇게 할 생각으로 그녀의 언니를 시집보냈다. 야스코의 언니를 어여삐 여기던 아버지로서는 반대일 수 있었겠지만, 미인인 그녀의 언니는 마침 혼처도 있던지라 야스코를 가엾게 여겼던 것 같다.

 그래서인지 야스코가 죽은 언니의 시댁으로 들어가 일하며 언니의 자리에 앉으려는 낌새를 보일 때마다, 장인은 야스코에게 절망했을지도 모른다. 야스코가 그렇게 된 데에는 부모와 가정의 책임도 있었을 테니 장인에게는 회한이 되었으리라.

 야스코와 신고의 결혼은 장인에게 기쁨을 주었다.

 장인은 상속인 없이 여생을 보내기로 결심한 것 같았다. 이미 신고는 야스코를 시집보냈을 때의 장인 나이를 넘긴 지 오래였다.

 장모가 먼저 세상을 떠나고 뒤이어 장인이 돌아가시고 보니, 논과 밭은 다 팔렸고 얼마 안 되는 산림과 가옥 부지가 남아 있었다. 골동품이라고 할 만한 것도 없었다.

모두 야스코의 명의로 넘어왔지만 그 후 시골의 친척이 맡아주고 있었다. 아마도 벌목이나 세금 등을 처리해주었을 것이다. 오랫동안 야스코에게는 시골집으로 인한 지출도 없었고 거기서 얻는 소득도 없었다.

언젠가 전쟁으로 피난민들이 이주할 무렵 그 집을 사겠다고 나선 작자도 있었지만, 신고는 야스코의 미련을 이해할 수 있었다.

그 집에서 신고와 야스코가 혼례를 치렀던 것이다. 하나 남은 딸을 치우는 대신 집에서 식을 올리고 싶다는 게 장인의 바람이었다.

신고는 술잔을 나누며 부부의 맹세를 할 때 밤톨이 떨어진 것을 기억하고 있다.

밤톨은 커다란 정원석에 부딪치다 빗면의 각도 탓인지 먼 곳으로 튀어 시냇물에 떨어졌다. 밤톨이 돌에 부딪쳐 튀어 나가는 모습이 의외로 훌륭했기 때문에 신고는 '앗' 하고 소리를 지를 뻔했다. 사람들을 둘러보았다.

밤 한 톨이 떨어진 것을 알아차린 사람은 없었다.

다음 날 아침 신고는 시냇물로 내려가보았다. 물가에서 밤톨을 발견했다.

밤톨은 그 근방에 몇 개나 떨어져 있었기 때문에 식을 올릴 때 떨어진 것이라고 단정 지을 수는 없지만, 신고는 그것을 주워 와 야스코에게 이야기하려고 했다.

그러나 한편으로는 어린애처럼 구는 것 같았다. 게다가 야스코나 이야기를 듣는 다른 사람들이 그 밤톨을 보고 믿을까?

신고는 밤을 강가의 풀숲에 버렸다.

야스코가 믿지 않는 것보다도 그녀의 형부에게 부끄러운 마음이 들었기 때문이다.

만약 동서가 없었다면, 어제 식을 올릴 때 밤이 떨어졌다고 바로 말했을지도 모른다.

혼례를 치르는 자리에 마침 동서가 있었던 탓에 신고는 굴욕감과 비슷한 압박을 느꼈던 것이다.

처형이 결혼한 후에도 변함없이 그녀를 동경하던 신고로서는 동서에게 켕기는 것도 있었고, 그녀가 병사하고 동생인 야스코와 결혼했다는 점에서 심사가 편치 않았다.

야스코의 입장은 더욱 굴욕적이었다. 동서는 야스코의 본심을 모르는 척하고 그럴듯한 식모를 대신해 그녀를 부려먹은 셈이었다.

동서가 친척의 자격으로 야스코의 혼례에 참석하는 것은 당연하지만 신고는 낯간지러워 그쪽을 잘 쳐다보지 못했다.

사실 동서는 그런 자리에서도 눈부실 정도로 미남이었다.

그가 앉아 있는 주변은 왠지 모르게 빛이 나는 것 같았다.

야스코에게는 언니 부부가 이상향에 사는 사람이었고, 그런 야스코와 결혼한 신고도 그들을 도저히 당해낼 수 없는 부류의 사람이라고 결론지은 것이다.

동서는 마치 높은 곳에서 신고와 야스코의 혼례를 차갑게 내려다보고 있는 듯했다.

밤톨 한 알이 떨어졌다는 하찮은 말조차 할 기회를 놓쳐버린 둘 사이의 어두운 먹구름은 나중까지 부부의 마음 어딘가에 남았을 것이다.

후사코가 태어났을 때에도 처형을 닮아 미인이 되지 않을까, 하고 신고는 은근히 기대를 걸었다. 아내에게는 말할 수 없었다. 그러나 후사코는 제 엄마보다도 못생겨졌다.

신고가 보기에, 언니의 피는 동생을 통해 살아나지 않았다. 그는 아내에게 실망스러운 비밀을 말하지도 못하고 마음에 담아둘 뿐이었다.

야스코가 시골집 꿈을 꾼 지 사나흘 후, 시골의 친척이 전보를 통해 후사코가 아이를 데리고 내려왔다고 알려왔다.

기쿠코가 그 전보를 받아 야스코에게 건네주었고, 야스코는 신고가 회사에서 돌아오기만 기다리고 있었다.

"시골집 꿈을 꾼 것은 불길한 예감 때문이었나 봐요." 신고가 전보를 읽는 것을 보던 야스코는 의외로 침착했다.

"흐음. 시골집이라고?"

후사코가 죽을 생각은 하지 않을 거라고 그는 짐작했다.

"그런데 왜 우리 집으로 돌아오지 않은 거지?"

"여기로 돌아오면 아이하라가 곧 알게 될 거라고 생각하지 않았을까요?"

"그래서 아이하라한테 연락이 왔어?"

"없습디다."

"역시 틀렸군. 마누라가 아이를 데리고 집을 나왔는데도 말이야."

"하지만 요전처럼 후사코가 친정에 다녀온다고 말하고 나왔을지도 모르고, 아이하라 입장에서는 우리한테 얼굴 내밀기가 좀 어렵지 않겠수."

"어쨌든 안 되겠군."

"시골로 잘도 갔다 싶어서 놀랍지 뭐예요."

"집으로 오면 좋을 걸 가지고."

"좋을 것 같다고요? 정말 냉담하구먼요. 집으로 올 수 없는 후사코를 가엾게 여겨야 해요. 부모 자식 사이가 이런 건가 싶어서 난 억장이 무너집니다."

신고는 미간을 찌푸리고는 턱을 내밀고 넥타이를 풀면서 말했다.

"우선 기다려봐. 옷은 어디 있어?"

기쿠코가 갈아입을 옷을 가지고 왔다. 신고의 양복을 들고 잠자코 나갔다.

야스코는 고개를 숙이고 있었지만 기쿠코가 닫고 나간 장지 쪽을 보며,

"기쿠코도 가출하지 않는다고 장담할 수 없다니까요"라고 중얼거렸다.

"언제까지 그렇게 부모가 자식의 부부 생활에 책임을 질 수 있겠어?"

"여자의 기분은 모른다니까. 여자는 슬퍼지면 남자와는 달라진다는 걸 알아야 해요."

"그렇다고 여자라면 다른 여자의 기분을 전부 알 수 있다고 생각하는 것도 글쎄, 어떨까?"

"오늘도 슈이치는 같이 안 왔지요? 왜 함께 안 돌아왔어요? 혼자만 돌아와서 기쿠코에게 양복이나 치우게 하고, 그러니까 하는 소리지요."

신고는 대꾸하지 않았다.

"후사코의 일도 슈이치와 의논하고 싶지 않아요?" 야스코는 말했다.

"슈이치를 시골로 보낼까? 후사코를 데리러 가야 하잖아."

"슈이치가 데리러 가면 후사코 속이 좋겠수? 슈이치는 후사코를 바보 취급하잖아요."

"지금 쓸데없는 소리 해봐야 소용없어. 토요일에 슈이치를 보냅시다."

"시골에도 창피해서 어째요, 그래. 우리도 시골집과 연을 끊은 것처럼 가지도 않고 후사코는 의지할 사람도 없는데 잘도 갔구먼요."

"시골에서 누구 신세를 지고 있는 걸까?"

"그 빈 집에 있을 생각일지도 모르죠. 숙모 집에 신세를 지고 있을 수도 없고."

야스코의 숙모는 벌써 여든이 넘었을 것이다. 야스코는 사촌과도 거의 왕래가 없었다. 신고는 그 집 식구가 몇 명인지도 기억나지 않았다.

야스코의 꿈에 엉망진창으로 황폐해진 채 나타난 그 집에 후사코가 피신해 가다니 신고는 기분이 썩 좋지는 않았다.

3

 토요일 아침, 슈이치는 신고와 함께 집에서 나와 회사에 들렀다. 기차 시간까지 여유가 있었다.

 슈이치는 아버지 방으로 와서,

 "우산 좀 맡겨둘게" 하고 여직원 히데코에게 말했다.

 히데코는 목을 조금 갸웃하며 눈을 가늘게 뜨고는 말했다.

 "출장이세요?"

 "응."

 슈이치는 가방을 놓고 신고 앞에 놓인 의자에 앉았다.

 히데코는 슈이치를 눈으로 좇고 있었다.

 "추워질 것 같으니까 조심해서 다녀오세요."

 "아, 맞다." 슈이치는 히데코를 보면서 신고에게 말했다.

 "오늘 히데코와 춤추러 가기로 약속했어요."

 "그래?"

 "아버지께 데려가달라고 해."

 히데코는 얼굴이 붉어졌다.

 신고는 뭐라고 말하기도 귀찮았다.

 슈이치가 문을 나설 때 히데코는 가방을 들고 그를 배웅하려고 했다.

"됐어. 남들 보기 민망해."

슈이치는 가방을 뺏어 들고 문 저편으로 사라졌다.

뒤에 남겨진 히데코는 문 앞에서 눈에 띄지 않을 정도의 몸짓을 하고는 맥없이 자리로 돌아왔다.

멋쩍어서 그런지 일부러 그런 것인지 구분할 기분도 아니었지만, 그 얄팍한 여성스러움으로 신고는 홀가분해졌다.

"모처럼 약속일 텐데 안됐구먼."

"요즘엔 약속도 믿지 않아요."

"내가 대신해주지."

"예?"

"난처한 일이라도 있나?"

"어머나."

히데코는 깜짝 놀란 듯이 눈을 치떴다.

"슈이치의 여자가 댄스홀에라도 오나?"

"그런 일은 없어요."

슈이치의 여자에 대해서는 전에 히데코에게 허스키한 목소리가 에로틱하다고 들은 게 전부였다. 그 이상은 캐내려고 하지 않았던 것이다.

신고의 비서인 히데코까지 알고 있는데 슈이치의 가족이 그 여자를 모른다는 건 통례 같은 일이겠지만 신고는 납득이 가지 않았다.

눈앞에서 히데코를 보고 있자니 더욱 그랬다.

히데코는 겉으로 가벼워 보이지만, 이 순간만큼은 인생의 무거운 장막처럼 신고 앞에 드리워진 것 같았다. 무엇을 생각하고 있는지 알 수가 없었다.

"그래서 뭐야, 자네는 춤추러 따라가서 그 여자를 만났나?" 신고는 아무렇지도 않게 말했다.

"네."

"자주?"

"그렇지도 않아요."

"슈이치가 자네한테 소개했나?"

"소개라고 할 것도 없어요."

"나는 아무리 생각해도 모르겠는데 말이지. 여자와 만나는 데 자네를 데리고 가서 질투하기를 바라던가?"

"저 같은 건 방해가 되지 않아요." 히데코는 조금 몸을 움츠렸다.

신고는 히데코가 슈이치에게 호감을 가지고 질투도 내는 것을 간파하고 있었다.

"방해해주면 좋았을걸."

"어머."

히데코는 아래를 보고 웃었다.

"그쪽도 두 분이 오시는걸요."

"으응? 그 여자도 남자를 데리고 온다고?"

"여자 일행이에요. 남자가 아니에요."

"그래? 그걸로 안심했다."

"어머." 히데코는 신고를 바라보았다.

"함께 살고 있는 분이에요."

"함께 살고 있다고? 여자 둘이 방이라도 빌렸나?"

"아니요. 작지만 그런대로 좋은 집이에요."

"뭐야. 자네는 간 적이 있나 보지?"

"예."

히데코는 말을 얼버무렸다.

신고는 다시 한번 놀랐다. 조금 다급하게 말했다.

"어디야, 집은?"

히데코는 갑자기 얼굴이 창백해졌다.

"곤란하네요." 그녀가 중얼거렸다.

신고는 잠자코 있었다.

"혼고의 대학 근처(도쿄대학교 혼고 캠퍼스를 일컬음-옮긴이) 예요."

"그래?"

히데코는 압박에서 벗어나려는 듯 계속해서 말했다.

"길도 좁고 좀 어두운 편인데, 집은 깨끗해요. 다른 한 분은 정말로 아름다워서 제가 정말 좋아해요."

"다른 한 분이란, 슈이치의 여자가 아닌 쪽인가?"

"네. 아주 인상이 좋은 사람이에요."

"흐음? 그런데 그 여자들은 뭘 하고 있지? 두 사람 다 독신인가?"

"네. 하지만 저는 잘 몰라요."

"여자 둘이서 살고 있군."

히데코는 끄덕이고 나서,

"그렇게 인상 좋은 사람은 본 적이 없어요. 매일이라도 만나고 싶어요"라며 조금 어리광 부리듯 말했다. 그 여자의 인상이 좋다는 사실이 자신에게 무언가를 허용한다는 양 히데코는 말했다.

신고에게는 의외일 뿐이다.

히데코는 동거녀를 칭찬함으로써 슈이치의 여자를 간접적으로 헐뜯고 있는 것인가, 하고 생각해보았지만, 아무래도 히데코의 본심을 알아차릴 수가 없었다.

히데코는 창문 쪽으로 눈을 돌렸다.

"해가 나기 시작했어요."

"그렇군. 조금 열어둬."

"우산을 맡을 때는 어떨까 몰라, 하고 생각했는데 날씨가 좋아져서 다행이에요."

히데코는 슈이치가 회사 일로 출장 갔다고 알고 있었다.

그녀는 밀어 올린 창문을 잡은 채 잠깐 서 있었다. 한쪽 옷자락이 올라가 있었다. 갈피를 잡지 못하는 듯했다.

그러다 아래를 바라보며 되돌아왔다.

심부름꾼이 편지 서너 통을 들고 들어왔다.

히데코가 받아서 신고의 책상에 두었다.

"또 영결식인가. 괴롭군. 이번에는 도리야마구나." 신고는 중얼거렸다.

"오늘 두 시네. 친구 마누라라던 사람은 어떻게 되었나?"

히데코는 신고의 혼잣말에 익숙해져 그를 살짝 보고 있을 뿐이다.

신고는 조금 입을 벌리고 멍하니 있다가,

"오늘은 춤추러 못 가겠어. 영결식이야" 하고 말했다.

"이 친구는 갱년기에 걸린 마누라에게 심하게 학대받으면서 말이지, 마누라가 밥도 주지 않는 거야. 정말 안 주는 거야. 아침은 대충 먹고 나오지만 남편을 위해서는 아무것도 준비되어 있지 않아. 아이들 밥이 되어 있으니까 남편은 마누라를 피해 숨다시피 몰래몰래 먹는 거지. 저녁에는 마누라가 무서워서 돌아갈 수 없으니까, 매일 밤 거리를 서성이거나 영화를 보거나 요세(관객에게 우스운 이야기를 들려주는 소극장-옮긴이)에 들어갔다가 마누라와 아이들이 잠들면 들어가는 거야. 아이들도 모두 엄마에게 가세해서 아버지를 학대했지."

"왜 그랬을까요?"

"이렇다 할 이유도 없어. 갱년기로 들어서면서 그렇게 됐어. 갱년기는 두려운 거야."

히데코는 다소 놀림당하고 있다고 여겼다.

"하지만 남편 쪽에 잘못이 있었던 거죠?"

"한때는 훌륭한 공무원이었어. 나중에 민간 회사에 들어갔는데 어쨌든 영결식도 이렇게 절을 빌려서 할 정도니까 대단하지. 공무원이었을 때는 도락(道樂)에도 빠지지 않았고."

"집안 식구들을 부양하셨겠지요?"

"당연하지."

"알 수가 없네요."

"그래. 자네에게는 모를 일이지만 오륙십의 당당한 신사가 마누라가 무서워서 집에 들어가지 못하고 한밤중에 밖에서 방황하는 경우는 얼마든지 있어."

신고는 도리야마의 얼굴을 떠올려봤지만 생각이 잘 나지 않았다. 안 만난 지도 그럭저럭 십 년이다.

도리야마는 자택에서 죽은 것일까, 하고 신고는 생각했다.

*
4

도리야마의 영결식에서 대학 동창이라도 만날 수 있을까 해서, 신고는 분향을 마치고 절 문 옆에 서 있었지만 단 한 사람도 보지 못했다.

신고만큼 나이 든 사람도 없었다.

그가 늦게 왔기 때문일 것이다.

안을 들여다보자 본당 입구에 늘어서 있던 사람들이 열을 흩뜨리며 움직이기 시작했다.

유족은 본당에 있었다.

부인은 아직 살아 있을 거라고 신고는 생각했는데, 관 바로 옆에 서 있는 마른 여자가 바로 그 부인처럼 보였다.

머리를 염색하다가 한동안 하지 않았는지 머리 뿌리가 허옇게 나와 있었다.

도리야마의 오랜 병간호로 염색할 틈이 없었나 보다, 하고 신고는 그 늙은 여자를 향해 절하며 생각했다. 그러다 방향을 바꿔 관에 분향을 할 때는, 왠지 알 바 아니다, 하고 중얼거리듯 뇌까렸다.

본당 계단을 올라가 유족에게 절하는 동안 신고는 도리야마의 아내가 남편을 학대했다는 걸 싹 잊었던 것이다. 방향을 바꿔 죽은 사람에게 절을 할 때 그 이야기가 떠올랐다.

신고는 섬뜩해졌다.

유족석의 부인을 보지 않으면서 본당을 나왔다.

신고가 섬뜩했던 것은 자신의 이상한 건망증 탓일 뿐 도리야마와 그 부인 때문이 아니었지만, 왠지 묘한 기분으로 자갈길을 되돌아왔다.

망각과 상실감이 신고가 걷는 길가에 놓인 기분이었다.

도리야마와 부인 사이를 알고 있는 사람은 이제 얼마 되지 않는다. 그것을 알고 있는 사람이 조금은 살아 있다고 해도 이미 지나버린 일이다. 남은 것은 부인의 추억에 맡길 뿐이다. 진심으로 되돌아봐줄 제삼자는 없을 것이다.

신고도 속해 있는 예닐곱 명 규모의 동창생 모임에서 도리야마 이야기가 나왔을 때도 진심으로 여긴 사람은 없었다. 그저 웃을 뿐이었다. 이야기를 꺼낸 친구는 익살과 과장을 일삼으며 우쭐했다.

그때 모였던 사람들 중 이미 두 명은 도리야마보다 먼저 죽었다.

부인이 왜 도리야마를 학대한 것인지, 도리야마가 왜 부인에게 학대받게 되었는지, 어쩌면 당시 두 사람도 몰랐을 거라고 신고는 생각했다.

도리야마는 그 이유를 알지도 못한 채 무덤 속으로 들어가 버렸다. 남은 부인에게도 상대인 도리야마가 없어진 이상 과거의 일이었다. 부인도 그 이유를 모른 채 죽어갈 것이다.

동창 모임에서 도리야마의 얘기를 꺼낸 친구의 집에는 오래된 탈이 네다섯 개 정도 전해 내려왔는데, 도리야마가 왔을 때 꺼내 보이자 도리야마는 오랫동안 앉은 채로 움직이지 않았다고 한다. 그 친구 말에 따르면, 처음 보는 탈이 도리야마에게 큰 흥미를 주었을 리는 없고, 아내가 잘 때까지 집에 돌아갈 수 없어서 시간을 때운 것뿐이었다.

그러나 쉰이 지난 한 가장은 매일 밤길을 걸으면서 그게 무엇이든 생각에 잠겨 있었을 거라고 신고는 생각했다.

공무원 시절 정월 경축일에 찍은 것인지, 영결식에 놓인 사진 속 도리야마는 예복을 입고서 온화하고 둥근 얼굴이었다. 사진관에서 수정도 해주어서 어두운 기색은 보이지 않았다.

도리야마의 온화한 모습은 관 앞의 아내와 어울리지 않게 젊었다. 도리야마를 학대하느라 아내가 늙어버렸다고 보일 지경이었다. 부인이 키가 작은 탓에 신고는 그녀의 머리 뿌리가 허연 것을 내려다보았는데, 한쪽 어깨도 조금 처지고 깡마른 느낌이었다.

아들과 딸 그리고 그 배우자로 보이는 사람도 부인 옆에 서 있었지만 신고는 자세히 보지 않았다.

'자네 집은 어때?'

누군가 옛 친구를 만나면 신고는 그렇게 물어볼 생각으로 절 문에서 기다리고 있었다.

같은 질문을 받으면,

'그럭저럭 지금까지 무사히 살아왔다고 생각했더니만 공교롭게 딸네도 아들네도 바람 잘 날이 없네' 하고 대답하고 그런 얘기를 나누고 싶었다.

숨김없이 털어놓아봐야 서로 아무런 힘도 안 된다. 쓸데없는 참견을 할 기분도 안 난다. 전철역까지 얘기하며 걷다가 헤어질 뿐이다.

그러나 신고는 그 정도를 원했다.

'도리야마도 죽고 보니 아내에게 학대받은 것 따위는 흔적도 없지 않은가?'

'도리야마 아들과 딸의 가정이 순조롭게 흘러가고 있다면

도리야마가 성공한 것이라고 볼 수 있을까?'

'요즘 세상에 자식의 결혼 생활에 부모가 얼마만큼 책임질 수 있겠어?'

옛 친구를 향해서 말하고 싶은 그런 중얼거림이 웬일인지 신고의 가슴에 잇따라 떠올랐다.

절 문 지붕에서 참새 떼가 끊임없이 울고 있었다.

참새들은 처마 주변을 활모양으로 날다가 지붕 위로 올라가더니 다시 활모양으로 날아다녔다.

*
5

절에서 회사로 돌아오니 두 명의 손님이 기다리고 있었다.

신고는 뒤편의 장에서 위스키를 내오게 하여 홍차에 넣었다. 기억력에 조금이나마 도움이 되었다.

손님을 접대하면서 어제 아침 집에서 본 참새를 떠올렸다.

뒷산 기슭의 억새밭에 있었다. 억새 이삭을 쪼고 있었다. 억새 열매를 먹는 건지 벌레를 잡고 있는 건지. 그렇게 생각하면서 보니 참새 떼인 줄 알았던 무리 속에 멧새가 섞여 있었다.

참새와 멧새가 섞여 있어서 신고는 더 자세히 보았다.

예닐곱 마리가 이삭 사이를 옮겨 날아다녀서, 이삭이 하나같이 크게 움직이고 있었다.

멧새는 세 마리가 있었다. 멧새들은 얌전했다. 참새처럼 성급하지 않았다. 옮겨 날아다니는 일도 적었다.

멧새의 날개 광택과 가슴 털의 색깔을 보니 '올해의 새'로 꼽을 만했다. 참새는 먼지투성이가 따로 없었다.

물론 신고에게는 멧새가 귀여웠지만 멧새와 참새 울음소리가 다르듯이 동작에도 그 같은 모습이 드러나 있었다.

참새와 멧새가 싸움을 하는가 싶어 신고는 잠시 바라보았다.

그러나 참새는 참새대로 서로 부르며 어지럽게 날아다니고 멧새는 멧새대로 모여들다가 왠지 모르게 떨어졌을 뿐, 중간에 섞여도 싸우지는 않았다.

신고는 감탄했다. 아침에 세수할 때였다.

아까 전 절 문 앞에도 참새가 있었기 때문에 떠올렸을 것이다.

신고는 손님을 보낸 뒤 문을 닫고 돌아서자마자,

"자네, 슈이치의 여자가 사는 집에 안내해줘" 하고 히데코에게 말했다.

신고는 손님과 얘기할 때부터 생각하고 있었지만 히데코에게는 갑작스럽게 다가왔다.

흥, 하고 반항하는 태도로 히데코는 썰렁한 얼굴을 했지만

곧 기가 죽었다. 그러나 딱딱한 목소리로,

"가서 어떻게 하실 거예요?" 하고 차갑게 말했다.

"자네에게는 민폐 끼치지 않을게."

"만나실 거예요?"

오늘 그 여자를 만나야겠다고 생각하지는 않았다.

"슈이치 씨가 돌아오면 함께 가시면 안 돼요?" 히데코는 침착하게 말했다.

신고는 히데코가 냉소하고 있음을 느꼈다.

차에 탄 후에도 히데코는 침울해했다.

신고는 히데코를 욕보이며 짓밟고 있는 것만으로도 마음이 무거웠다. 자신뿐 아니라 아들에게도 수치스러운 일이었다.

슈이치의 부재중에 일을 해결해버리자고 생각해보지 않은 건 아니었다. 하지만 공상에 머물고 말 거라는 예감이 들었다.

"말씀을 나누시려면 동거인에게 말씀하는 편이 나아요." 히데코가 말했다.

"자네가 인상이 좋다고 했던 사람 말이지?"

"네. 제가 그 분을 회사로 불러올까요?"

"글쎄." 신고는 애매하게 말했다.

"슈이치 씨는 그 집에서 약주를 드실 때면 몹시 취해서 난폭하게 행동해요. 노래를 부르라고 해서 그 분이 아름다운 소리로 노래하면 기누코 씨가 우는 거예요. 대신 울어줄 정도로 기누코 씨는 그 분의 말을 잘 들어요."

묘한 애기지만 기누코라는 사람은 슈이치의 여자일 것이다.

신고는 슈이치의 그런 술버릇도 알지 못했다.

그들은 대학교 앞에서 차를 세우고 좁은 골목으로 접어들었다.

"슈이치 씨에게 이런 일이 알려지면 저는 회사에 나갈 수 없으니까 그만두겠어요." 히데코가 낮은 소리로 말했다.

신고는 오싹했다.

히데코는 멈춰 서 있었다.

"저기 돌담 옆을 돌아서 '이케다'라는 문패가 걸린 네 번째 집이에요. 저는 얼굴을 아니까 가지 않겠어요."

"자네에게 폐를 끼쳐서 미안하네. 오늘은 그만두지."

"왜요? 여기까지 오셔서……. 가정이 평화로워지기만 하면 되잖아요?"

히데코의 반항에는 증오도 느껴졌다.

히데코는 돌담이라고 말했지만 콘크리트로 된 벽에 정원에는 큰 단풍나무가 있는 집이었다. 그 모퉁이를 돌아 네 번째로 보이는 '이케다'라는 작고 낡은 집은 아무런 특색도 없었다. 입구가 북쪽을 향해 나 있었으며 어둡고 2층 유리문도 닫혀 있어 아무 소리도 나지 않았다.

신고는 그곳을 지나쳤다. 눈에 들어오는 것도 없었다.

그곳을 지나치자 이내 맥이 빠졌다.

아들의 어떤 생활이 저 집에 숨겨진 것일까? 신고가 그 집에 돌연 들어간다는 게 가능한 일로 여겨지지 않았다.

다른 길을 돌았다.

아까의 그곳에 히데코는 없었다. 차를 세운 큰길에 나가도 히데코는 보이지 않았다.

집으로 돌아간 신고는 기쿠코의 얼굴을 보기 어려워서,

"슈이치는 잠깐 회사에 들렀다가 떠났어. 날씨가 좋아져서 다행이야"라고 말했다.

그러고는 몹시 피곤해져서 일찍 잠자리에 들었다.

"슈이치는 며칠이나 휴가를 냈수?" 야스코가 응접실에서 말했다.

"글쎄, 그건 묻지 않았지만 후사코를 데리고 오는 것뿐이니까 이삼 일 정도 걸릴 거야." 그는 잠자리에서 대답했다.

"오늘 기쿠코를 거들어 이불솜을 넣어두었다우."

신고는 후사코가 두 아이를 데리고 돌아오면 그 후 기쿠코가 겪을 고생을 떠올렸다.

슈이치를 분가시킬까, 하고 생각하니 혼고에서 본 슈이치의 여자가 사는 집이 기억났다.

히데코의 반항도 생각났다. 매일 옆에 있지만 신고는 히데코가 그렇게 폭발하는 걸 본 적이 없었다.

기쿠코가 폭발하는 모습은 아직 못 보았다는 말인데. 저 애는 아버님께 죄송스럽다며 질투도 못한다고, 야스코가 신고에게 말한 적이 있다.

이윽고 잠든 신고는 야스코의 코 고는 소리에 잠이 깨어 그녀의 코를 잡았다.

야스코는 지금까지 깨어 있던 사람처럼 말했다.

"후사코는 또 보자기를 들고 돌아올까요?"

"그렇겠지."

그 말을 끝으로 이야기는 끊어졌다.

섬
꿈

＊

1

 마루 밑에서 들개가 새끼를 낳고 있었다.

 '낳고 있었다'란 어색한 표현이지만 신고 일가에서는 정말 그랬다. 즉 집안사람들이 아무도 모르는 사이에 마루 밑에서 새끼를 낳던 것이다.

 "어머님, 테르가 어제도 오늘도 안 보이는데 새끼를 낳은 것이 아닐까요?" 기쿠코가 칠팔 일 전에 부엌에서 그렇게 말한 적이 있다.

 "그러고 보니 안 보이는구나." 야스코는 건성으로 대답했다.

 신고는 호리고타쓰(마루청을 파서 만든 일본의 난방용 테이블-옮긴이)에 발을 넣고 옥로(찻잎이 나올 무렵 차나무에 그늘을 만들어 재배한 차. 품질이 좋아 달여 마신다-옮긴이)를 끓이고 있었다. 올가을부터 매일 아침 옥로를 마시는 게 습관이 되어 직접 끓이는 것이다.

기쿠코는 아침 준비를 하면서 테루에 대해 말하곤 했는데, 얘기는 그뿐이었다.

기쿠코가 무릎을 꿇고 신고 앞에 미소시루(일본식 된장국-옮긴이) 공기를 놓았을 때,

"한 잔 할래?"라고 말하며 신고는 옥로를 따랐다.

"네. 마실게요."

이전에 없던 일이라 기쿠코는 격식을 차리고 앉았다.

신고는 기쿠코를 보며,

"오비도 하오리(기모노 위에 입는 짧은 겉옷-옮긴이)도 국화 무늬로구나. 국화 철은 지났지. 올해는 후사코가 소동을 벌이는 바람에 기쿠코의 생일도 잊어버렸어."

"오비는 사군자예요. 일 년 내내 맬 수 있어요."

"사군자란 무엇이냐?"

"매, 난, 국, 죽……." 그녀는 시원스럽게 말했다.

"아버님, 어딘가에서 보셔서 아실 거예요. 그림에도 있고 기모노에도 잘 쓰이는걸요."

"욕심을 부린 무늬구나."

기쿠코는 찻잔을 놓고 말했다.

"맛있어요."

"왜, 저 있잖아, 누구였더라. 부의(賻儀) 답례품으로 옥로를 받고 나서 또 마시게 되었지. 옛날에는 옥로를 많이 마셨어. 엽차는 우리 집에서는 안 마셨는데."

슈이치는 그날 아침 먼저 회사에 나갔다.

신고는 현관에서 구두를 신으면서 어느 친구의 장례식에 갔다가 답례품으로 옥로를 받았는지 그 이름을 떠올리려고 했다. 기쿠코에게 물어보면 간단하겠지만 잠자코 있었다. 그 친구는 온천 여관에 젊은 여자를 데리고 가 있다가 거기서 갑자기 죽었기 때문이다.

"정말 테르가 안 오는구나." 신고는 말했다.

"네. 어제도 오늘도요." 기쿠코가 대답했다.

신고가 나가는 소리에 테르는 현관으로 돌아와서 문밖까지 따라올 때도 있었다.

바로 얼마 전에 기쿠코가 현관에서 테르의 배를 어루만져주던 것을 신고는 떠올렸다.

"기분이 안 좋아, 뭉클뭉클해서." 기쿠코는 눈썹을 찌푸렸지만 그래도 새끼를 만져보려고 했다.

"몇 마리나 있니?"

테르는 좀 묘한 눈으로 기쿠코를 보고는 옆으로 누워 배를 위로 향했다.

테르의 배는 기쿠코가 기분이 안 좋을 만큼 부풀지는 않았다. 조금 거죽이 얇아진 아랫배는 엷은 분홍색을 띠고 있었다. 그러나 젖 주위에 때가 끼어 있었다.

"젖이 열 갠가?"

기쿠코가 그렇게 말해서 신고도 눈으로 개 젖을 세어보았다. 맨 위의 한 쌍은 오그라든 것처럼 작았다.

테르는 기르는 주인이 있어서 감찰(鑑札)을 붙이고 있지만, 주인이 제대로 먹을 것을 주지 않았는지 거의 떠돌이 개나 다름없다. 주인집 근처 이웃의 부엌을 돌아다녔다. 기쿠코가 아침저녁으로 남은 음식에 테르 몫을 더 주면서부터는 신고의 집에 있는 시간이 길어졌다. 한밤중에 자주 정원에서 짖는 것을 들으면 테르가 우리 집 개가 된 기분도 들었다. 그러나 기쿠코도 우리 집 개라고 생각할 만큼 가까이하지는 않았다.

게다가 테르는 항상 주인집으로 돌아가 해산했다.

그래서 어제오늘 테르가 오지 않은 것을 보고 이번에도 주인집에서 낳았을 거라고 기쿠코는 말한 것이다.

새끼를 낳을 때마다 주인집으로 돌아가는 모습이 신고는 왠지 가엾게 여겨졌다.

그런데 이번에는 신고의 집 마루 밑에서 낳은 것이다. 열흘 정도는 아무도 눈치채지 못했다.

신고가 슈이치와 함께 회사에서 돌아오자,

"아버님, 테르가 우리 집에서 새끼를 낳았어요." 하고 기쿠코가 말했다.

"그래? 어디서?"

"식모 방 마루 밑에서요."

"음."

식모가 없었기 때문에 창고를 대신하여 다다미 세 장짜리 방에 여러 가지 물건을 두고 있었다.

"테르가 식모 방 마루 밑으로 들어가기에 들여다보니 새끼가 있었어요."

"음, 몇 마리?"

"어두워서 잘 안 보여요. 안쪽이라."

"그래? 우리 집에서 낳았구나."

"어머님이 말씀하셨지만 헛간 부근에서 테르가 이상한 모양으로 빙글빙글 돌며 흙을 파는 시늉을 했대요. 새끼 낳을 곳을 찾고 있던 거예요. 짚이라도 넣어주었더라면 헛간에서 낳았겠지요."

"새끼가 크면 곤란할걸." 슈이치는 말했다.

신고도 테르가 집에서 새끼를 낳은 것에 호의를 가졌지만, 떠돌이 개의 새끼를 처리하기가 곤란해서 내쳐버릴 때의 괴로운 감정을 떠올렸다.

"테르가 우리 집에서 새끼를 낳았답디다." 야스코도 말했다.

"그랬다며?"

"식모 방 마루 밑이라고 합디다. 식모 방에는 사람이 없으니까 테르도 나름대로 생각한 거구먼요."

야스코는 고타쓰에 앉은 채 조금 얼굴을 찌푸리며 신고를 올려다보았다.

신고도 고타쓰에 들어가 엽차를 마시고 나서 슈이치에게 말했다.

"저번에 다니자키가 소개해준다던 식모는 어떻게 된 거니?"

그러고는 두 잔째 엽차를 직접 따르고 있는데,

"재떨이에요, 아버지" 하고 슈이치가 말했다.

신고는 잘못 알고 재떨이에 차를 따르고 있었다.

*
2

"난, 결국 후지(해발 3776미터의 휴화산으로 일본에서 가장 높은 산. 일본인들의 정서 속에 마음의 고향처럼 자리 잡고 있다-옮긴이)에 오르지 못하고 늙어버렸다." 신고는 회사에서 중얼거렸다.

문득 떠오른 말이지만 뭔가 의미가 있는 것 같아 되풀이해서 중얼거려보았다.

어젯밤 마쓰시마(아마노하시다테, 이쓰쿠시마와 더불어 일본 3대 절경 중 하나로 일컬어지는 경승지-옮긴이) 꿈을 꾼 탓에 그런 말이 떠오른 것일지도 모른다.

마쓰시마에 간 적이 없는데 꿈에서 그곳을 보았다는 게 오늘 아침 신고에게는 이상하기만 했다.

그리고 이 나이가 될 때까지 일본 삼경(三景) 중 하나인 마쓰시마에도, 아마노하시다테에도 가본 적이 없다는 걸 새삼 깨달았다. 비록 아키의 미야지마(일본의 3대 절경 중 하나인 이쓰쿠시마의 별칭-옮긴이)만큼은 철 지난 겨울이었지만 규슈에 출장 갔다 돌아오는 길에 들른 적이 있었다.

꿈은 아침이 되자 단편밖에 기억나지 않았다. 그럼에도 섬의 소나무 색과 바다 색은 선명하게 남아 있었다. 게다가 마쓰시마인 것도 확실했다.

신고는 초원의 소나무 그늘에서 여자와 포옹하고 있었다. 두려워서 숨어버렸다. 일행에서 둘이 떨어져 나온 것 같았다. 여자는 무척 젊었다. 아가씨였다. 자신의 나이는 알 수 없었다. 여자와 소나무 사이를 달린 걸 보아 신고도 젊었을 것이다. 아가씨를 포옹하며 나이 차는 느끼지 않았다. 젊은이들이 하듯이

했다. 그러나 젊어졌다고 해도 옛날 일은 아니었다. 예순두 살의 신고 그대로 이십 대가 된 것 같았다. 그 꿈의 불가사의였다.

일행이 탄 모터보트가 바다로 멀어져갔다. 그 배에는 한 여자가 서서 끊임없이 손수건을 흔들고 있었다. 바다 빛깔 속의 흰 손수건이 꿈이 깬 뒤에도 선명하게 기억났다. 신고는 여자와 둘이 작은 섬에 남겨졌지만 조금도 불안을 느끼지 않았다. 신고에게는 바다 위 보트가 보였지만, 그곳에는 여자와 함께 숨을 곳이 없다는 것만 생각하고 있었다.

하얀 손수건에서 잠이 깨었다.

아침에 일어나니 꿈속에서 상대한 여자가 누군지 알 수가 없었다. 얼굴도 모습도 없다. 감촉도 남아 있지 않다. 경치의 빛깔만이 선명하였다. 그러나 하필 왜 마쓰시마인지, 왜 그곳 꿈을 꾼 것인지는 짐작이 가지 않았다.

신고는 마쓰시마를 본 적도 없고 작은 무인도에 보트로 건너간 적도 없었다.

꿈에 색이 입혀진 것은 신경쇠약이 아닐까, 하고 집안사람들에게 물어보려고도 했지만 차마 그러지 못했다. 여자와 포옹하고 있던 꿈 따위, 역겨운 기분이 들었다. 다만 한 가지, 현재의 모습 그대로 젊어졌기 때문에 아무런 괴리감 없이 모든 게 자연스러웠다.

꿈속 시간의 불가사의가 왠지 모르게 신고에게 위안이 되었다.

상대 여자가 누군지 알면 그 불가사의도 풀릴 것 같아 회사에서 줄담배를 피우고 있는데, 가벼운 노크 소리에 이어 문이 열리더니,

"잘 있었나?" 하며 스즈모토가 들어왔다.

"아직 출근하지 않았을 줄 알았는데."

스즈모토는 모자를 벗고 앉았다. 히데코가 당황하며 외투를 받으러 왔지만 스즈모토는 그대로 의자에 앉았다. 신고는 그의 대머리를 보자 우스워졌다. 귀 위에도 검버섯이 피어 지저분했다.

"웬일이야, 아침부터."

신고는 웃음을 참으며 자신의 손을 보았다. 신고의 손등과 손목 주위에도 엷은 기미가 보였다 말았다 했다.

"극락왕생을 이룬 미즈타 말이야……."

"응. 미즈타." 신고는 떠올렸다.

"그래그래. 미즈타의 부의 답례품으로 옥로를 받아서 그때부터 옥로를 마시는 습관이 들어버렸어. 좋은 옥로를 주었지."

"옥로도 좋지만 극락왕생은 정말 부러워. 그렇게 죽는 것도 말로만 들었지 미즈타가 이루리라고는 생각도 못했어."

"음."

"부러운 일이 아닌가."

"자네도 살찌고 머리가 벗겨졌으니 가망 있어."

"나는 그렇게 혈압이 높지 않아. 아무튼 미즈타는 뇌일혈을 무서워했지. 혼자서는 밖에서 묵지도 못했다고 하던데."

 미즈타는 온천 여관에서 갑작스럽게 죽었다. 장례식 때 옛 친구들은 이른바 미즈타의 극락왕생이라고 서로 수군거렸다. 젊은 여자를 데리고 있었다고 해서 미즈타의 죽음을 왜 그렇게 추측하는 건지, 나중에 생각하니 조금 미심쩍었다. 하지만 당시에는 상대 여자가 장례식에 왔는지 호기심이 일기도 했다. 여자는 평생 괴로울 거라고 하는 사람이 있는가 하면, 만일 남자를 사랑했다면 여자도 만족스러울 거라고 말하는 사람도 있었다.

 지금은 육십 대가 된 일행이 대학 동기라는 이유로 학생 말투로 떠들어대는 것도 신고에게는 노추의 일종으로 다가왔다. 그들은 아직도 서로를 학생 시절의 별명이나 애칭으로 부르기도 한다. 서로 젊었을 때를 안다는 건 친숙함, 그리움뿐만 아니라 이끼 낀 이기주의의 허물로 그런 감정을 퇴색시킨다. 전에 죽은 도리야마를 웃음거리로 삼았던 미즈타의 죽음도 웃음거리가 되었다.

 스즈모토는 장례식 때도 극락왕생을 집요하게 말했지만 신

고는 그가 원하는 방식대로 죽는 꼴을 상상하면 몸서리가 날 것 같아서,

"한데, 다 늙어가지고 그런 꼴도 흉측해"라고 말했다.

"하긴 그래. 우리 이제 여자 꿈도 꾸지 않으니까." 스즈모토도 차분해졌다.

"자네는 후지에 오른 적이 있나?" 신고는 물었다.

"후지? 후지산 말이야?"

스즈모토는 의아하다는 얼굴이었다.

"오른 적은 없어. 그게 어떻다는 거야?"

"나도 오른 적이 없어. 난, 결국 후지에 오르지 못하고 늙어 버렸다."

"뭐야? 뭔가 에로틱한 의미인가?"

"어처구니없기는." 신고는 웃음을 터트렸다.

문가 책상에서 주판을 놓고 있던 히데코도 킥킥 웃었다.

"그러고 보니 후지에도 못 오르고 일본 삼경도 못 보고 인생을 마감하는 사람도 의외로 많군 그래. 일본인 중에서 후지산에 오르는 사람은 몇 퍼센트나 될까?"

"글쎄, 1퍼센트나 될까?"

스즈모토는 또 얘기를 돌렸다.

"그 점에 있어서 미즈타 같은 행운아는 몇만 명 중 한 명, 몇

십만 명 중 한 명꼴이군."

"도미쿠지(에도시대에 유행했던 복권의 일종-옮긴이) 말인가? 하지만 유족은 싫겠지."

"응. 실은 그 유족 말인데 미즈타 부인이 찾아와서 말이지." 스즈모토는 용건을 꺼내는 어조로,

"이런 걸 부탁받았어"라고 말하면서 테이블 위에 있는 보따리를 풀었다.

"탈이야. '노(能, 일본의 전통 가무극-옮긴이)'의 탈이야. 이걸 미즈타 부인이 사달라기에 자네에게 좀 보여주려고 했지."

"탈 같은 건 몰라. 일본 삼경과 마찬가지로 일본에 있다는 건 알고 있지만, 아직 본 적은 없네."

탈은 두 개였다. 스즈모토는 봉투에서 탈을 꺼내서,

"이건 지도(慈童, 전통 예능 노에서 쓰는 품격이 높은 동자 얼굴의 탈-옮긴이), 이쪽은 갓시키(喝食, 불교 선종의 동자승-옮긴이)라고 한대. 양쪽 다 아이야."

"이게 아이라고?"

신고는 갓시키를 집어 들어 양쪽 귓구멍에 꿴 종이 끈을 잡고 바라보았다.

"앞머리가 그려져 있지? 은행잎 모양의. 성인식을 치르기 전의 소년이기 때문이지. 보조개도 있어."

"음."

신고는 자연스레 양팔을 쭉 뻗어서,

"다니자키, 안경 좀" 하고 히데코에게 말했다.

"아니, 자네 그대로가 좋아. 탈은 그렇게 조금 높게 손을 뻗어서 보는 거래. 우리처럼 노안의 거리가 오히려 좋다는 거야. 그리고 탈은 조금 눈을 깔고 희미하게……"

"누군가와 닮은 것 같아. 사실적이군."

탈의 눈을 내리깔고 고개를 숙이는 것을 '침울하게'라고 말하고, 우수에 잠긴 표정으로 눈을 들어 위를 향하는 것을 '비춘다'라고 하며, 그 표정이 명랑하게 보인다는 둥 스즈모토는 설명했다. 좌우로 움직이는 것은 '사용한다'라거나 '자른다'라고 표현한다고 했다.

"누군가와 닮았어." 신고는 또 말했다.

"소년이라고 하기는 어렵지만 청년으로는 보이는군."

"옛날 아이들은 조숙했지. 게다가 소위 동안이라는 건 탈에 어울리지 않아. 잘 봐. 소년이야. 지도 탈은 요정이라던데 영원한 소년의 상징이겠지."

신고는 스즈모토에게 들은 대로 지도 탈을 움직여보았다.

지도의 앞머리는 단발머리였다.

"어때? 사지 않겠나?" 스즈모토가 말했다. 신고는 탈을 테이

불 위에 놓았다.

"근데 자네가 부탁받은 거니까 자네가 사둬."

"응. 나도 샀어. 실은 부인이 다섯 개나 가지고 와서 내가 여자 탈을 두 개 사고 우미노에게 한 개 밀어붙이고 자네에게도 부탁하는 거야."

"뭐야, 남은 물건인가. 자기가 먼저 여자 탈을 선택하고, 건방진 녀석."

"여자 탈이 좋은가?"

"됐어. 여기 없잖아."

"뭣하면 내 것을 가져와도 좋아. 자네가 사주면 나는 좋지. 미즈타가 그런 식으로 죽기도 했고 부인의 얼굴을 보니 왠지 딱해서 거절할 수가 없었어. 근데 여자 탈보다 작품성은 이쪽이 더 상급이래. 영원한 소년이라고 하니 얼마나 좋은가."

"미즈타는 죽었고 미즈타의 집에서 이 탈을 오랫동안 보고 있던 도리야마도 요전에 죽었고, 영 기분이 안 좋군."

"하지만 지도 탈은 영원한 소년이니까 괜찮아."

"자네는 도리야마의 고별식에 갔나?"

"다른 일이 있어서 못 갔어."

스즈모토는 일어섰다.

"그럼 어쨌든 맡겨둘 테니 천천히 봐줘. 정 마음에 안 들면 다른 데 알아봐주면 좋고."

"마음에 들든 안 들든 나와는 인연이 없어. 상당한 탈 같은데 노(能)를 떠나서 우리들이 사장(死藏)하는 것은 생명을 잃게 하는 것이 아닌가?"

"글쎄, 할 수 없지."

"값은? 비싼가?" 신고는 얼른 물었다.

"응. 잊지 않도록 부인에게 써두게 했어. 그 끈이 붙은 종이에 말이지. 대략 그 정도라고 하던데 깎아주겠지."

안경을 쓰고 종이 끈을 펼쳐보려던 신고는 갑자기 눈앞이 선명해지며 지도 탈에 그려진 털과 입술이 아름답게 보여서 아아, 하는 소리가 저절로 나올 뻔했다.

스즈모토가 나가자 히데코가 테이블 옆으로 다가왔다.

"아름답지?"

히데코는 잠자코 끄덕였다.

"잠깐 얼굴에 써보지 않을래?"

"어머, 제가요? 이상할 거예요. 양장이기도 하고." 히데코는 그렇게 말했지만 신고가 탈을 가지고 가자 스스로 얼굴에 대고 끈을 머리 뒤에서 묶었다.

"가만히 움직여봐."

"네."

히데코는 가만히 선 채 탈을 여러 모양으로 움직였다.

"잘한다, 잘해." 신고는 무심결에 말했다. 그 정도만으로도 탈은 살아 움직였다.

히데코는 팥색 양장을 입고 있었고 나부끼는 머리가 탈의 양옆으로 나와 있었지만 마음에 닿는 것처럼 귀엽기만 했다.

"이제 됐지요?"

"응."

신고는 히데코를 보내 탈 관련 책을 사게 했다.

*

3

갓시키에도, 지도 탈에도 작자의 이름이 있어서 조사해보니, 무로마치시대의 소위 고작(古作)에는 들어가지 않지만 그것에 버금가는 명인의 작품이라는 것을 알아냈다. 탈을 손에 들고 보는 게 처음인 신고에게도 가짜처럼 보이진 않았다.

"어머, 기분 나빠. 어디 봐요." 야스코는 돋보기를 쓰고 탈을 보았다.

기쿠코가 킥킥 웃었다.

"어머님, 아버님 안경으로 보이세요?"

"응. 돋보기라는 것이 워낙 칠칠치 못해야 말이지." 신고가 대신해서 대답했다.

"누구 것을 빌려도 대개 맞아."

신고가 주머니에서 꺼낸 돋보기를 야스코가 사용한 것이다.

"대개 남편 쪽이 빠른데 우리 집은 할멈이 한 살 위니까."

신고는 기분이 아주 좋았다. 외투를 입은 채 고타쓰에 발을 넣었다.

"노안이 한심한 것은 음식이 잘 보이지 않는다는 점이지. 차려진 요리가 잘고 먹기 까다로운 것이면 뭐가 뭔지 구분이 안 갈 때가 있어. 노안이 시작되면, 밥공기를 이렇게 들어 올려도 밥알이 뿌예져서 한 알 한 알이 안 보이게 되지. 정말 한심해."

신고는 탈에 넋이 빠져 있었다.

그러나 이내 기쿠코가 기모노를 무릎 위에 놓고 신고가 옷 갈아입기를 기다린다는 것을 알았다. 오늘도 또 슈이치가 돌아오지 않을 걸 눈치챈 모양이었다.

신고는 서서 옷을 갈아입으면서도 고타쓰 위의 탈을 내려다보았다.

그렇게 해서라도 기쿠코의 얼굴을 보는 것을 피하려는 의도도 있었다.

기쿠코가 아까부터 탈에 다가가려고도 하지 않고 아무렇지 않은 듯 양복을 치우고 있는 게 모두 슈이치가 돌아오지 않았기 때문이라고 생각하니 신고는 마음이 무거워졌다.

"아무리 봐도 기분 나빠. 사람 목 같아서." 야스코가 말했다.

신고는 고타쓰로 돌아갔다.

"어느 쪽이 좋다고 생각해?"

"이쪽이 좋지요." 야스코는 한마디로 딱 잘라 대답하고 갓시키 탈을 손에 들었다.

"살아 있는 사람 같아서."

"음. 그래?"

신고는 야스코의 속단에 어이가 없어서,

"시대는 같아. 작자는 다르지만. 도요토미 히데요시 시대야" 하고 말하며 지도 탈 바로 위에 얼굴을 들이밀었다.

갓시키는 남자 얼굴에다 눈썹도 남자다웠지만 지도는 다소 중성적인 데다가 눈과 눈썹 사이가 넓어서 부드러운 초승달 모양의 눈썹이 소녀에 가까웠다.

바로 위에서 눈을 가까이 가져가자, 소녀같이 매끄러운 살결이 신고의 노안을 통해 희미하게 부드러워지면서 탈은 사람의 살결처럼 따스함을 가지고 살아나 미소 지었다.

"앗!" 신고는 숨을 삼켰다. 서너 치 가까이에 얼굴을 대고 살아 있는 여자가 미소 짓고 있었다. 아름답고 맑은 미소다.

눈과 입이 실로 생생하다. 우멍한 눈구멍에 검은 눈동자가 빛났다. 오렌지색 입술이 가련하게 촉촉해 보였다. 신고가 숨을 죽이고 코가 닿을 만큼 다가가자 검고 부리부리한 눈망울이 밑에서 떠오르고 아랫입술이 부풀어 올랐다. 신고는 하마터면 탈에 키스할 뻔했다. 숨을 깊게 내뱉고 얼굴을 떼었다.

그러자 모든 게 거짓말처럼 사라졌다. 잠시 거친 호흡이 이어졌다.

신고는 입을 다물고 지도 탈을 봉투에 넣었다. 금실로 수를 놓은 빨간 바탕의 봉투였다. 갓시키 봉투는 야스코에게 건네주었다.

"넣어줘."

신고는 고풍스러운 색깔의 연지가 입술 주변에서 안으로 갈수록 엷어지는 지도의 아랫입술 속까지 보았다고 느꼈다. 입이 살짝 벌려진 채 아랫입술에는 치아가 없다. 눈 위의 꽃봉오리 같은 입술이다.

얼굴에 닿을 정도로 겹쳐서 보는 것은 탈에는 있을 수 없는 사도(邪道)일 것이다. 탈을 만드는 장인도 생각지 못했으리라. 노의 무대 위 적당한 거리에서 가장 살아 있어 보이는 탈이 지금처럼 극단적인 거리에서도 더욱 선명하게 살아 숨 쉬는 것을 보고, 신고는 장인이 지닌 사랑의 비밀인가, 하고 생각했다.

하늘의 사련(邪戀)이라고 느낄 만큼 신고는 두근거렸다. 더구나 인간 여자보다도 요염하게 다가온 건 자신의 노안 탓도 있지 않을까, 하고 비웃어보았다.

그러나 꿈에서 아가씨와 포옹하고, 탈을 쓴 히데코가 가련해지고, 지도에게 키스를 하려고 하는 등 이상한 일이 계속되는 것은 마음속에서 꿈틀거리는 무엇인가가 있기 때문이 아닐까.

노안이 오고 나서 그는 젊은 여자와 얼굴을 맞댄 적이 없다.

노안에는 또 희미하게 감도는 맛이 있는 것일까.

"이 탈은 말이야, 부의 답례품으로 받은 옥로, 그 있잖아, 온천에서 급사한 미즈타 유품이야." 신고는 야스코에게 말했다.

"기분이 안 좋아요." 야스코는 되풀이했다.

신고는 엽차에 위스키를 넣어 마셨다.

기쿠코는 부엌에서 도미 찌개에 넣을 파를 썰고 있었다.

*
4

연말인 29일 아침, 세수를 하던 신고는 테르가 강아지들을 모두 데리고 양지에 나와 있는 것을 보았다.

강아지들이 식모 방 마루 밑에서 기어 다닐 무렵까지도 네 마린지 다섯 마린지 잘 알 수가 없었다. 기쿠코는 기어 나온 강아지를 재빠르게 잡아서 집 안으로 안고 올라오기도 했다. 강아지는 안기면 얌전했지만 사람을 보면 마루 밑으로 도망쳐 들어갔다. 모두 다 같이 정원에 나온 적도 없으므로 기쿠코도 네 마리라고 했다가 다섯 마리라고도 했다.

그러다 아침에 양지에서 다섯 마리라는 것을 알았다.

전에 신고가 참새와 멧새가 섞여 있는 것을 보았던 곳과 같은 산기슭이다. 방공호로 굴을 판 땅에 흙을 쌓아 올려 전쟁 중 야채를 심던 곳이었다. 지금은 동물들이 아침에 일광욕을 하는 장소가 된 것 같다.

멧새와 참새가 이삭을 쪼고 있던 억새 그루터기는 벌써 말라버렸지만 늠름한 원형대로 산 아래턱에서 높이 쌓아 올린 흙더미 위에 덮여 있었다. 흙더미 위는 부드러운 잡초가 우거져, 그곳을 택한 테르의 지혜에 신고는 감탄했다.

사람이 일어나기 전에, 일어나도 아침 준비에 정신을 빼앗기고 있을 때, 테르는 새끼를 좋은 장소로 데리고 나와 아침 해를 쬐면서 젖을 먹이고 있었다. 사람에게 방해받지 않는 한때를 한가로이 즐기고 있었다. 처음에 신고는 그렇게 생각하고 따뜻한 어느 봄날의 그림 같은 풍경에 미소 지었다. 때는 연말인 29일이었지만 가마쿠라의 양지는 따뜻했다.

그러나 자세히 보니 다섯 마리가 젖을 다투어 서로 밀어제치고, 앞발로 젖을 펌프같이 밀어서 짜내는 등, 강아지들은 대단한 동물의 힘을 발휘하고 있었다. 게다가 벌써 흙더미를 오를 수 있을 만큼 강아지가 성장한 탓인지, 테르는 젖을 먹이는 것이 무척이나 싫은 듯 몸을 흔들거나 배를 아래로 향했다. 테르의 젖에는 새끼의 발톱에 긁힌 붉은 상처가 나 있었다.

결국 테르는 자리에서 일어나 젖에 붙은 새끼를 냅다 뿌리쳤다. 그러고는 흙더미에서 뛰어내렸다. 집요하게 매달려 있던 강아지 한 마리는 그 순간 흙더미에서 굴러떨어졌다.

세 척 정도의 높이에서 떨어졌기 때문에 신고는 가슴이 덜컹 내려앉았다. 강아지는 한동안 멍하니 있다가 곧 아무렇지도 않게 일어나서 흙냄새를 맡았다.

'글쎄?' 신고는 생각했다. 이 강아지의 모습은 지금 처음 보지만, 전에 똑같은 모습을 본 것처럼 느껴졌다. 그는 잠시 생각에 잠겼다.

"맞아. 소타쓰(다와라야 소타쓰. 에도시대 초기의 화가-옮긴이) 그림이다." 그는 중얼거렸다.

"음, 대단하다."

신고는 소타쓰의 강아지 수묵화를 사진판으로 잠깐 본 것이 전부였기 때문에 장난감 모형 같은 강아지라고 생각했을 뿐이다. 그게 살아 있는 사실(寫實)이었던가, 하고 신고는 깨닫고 놀랐다. 지금 보는 검은 강아지의 모습에 품격과 우아함을 더한 것이 바로 그 그림이었다.

그때 갓시키 탈이 사실적이고 누군가와 닮았다고 생각했던 게 아울러 떠올랐다.

그 갓시키의 장인과 화가인 소다쓰는 같은 시대 사람이다.

지금으로 말하면 잡종 개를 소다쓰는 그린 것이다.

"어이, 나와봐. 강아지가 모두 나와 있어."

강아지 네 마리는 발을 오므리고 무서워하며 흙더미에서 내려왔다.

신고는 은근히 기다렸지만, 검은 강아지도, 다른 강아지도 소다쓰가 그린 그림 속의 모습을 두 번 다시 보여주지 않았다.

강아지가 소다쓰의 그림처럼 보인 것도, 지도 탈이 현실 속 여자가 되었던 것도, 이 환시(幻視)와 반대되는 현실도 우연히 다가온 계시인가, 하고 신고는 생각했다.

신고는 갓시키 탈은 벽에 걸었지만 지도 탈은 비밀처럼 장식장 속에 넣어두었다.

야스코와 기쿠코는 신고에게 불려 와 세면대로 강아지를 보러 왔다.

"뭐야, 아낙네들은 세수를 하면서도 몰랐어?" 신고가 그렇게 말하자, 기쿠코는 야스코의 어깨에 손을 가볍게 올리며 뒤에서 들여다보았다.

"여자는 아침엔 마음이 조급하니까요. 그렇죠, 어머님?"

"그래, 맞아. 근데 테르는?" 야스코가 말했다.

"새끼가 미아나 버려진 자식처럼 우왕좌왕 걷고 있는데 어디 갔을까?"

"이 녀석들을 처치할 때를 생각하면 아찔하구나." 신고는 말했다.

"벌써 두 마리는 시집갈 자리가 있어요." 기쿠코는 말했다.

"그래? 받아줄 사람이 있니?"

"네. 그중 한 집은 테르 주인이에요. 암놈을 원한다고 말씀하셨어요."

"뭐라고? 테르는 들개가 되었으니 새끼로 대신하려는 거야?"

"그런 것 같아요."

그리고 기쿠코는 야스코에게,

"어머님, 테르는 어딘가 밥을 먹으러 갔을 거예요"라고 먼젓번 질문의 대답을 해두고, 신고에게 설명했다.

"테르가 영리하다고 이웃 모두가 놀라워해요. 이 부근 집들의 식사 시간을 잘 알고 있어서 그 시간에 정확히 돌아다닌대요."

"오, 그래?"

신고는 조금 실망했다. 요즘에는 아침저녁으로 밥도 주고 이제야 우리 집 개가 되었구나, 하고 생각했는데, 테르는 이웃집들의 식사 시간을 노리고 다닌단 말인가?

"정확하게 말하면 식사 시간이 아니고 설거지할 시간이네요." 기쿠코는 덧붙였다.

"이번에는 테르가 댁에서 새끼를 낳았다면서요? 이웃 분들을 만나면 이렇게 말씀하시며 테르의 품행에 대해 여러모로 물어보세요. 이웃집 아이들도 테르의 새끼를 보여달라고 왔었어요. 아버님 안 계실 때에."

"꽤 인기가 있군."

"맞아 맞아. 재미있는 말을 한 부인도 있었다우. 이번에 테르가 댁에 와서 새끼를 낳았으니까, 댁에서도 곧 소식이 있을 거예요. 테르가 부인에게 재촉한 거예요. 경사가 아니겠어요?" 야스코가 그렇게 말하자 기쿠코는 빨개져서 야스코의 어깨에 올린 손을 내렸다.

"어머, 어머님도."

"이웃 부인이 그렇게 말했다고 했을 뿐이야."

"개와 사람을 똑같이 취급하는 사람이 어딨어?" 신고가 말했지만 민망하긴 마찬가지였다.

그러나 기쿠코는 수그렸던 얼굴을 들고 말했다.

"아마미야 씨네 할아버지가 테르를 무척 걱정하고 계세요. 댁에서 받아주시지 않겠습니까, 하고 부탁하러 오셨어요. 하도 진지하게 말씀하셔서 곤란해서 혼났어요."

"그래. 받아도 괜찮지 않아?" 신고는 대답했다.

"저렇게 우리 집에 와버렸으니까."

아마미야라는 사람은 테르 주인집의 이웃인데 사업에 실패하여 집을 팔고 도쿄로 이사를 갔다. 아마미야 집에 노부부가 살면서 집안의 크고 작은 일을 돌봐주었는데, 도쿄 집은 비좁아서 가마쿠라에 남아 셋방살이를 하고 있었다. 이웃들은 그 노인을 아마미야 씨네 할아버지라고 불렀다.

테르는 이 아마미야 할아버지를 가장 잘 따랐다. 셋방으로 옮기고 나서도 노인은 종종 테르를 보러 왔다.

"할아버지께 빨리 그렇게 말씀드리죠. 안심하실 거예요." 그렇게 말하고는 기쿠코는 저편으로 갔다.

신고는 기쿠코의 뒷모습을 보지 않았다. 검은 강아지를 눈으로 좇다가 창가에 커다란 엉겅퀴가 쓰러져 있는 것을 보았다. 꽃은 없어지고 줄기의 밑동부터 꺾어졌지만, 엉겅퀴는 아직 파랬다.

"엉겅퀴는 강하군." 신고는 말했다.

겨울
벗
꽃

1

　섣달그믐날 한밤중부터 시작되어 정월 초하루까지 비가 내렸다.

　올해부터는 나이를 만으로 셈하기 때문에, 신고는 예순하나, 야스코는 예순둘이 되었다.

　설날에는 아침잠을 자는데 후사코의 아이 사토코가 일찍부터 복도를 달리는 소리에 신고는 눈을 떴다.

　기쿠코는 일어나 있었다.

　"사토코, 이리 오렴. 찹쌀떡 굽자. 사토코도 도와줘." 기쿠코는 사토코를 불러 세워 신고의 침실 복도를 못 달리게 할 생각이었지만 사토코는 들은 척도 안 하고 계속해서 탕탕탕 복도를 달렸다.

　"사토코, 사토코." 후사코가 잠자리에서 불렀다. 사토코는 엄마에게도 대답하지 않았다.

야스코도 잠이 깨어 신고에게 말했다.

"비 내리는 설날이구먼요."

"응."

"사토코가 일어났으니까 후사코는 잘 수 있어도 며느리 기쿠코는 일어나야 하잖수."

'나야 하잖수'라고 하는데 야스코의 혀가 조금 꼬부라져서 우스꽝스러웠다.

"나도 오래간만에 설날 아침부터 아이 때문에 잠이 깼구먼요." 야스코는 말했다.

"이제부터 매일 그럴 텐데, 뭐."

"그렇지도 않죠. 아이하라 집에는 복도가 없어서 우리 집에 오니까 신기해서 뛰는 게 아닐까요? 좀 익숙해지면 안 뛰지 않겠수."

"그런가? 저 또래의 아이들은 복도를 뛰고 싶어 하는 게 당연하지 않나? 차박차박거리는 게 마루에 달라붙는 소리 같아."

"발이 부드러우니까요." 야스코는 사토코의 발소리에 귀를 기울이고 있었다.

"올해 다섯 살이 되어야 할 사토코가 세 살이 되었으니 왠지 여우에게 홀린 기분이구먼요. 우리들은 예순넷이나 예순둘이

149

나 그리 큰 변화는 없는데."

"그렇지도 않아. 묘한 일이 생겼지. 나는 당신보다 생일이 빠르니까 올해부터는 당신과 같은 나이일 때가 있는 거야. 내 생일부터 당신 생일 사이에는 같은 나이가 되는 거지."

"그렇구먼요."

야스코도 감을 잡았다.

"어때, 대발견이지? 인생의 중대 사건이지?"

"그렇구먼요. 하지만 새삼스럽게 같은 나이가 되었다고 해도 변하는 건 아무것도 없수다." 야스코는 중얼거렸다.

"사토코, 사토코, 사토코." 후사코가 다시 부르고 있었다.

사토코는 달리는 것에 싫증이 났는지 엄마의 잠자리로 돌아간 것 같았다.

"발이 차가워졌잖아." 후사코의 말소리가 들렸다.

신고는 눈을 감았다.

틈을 두고 야스코가 말했다.

"모두가 일어나 보고 있는 앞에서 저렇게 달려주면 좋겠는데 말이죠. 다 있는 자리에선 뚱하니 말도 안 하고 엄마 옆에만 달라붙어 있으니까요."

두 사람은 손녀에 대한 서로의 애정을 탐색하고 있었던 것일까?

적어도 신고는 자신의 애정을 야스코에게 탐색당하는 것 같았다.

혹은 신고가 스스로를 탐색하고 있는 것일지도 모른다.

복도를 차박차박 달리는 사토코의 발소리가 수면 부족에 시달리는 신고에게는 귀에 거슬렸지만 화가 나지는 않았다.

그러나 손녀의 발소리라는 편안함도 느끼지 못했다. 확실히 신고는 정이 결핍되어 있었다.

사토코가 달리던 복도는 아직 덧문도 열지 않아 어두웠지만 신고는 전혀 알지 못했다. 야스코는 금방 그것을 느꼈다. 그런 점도 야스코에게는 사토코가 가엾게 느껴지는 이유 중 하나였다.

*
2

후사코의 불행한 결혼 생활이 자식인 사토코에게 어두운 영향을 주고 있었다. 신고도 가엾다고 생각하지만, 머리가 지끈지끈 아픈 일이 더 많았다. 딸의 실패한 결혼에 대한 해결책이 없기 때문이기도 했다.

도무지 방도가 보이지 않아 신고는 놀라울 지경이었다.

시집보낸 딸의 결혼 생활에 부모가 어쩔 도리는 없었지만, 헤어지는 수밖에 없는 상황에 닥치자 새삼스럽게 딸아이의 무능력이 한스러울 뿐이었다.

아이하라와 헤어지고 아이 둘을 거느린 후사코를 친정에서 거두는 걸로는 일이 끝나지 않았다. 후사코의 고민이 풀리는 것도 아니다. 후사코의 생활이 부지되는 것도 아니다.

결혼에 실패한 여자에게 해결책은 없는 것일까?

지난 가을 후사코는 아이하라 집을 나와 친정으로 돌아오지 않고 신슈의 시골집으로 갔다. 시골에서 온 전보를 받고서야 신고와 가족들은 후사코가 가출한 것을 알게 되었다.

후사코는 슈이치가 데리고 왔다.

친정에 한 달 정도 머물던 후사코는, 아이하라와 분명히 얘기를 끝내고 올 테니까, 하고 나가버렸다.

신고나 슈이치가 아이하라를 만나 얘기하는 편이 좋겠다고 해도 후사코는 직접 가겠다고 막무가내였다.

아이들은 집에 두고 가는 게 어떻겠냐고 야스코가 말하자,

"아이들을 어떻게 하느냐가 문제잖아요. 제 아이가 될지 아이하라 아이가 될지 모르는 일 아니에요?"라고 후사코가 신경질을 내며 대들었다.

그렇게 나간 뒤로 한동안 돌아오지 않았다.

뭐니 뭐니 해도 부부 사이 일이니까 언제까지 기다려야 할지 짐작도 가지 않았지만, 신고나 다른 가족들은 안절부절못하고 며칠을 보냈다.

후사코에게는 연락이 오지 않았다.

다시 아이하라 집에 눌러앉을 생각인 걸까?

"후사코는 저대로 질질 끌 셈일까요?" 야스코가 말하자,

"우리가 질질 끌고 있잖아"라고 신고가 대답했다. 두 사람 다 얼굴이 어두워졌다.

그런 후사코가 섣달그믐날 돌아왔다.

"어머, 어떻게 된 거니?"

야스코는 놀란 듯이 후사코와 아이들을 보았다.

후사코는 우산을 접으려고 했지만, 그녀의 손은 떨렸고 우산살도 한두 개 부러져 있었다.

그것을 보던 야스코가 말했다.

"비가 내리는구먼."

기쿠코가 내려가서 사토코를 안아 올렸다.

야스코는 기쿠코와 함께 조림 따위를 찬합에 넣고 있던 참이었다.

그 부엌으로 후사코가 들어왔던 것이다.

신고는 후사코가 용돈을 받으러 온 것인가 싶었지만 아무래

도 그래 보이지는 않았다.

야스코도 손을 닦고 응접실에 들어가 선 채로 후사코를 바라보고 있다가,

"네 남편은 섣달그믐날 밤에 잘도 친정에 보냈구나"라고 말했다.

후사코는 아무 말도 않고 눈물만 흘렸다.

"뭐, 됐어. 분명히 선을 그었으니까." 신고는 말했다.

"그럴까요? 하지만 섣달그믐날에 내쫓겨 오는 사람이 어디 있을까 해서 말이우."

"제가 스스로 나왔어요." 후사코가 울먹이며 대들었다.

"그래, 그랬다면 됐어. 우리 집에서 설을 지내려고 돌아와준 셈이구나. 내 말투가 나빴다. 사과하마. 뭐, 그런 얘기는 해가 바뀌고 나서 천천히 하자꾸나."

야스코는 부엌으로 들어갔다.

신고는 야스코 말투에 압도되었지만 친정엄마다운 애정이 찡하게 느껴졌다.

후사코가 섣달그믐날 밤 부엌문으로 돌아온 것도, 사토코가 설날 아침 어두운 복도를 뛰어다닌 것도, 야스코가 뭐든 가엾게 생각하는 것은 그렇다 쳐도, 뭔가 자신을 어려워하여 부러 그러는 게 아니었을까. 신고는 그 점이 의심쩍었다.

설날 아침에는 후사코가 제일 늦게까지 자고 있었다.

후사코가 양치질하는 소리를 들으면서 모두 상에 앉아 기다릴 심산이었지만, 후사코의 화장이 길어졌다.

기다리는 것이 무료해서,

"도소주(설날 아침에 불로장생을 기원하며 마시는 약주-옮긴이) 마시기 전에 이거라도 한 잔" 하고 슈이치는 신고 잔에 정종을 따랐다.

"아버지 머리도 꽤 세셨네요."

"응. 우리 나이가 되면 하루에 갑자기 흰머리가 늘기도 하지. 하루는커녕 보고 있는 사이에, 눈앞에서 머리털이 하얘지기 시작한단다."

"설마."

"정말이다. 보고 있어봐라." 신고는 머리를 조금 들이밀었다.

슈이치와 함께 야스코도 신고의 머리를 보았다. 기쿠코도 진지한 표정으로 신고의 머리를 바라보았다.

기쿠코는 무릎에 후사코의 둘째 아이를 안고 있었다.

*
3

 기쿠코는 후사코와 아이들을 위해 다시 고타쓰를 켜고 그쪽으로 가 있었다.

 야스코는 신고와 슈이치가 마주 앉아 마시고 있는 고타쓰의 옆자리에 들어가 있었다.

 집에서 술은 별로 마시지 않던 슈이치는, 설날의 비 때문에 평소 주량을 넘어버렸는지 아버지를 무시하듯 자작을 거듭하더니 눈빛이 변하기 시작했다.

 슈이치가 기누코의 집에서 취해 주정을 부려 그녀와 함께 사는 여자에게 노래를 부르게 하면 기누코가 운다는 얘기를 들은 적이 있다. 신고는 지금 슈이치의 취한 눈빛을 보고 그것을 떠올렸다.

 "기쿠코, 기쿠코." 야스코가 불렀다.

 "이쪽에도 귤 좀 줘."

 기쿠코가 장지를 열고 귤을 가져오자,

 "자, 이리로 와. 둘이서 입 다물고 마시기만 하는걸" 하고 야스코가 말했다.

 기쿠코는 힐끗 슈이치를 보며,

"아버님은 안 드시고 계시잖아요" 하고 말을 돌렸다.

"아니, 아버지의 일생에 관해 잠깐 생각해보고 있었는데 말이야." 슈이치는 뭔가 독을 내뱉듯 중얼거렸다.

"일생에 관해서? 일생의 무엇에 관해서?" 신고는 물었다.

"막연한데요, 굳이 결론을 내자면 성공하셨는지, 실패하셨는지 묻는 것이 될까요?" 슈이치는 말했다.

"알 수가 있겠느냐, 그런 걸……." 신고는 되받으며 말했다.

"그런데 올해 설날은 말린 새끼 멸치나 다테마키(다진 생선과 달걀을 섞어 두껍게 말아 부친 음식-옮긴이) 맛이 전쟁 이전으로 돌아갔어. 그런 의미에선 성공이라고 말할 수 있을까?"

"말린 새끼 멸치에 다테마키 말예요?"

"그래. 그런 것이 아니겠니? 네가 아버지의 일생에 관해서 잠깐 생각해보았다면 말이야."

"잠깐이라고는 해도."

"응. 평범한 사람의 생애는 올해도 대충 살고, 설날에 말린 새끼 멸치나 말린 청어 알을 맛보는 것 정도겠지. 많은 사람들이 죽고 있잖니."

"그건 그래요."

"근데 부모 일생이 성공이냐, 실패냐 하는 것은 자식의 결혼이 성공이냐, 실패냐에 달린 것 같은데 좀 곤란해지는구나."

"아버지의 본심이세요?"

야스코가 눈을 치뜨며,

"그만둬요, 설날부터. 후사코가 있잖수" 하고 작은 소리로 말하고 기쿠코에게 물었다.

"후사코는?"

"형님은 주무시고 계세요."

"사토코는?"

"사토코와 아기도요."

"저런 저런. 모녀가 모두 주무십니까." 야스코는 말하고 멍하니 있었다. 얼굴에 노인의 천진함이 어렸다.

그때 대문이 열려서 기쿠코가 보러 가니, 다니자키 히데코가 인사하러 와 있었다.

"저런 저런, 이 비에."

신고는 놀랐지만 '저런 저런'이라는 조금 전 야스코의 말투를 그대로 옮기고 있었다.

"안 들어오겠다고 하시는데요." 기쿠코가 말했다.

"그래?"

신고는 현관으로 나갔다.

히데코는 외투를 들고 서 있었다. 벨벳으로 된 검은 옷을 입고 있었다. 얼굴의 털을 정리했는지 화장이 짙었고 허리 위를 움츠린 모습 때문에 몸집이 더욱 작아 보였다.

히데코는 조금 긴장하며 인사했다.

"비가 이렇게 오는데 와줘서 고마워. 오늘은 아무도 안 오기도 하고, 나도 안 나갈 생각이었어. 추우니까 올라와서 몸 좀 녹여."

"네. 고맙습니다."

히데코는 거센 비바람의 추위를 뚫고 걸어온 탓에 하소연하는 기색이 역력한 건지, 뭔가 할 말이 있어 그런 건지 신고는 판단이 서질 않았다.

어쨌든 이 빗속을 뚫고 온 것은 대단했다.

히데코는 좀처럼 들어오지 않았다.

"그러면 나도 과감히 나가기로 하지. 함께 갈 테니 잠깐 올라와서 기다려주지 않겠나? 이타쿠라 씨 댁만큼은 매년 설날마다 얼굴을 보이고 있지. 이전 사장 말이야."

안 그래도 오늘 아침부터 마음에 걸리던 참에, 신고는 히데코가 와준 것을 보고 결심을 굳혀 서둘러 준비했다.

슈이치는 신고가 현관에 나간 뒤 아무렇게나 드러눕더니, 신고가 돌아와 옷을 갈아입기 시작하자 다시 일어났다.

"다니자키가 왔어." 신고는 말했다.

"네."

슈이치는 남의 일처럼 대꾸하며 히데코를 만나려 들지 않았다.

신고가 나갈 때, 슈이치는 얼굴을 들고 아버지 모습을 눈으로 좇으면서 말했다.

"어두워지기 전에 돌아오세요."

"응. 일찍 들어와야지."

테르가 대문 주위를 돌고 있었다.

어디에서 나왔는지 검은 강아지가 어미 개 흉내를 내며 신고 앞을 지나 문 쪽으로 달리더니 비틀거렸다. 한쪽 몸통의 털이 젖었다.

"어머, 불쌍하게도."

히데코는 강아지 쪽을 향해 쪼그려 앉았다.

"우리 집에서 강아지를 네댓 마리 낳았는데 받을 사람이 생겨서 네 마리는 해결해버렸어. 이제 한 마리만 남았지." 신고는 말했다.

"요놈도 약속이 되어 있어."

요코스카선은 비어 있었다.

신고는 전철 창문 옆으로 들이치는 빗발을 보며 나오길 잘했다는 생각이 들어 기분이 좋아졌다.

"매년 하치만 신사에 참배 오는 사람으로 전철이 지독하게 붐비는데 말이야."

히데코는 고개를 끄덕였다.

"그래, 맞아. 자네는 항상 설날에 와주었지." 신고는 말했다.

"네."

히데코는 잠시 고개를 숙이고 있었다.

"회사를 그만두더라도 설날에 찾아뵐 수 있다면 좋겠지만요."

"결혼하면 못 오게 되겠군." 신고는 말했다.

"웬일이야? 뭔가 할 얘기가 있어서 온 거지?"

"아니요."

"사양하지 말고 단도직입적으로 말해보지 그래. 나는 머리 회전이 느린 데다가 약간 노망기가 있으니 말이야."

"그렇게 시치미 떼지 마세요." 히데코는 묘한 투로 말했다.

"하지만 회사는 그만두려고 생각하고 있어요."

예상하지 못한 말은 아니었지만, 신고는 대답이 궁했다.

"설날부터 이런 말씀 드리려고 찾아뵌 건 아니에요." 히데코는 점잖게 말했다.

"조만간 다시 정식으로 말씀드릴게요."

"그래."

신고는 마음이 우울했다.

삼 년 정도 자신의 방에 두고 있던 히데코가 갑작스레 다른 사람이 된 것 같았다. 분명히 평소와 다르다.

그렇다고 히데코를 눈여겨본 것은 아니다. 신고에게 그녀는 여직원에 지나지 않았다.

순간적으로 신고는 히데코를 붙잡고 싶은 충동을 느꼈다. 그러나 신고가 특별히 어떻게 할 수 있는 것도 아니었다.

"자네가 회사를 그만둔다는 것은 나한테도 책임이 있다는 말이겠지. 슈이치 여자의 집에 안내해달라는 둥 자네를 괴롭혔잖아. 회사에서 슈이치를 만나는 것이 괴로워서 그러는 거지?"

"정말 괴로웠어요." 히데코는 분명히 말했다.

"하지만 나중에 생각해보니 아버지로서 당연하다고 생각했죠. 게다가 제가 나빴다는 걸 깨달았어요. 슈이치 씨를 따라 댄스홀에 가기도 하고 한 술 더 떠서 기누코 씨 집까지 놀러 가기도 했으니까요. 타락하고 있었어요."

"타락이라고 할 정도는 아니잖아?"

"제가 나빴어요." 히데코는 슬픈 듯이 눈을 가늘게 떴다.

"회사를 그만두면 신세 진 보답으로 기누코 씨가 손을 떼도록 제가 부탁할게요."

신고는 놀랐다. 겸연쩍은 기분도 들었다.

"아까 사모님을 현관에서 뵀잖아요?"

"기쿠코 말인가?"

"네. 괴로웠어요. 무슨 일이 있어도 기누코 씨에게 말하자고 결심했어요."

신고는 히데코의 홀가분함이 느껴졌다. 덩달아 자신의 기분도 가벼워지는 것 같았다.

이토록 간단한 방법으로 일이 해결되지 말라는 법도 없다. 신고는 문득 그렇게 생각했다.

"하지만 잘 부탁한다고 하면 도리가 아니지."

"보답으로, 자유의지로 제가 결심한걸요."

히데코가 작은 입술로 과장되게 말하는 것이 신고는 정말 낯간지러웠다.

그러나 히데코는 자신의 '결심'에 감동하고 있었다.

"저렇게 좋은 사모님이 계시는데, 남자들의 심리를 모르겠어요. 기누코 씨와 장난을 치고 있는 것을 보면 정말 싫지만, 사모님이었다면 아무리 정답게 지내셔도 시샘도 안 할 거예요." 히데코는 말했다.

"하지만 옆의 여자에게 질투를 느끼게 하지 못하는 여자는 남자에게 부족한 건가요?"

신고는 쓴웃음을 지었다.

"사모님을 '애야, 어린애'라는 식으로 자주 말씀했어요."

"자네에게 말인가?" 신고는 목소리가 거칠어졌다.

"네. 저한테도, 기누코 씨에게도……. 애라서 아버지가 마음에 들어 한다더군요."

"그런 바보 같은……."

신고는 무심결에 히데코를 보았다.

히데코는 조금 당황하며 말했다.

"하지만 요즘은 말씀도 없어요. 사모님에 대해서는 아무 말도 안 하세요."

신고는 분노로 몸이 떨리는 것 같았다.

신고는 슈이치가 기쿠코의 육체를 말한 것이라고 이해했다.

슈이치는 갓 결혼한 아내에게 매춘부가 되기를 원하던 것일까? 놀라운 무지이지만, 거기에는 무서운 정신적 마비가 있었다…….

슈이치가 아내에 대한 이야기를 기누코나 히데코에게까지 말하는 경박함도 그 마비에서 오는 것일까?

신고는 슈이치가 잔인하게 느껴졌다. 슈이치뿐 아니라, 기누코나 히데코도 기쿠코에게 잔인하기만 했다.

슈이치는 기쿠코의 순결에 감동하지 못한 것인가?

막내로 자라 호리호리하고 피부가 흰 기쿠코의 동안이 눈앞에 떠올랐다.

자식의 아내를 위해서 자식을 감각적으로 미워하는 것이 신고에게도 조금 이상했지만 자신을 억누를 수가 없었다.

야스코의 언니를 동경했기 때문에 그녀가 죽고 나서 한 살 연상인 야스코와 결혼한 신고였다. 그런 자신의 이상(異常)이 생애의 저변을 흐르고 있어서 기쿠코를 위해 분개하는 것일까?

기쿠코는 슈이치에게 너무나 빨리 여자가 생겨서 질투하는 방법마저도 방향을 잃은 모습이었지만, 슈이치의 마비와 잔인함 아래서, 아니 그 때문에 오히려 기쿠코의 성(性)은 싹트기 시작한 것 같았다.

신고는 히데코 역시 기쿠코보다 발육이 좋지 않은 여자라고 생각했다.

결국 그런 쓸쓸함으로 자신의 분노를 억누르는 것인가, 하고 신고는 입을 다물어버렸다.

히데코도 잠자코 장갑을 벗고는 머리를 매만졌다.

*
4

1월 중순경 아타미(시즈오카현에 있는 유명한 온천 휴양지-옮긴이) 여관 정원에는 벚꽃이 만개했다.

간자쿠라(키가 작고 겨울에 꽃이 피는 벚나무의 일종-옮긴이)라는 종으로 연말부터 꽃이 피기 시작한다지만, 신고는 별세계의 봄을 만난 것 같았다.

신고는 붉은 빛깔의 매화를 복숭아꽃으로 착각했다. 흰 빛깔의 매화가 살구나 다른 꽃처럼 보였다.

방으로 안내받기 전에 그는 샘물에 비친 벚꽃에 이끌려 그 기슭으로 갔다. 다리 위에 서서 꽃을 바라보았다.

그러다 맞은편 기슭으로 우산 모양의 홍매(紅梅)를 보러 갔다.

홍매 밑에서 하얀 오리가 서너 마리 도망쳤다. 그 오리의 노란 주둥이와 조금 짙은 노란색 발에서도 신고는 봄을 느꼈다.

신고는 내일 아침 회사 손님의 접대 준비 때문에 이곳에 온 것이다. 여관과 타협이 끝나자 그 뒤로는 할 일이 없었다.

그는 복도 의자에 앉아서 꽃 정원을 바라보았다.

흰 철쭉도 피어 있었다.

그러나 주코쿠 고개 쪽에서 무거운 비구름이 내려와 신고는 방으로 들어갔다.

책상 위에 회중시계와 손목시계, 이렇게 두 개가 놓여 있었다. 손목시계가 이 분 정도 빨랐다.

두 개의 시계는 딱 맞은 적이 드물었다. 때때로 그것이 마음에 걸렸다.

"마음에 걸리면 하나만 갖고 다니면 되잖수." 야스코의 말이 당연했지만 오랜 습관이었다.

저녁 식사 전부터 폭풍우 낌새가 있더니 큰비가 내렸다.

정전이 되어 일찍 잠에 들었다.

잠에서 깨니 정원에서 개가 짖고 있었다. 바다가 거칠어지는 듯한 비바람 소리였다.

이마에 땀이 배어 있었다. 봄 해변의 폭풍우처럼 실내가 몹시 탁하고 뜨뜻미지근하여 가슴이 답답했다.

심호흡을 하던 신고는 갑자기 피를 토할 것 같은 불안을 느꼈다. 예순이 되던 해에 한 번 피를 토했었지만 그 후로는 아무렇지도 않았다.

"가슴이 아니야. 위가 메스꺼워." 신고는 스스로를 향해 중얼거렸다.

귀에 불쾌한 것이 꽉 차더니 양쪽 관자놀이를 타고 이마로 밀려왔다. 신고는 목덜미와 이마를 주물렀다.

바다가 우는 듯한 소리는 산의 폭풍우 소리로, 그 위에 비바람이 끝을 문지르는 소리로 다가왔다.

그러한 폭풍우 소리 저편에 왱 하는 소리가 멀리 들려왔다.

기차가 단나 터널을 지나는 소리였다. 신고는 그렇게 알고 있었다. 틀림없었다. 기차는 터널을 나올 때 기적을 울렸다.

그러나 기적을 들은 후 신고는 무서워져 잠이 확 깨었다.

그 소리는 실로 길었다. 기차가 7800미터나 되는 터널을 통과하려면 칠 분에서 팔 분 정도 걸릴 텐데, 신고는 기차가 터널 맞은편에 들어왔을 때부터 그 소리를 쭉 들은 것 같았다. 그러나 기차가 간나미의 맞은편에 진입한 순간 아타미 입구에서 800미터나 떨어진 여관에까지 터널 안의 소리가 들릴 수도 있는 것일까?

신고는 그 소리와 함께 어두운 터널을 통과하는 기차를 머리로 분명히 느끼고 있었다. 맞은편 입구에서 이쪽 입구 사이의 기차를 계속해서 느끼고 있었다. 기차가 터널을 통과했을 때, 신고도 안심했다.

이상한 일이었다. 아침이 되면, 여관 사람들에게 묻거나 역에 전화로 문의해보려고 생각했다.

그러고는 한동안 잠을 이루지 못했다.

"신고 씨, 신고 씨." 신고는 비몽사몽 중에 자신을 부르는 소리를 들었다.

그렇게 부르는 것은 야스코의 언니뿐이었다.

신고는 황홀하고 달콤한 기분으로 잠에서 깨었다.

"신고 씨, 신고 씨, 신고 씨."

그 소리는 창문 아래로 다가와 남몰래 신고를 부르고 있다.

그는 깜짝 놀라 잠에서 깨었다. 뒤편의 냇가 물소리가 높다. 아이들 소리가 난다.

신고는 일어나서 뒤쪽 덧문을 열어보았다.

아침 해가 밝았다. 겨울 아침 해가 봄비에 젖은 뒤에 느껴지는 따뜻한 빛이었다. 냇가 저편 길목에 초등학교에 가는 아이들이 일고여덟 명 모여 있었다.

지금 부른 소리는 아이들이 서로 부른 소리였을까?

신고는 가슴을 내밀고 냇가 기슭의 조릿대 사이를 눈으로 찾아보았다.

아
침
의

물

1

설날에 아버님 머리도 하얘지셨다, 하고 아들 슈이치가 말했을 때, 우리 나이에는 하루하루 흰머리가 늘어난다, 하루는커녕 보고 있는 사이에 눈앞에서 머리가 희어진다, 하고 신고는 대답했다. 다름 아닌 기타모토가 생각났기 때문이었다.

신고의 학교 동창 중에는 현재 예순이 넘어서 전쟁 중반부터 패전 후까지 운명의 전락을 경험한 자가 적지 않았다. 오십대에서도 위쪽이라, 넘어져도 심하게 그리고 한번 쓰러지면 일어서기 어려웠다. 자식을 전쟁에서 잃는 나이이기도 했다.

기타모토도 세 아들을 잃었다. 회사 업무가 군수산업 쪽으로 바뀌었을 때, 기타모토는 불필요한 기술자가 되어버렸다.

"거울 앞에서 흰머리를 뽑고 있는 동안에 머리가 이상해지기 시작했다나 봐."

옛 친구 한 명이 신고의 회사에 찾아와서 기타모토의 소문을 전해주었다.

"회사에도 못 나가고 무료하니까 기분을 달래기 위해서 흰머리라도 뽑고 있는 것이겠지, 하고 처음에는 집안사람들도 가볍게 보았다지. 그렇게 신경 쓰지 않으셔도 될 텐데, 하고 말이야. 근데 기타모토가 매일 거울 앞에 쭈그리고 있는 거야. 어제 뽑았던 데가 다음 날 또 흰머리가 되어 있어. 사실은 이미 뽑을 수도 없을 정도로 많았겠지. 나날이 기타모토가 거울 앞에 앉아 있는 시간이 길어졌어. 모습이 보이지 않으면 거울 앞에 가서 뽑고 있는 거야. 거울 앞을 잠깐 떠나도 안절부절못하고 다시 돌아가고. 줄곧 뽑는 거지."

"그래도 머리털이 용케 남아 있었군." 신고는 웃으려고 했다.

"아니, 웃을 일이 아냐. 정말 그렇게 됐지. 머리털이 한 오라기도 안 남아버렸대."

신고는 드디어 웃었다.

"자네, 그게 말이야, 거짓말이 아니라니까." 친구는 신고와 얼굴을 마주하고 말했다.

"흰머리를 뽑고 있는 동안에 기타모토의 머리는 희어져갔다나 봐. 흰머리 한 가닥을 뽑으면 그 옆의 검은 머리카락 두세 올이 갑자기 희어지는 식이야. 기타모토는 흰머리를 뽑으면서,

한층 백발이 되어가는 자신을 거울 앞에서 응시하고 있는 거지. 뭐라고 표현할 수도 없는 눈빛으로 말이야. 머리카락이 눈에 띄게 엷어지기 시작했어."

신고는 웃음을 참고,

"부인은 잠자코 뽑게 두었던가?" 하고 물어보았지만, 친구는 그럴싸하게 계속했다.

"결국 머리카락이 얼마 남지 않게 되었지. 조금 남은 머리카락은 전부 흰머리였대."

"아프겠지?"

"뽑을 때 말인가? 검은 머리카락을 뽑으면 안 되니까 한 올 한 올 정성 들여 뽑기 때문에 아프지 않아. 근데 그 정도까지 뽑고 나면 머리 거죽이 오므라드는 것 같고, 손으로 만지면 아프다는 것이 의사의 말이야. 피는 안 나지만 머리카락이 없어진 데가 빨갛게 부어올라 있었어. 결국 정신병원에 들어갔지. 기타모토는 조금 남아 있던 머리마저도 병원에서 뽑아버렸대. 기분 안 좋지? 무섭도록 망령된 고집이야. 늙어빠지고 싶지 않다는, 젊어지고 싶다는 일념에. 미쳤기 때문에 머리를 뽑았는지, 머리를 뽑았기 때문에 미쳤는지, 정말 알 수가 없어."

"하지만 좋아졌지?"

"좋아졌어. 기적이 일어난 거야. 대머리에 아주 새까만 머리가 덥수룩하게 자라났어."

"거 좋은 이야기다." 신고는 또 웃기 시작했다.

"실화야, 자네." 친구는 웃지도 않았다.

"미치광이한테는 나이가 없어. 우리들도 미치면 아주 젊어질지 모르지."

그러면서 친구는 신고의 머리를 보았다.

"나 같은 사람은 절망적이지만 자네는 유망하네."

친구의 머리가 상당히 벗겨져 있었다.

"나도 한번 뽑아볼까." 신고는 중얼거렸다.

"뽑아봐. 근데 자네한테는 한 오라기도 남기지 않고 뽑을 정도의 정열은 없을 걸세."

"없지. 흰머리는 신경 안 써. 미칠 정도로 검어지고 싶다고는 생각 안 해."

"그건 자네의 지위가 안정되었기 때문이야. 만인의 고난과 재해 속을 아무렇지도 않게 헤엄쳐왔기 때문이지."

"간단히 말하는군. 기타모토를 앞에 두고 다 뽑지 못하는 흰머리를 뽑기보다 염색하는 편이 간단하다고 말하는 것이나 다름없어." 신고는 말했다.

"염색은 속임수야. 속임수를 떠올리는 우리에게는 기타모토 같은 기적은 일어나지 않겠지." 친구는 말했다.

"허나 기타모토는 죽었다고 했잖아. 자네가 얘기한 것 같은 기적이 일어나서 머리카락이 검게 젊어졌다고 해도……."

"자넨 장례식에 갔었나?"

"그때는 몰랐어. 전쟁이 끝나고 조금 안정되고 나서 들었지. 알았다 해도 공습이 한창 격심한 때였으니 도쿄에는 나가지 못했을 거야."

"부자연스러운 기적은 오래 가지 못해. 기타모토는 흰머리를 뽑아 세월의 운행에 반항하고 몰락의 운명에 반항한 것일지도 모르지만, 수명이라는 것은 다르다고 생각해. 머리털이 검어졌다고 한들 수명은 늘어나지 않지. 반대였을지도 몰라. 흰머리 뒤에 검은 머리가 자라나는 데 굉장한 정력이 소모돼서 수명을 단축시킨 걸지도 몰라. 하지만 기타모토의 필사적인 모험은 우리에게도 남의 일이 아니겠지." 친구는 결론을 내리고 머리를 흔들었다. 벗겨진 정수리에 옆 머리카락을 발처럼 넘긴 모양이었다.

"누구를 만나도 요즘은 흰머리야. 전쟁 중에는 나도 이 정도는 아니었지만, 종전 후에 눈에 띄게 허예졌어." 신고는 말했다.

신고는 친구의 이야기를 그대로 믿지는 않았다. 과장된 소문으로 받아들였다.

그러나 기타모토가 죽은 것은 다른 사람에게서 들어서 확실했다.

친구가 돌아간 뒤에, 신고가 혼자서 조금 전의 이야기를 떠올리고 있자니 묘한 심리가 작용했다. 죽은 것이 사실이라고 한다면, 그 전에 기타모토의 흰머리가 검은 머리로 다시 자라났다는 것도 사실처럼 여겨졌다. 검은 머리카락이 자라난 것이 사실이라면, 그 전에 기타모토가 미친 것도 사실처럼 다가오기 시작했다. 머리카락을 전부 뽑은 것이 사실이라면, 기타모토가 거울을 보고 있는 사이에 머리카락이 하얘진 것도 사실 같았다. 그러고 보니 친구의 얘기는 모두 사실이 아닌가? 신고는 오싹했다.

'그 녀석에게 물어볼 걸 깜빡했어. 기타모토가 죽을 때는 어땠는지. 머리카락은 희었는지, 검었는지.'

신고는 그렇게 말하고 웃었다. 그 말도, 웃음도 소리로는 나오지 않았다. 자신에게 들렸을 뿐이다.

친구의 얘기가 모두 사실이고 과장은 없었다고 해도 기타모토를 조롱하는 듯한 어조는 있었다. 노인이, 죽은 노인의 소문을 경박하고 잔인하게 지껄였다. 신고는 뒷맛이 개운치 않았다.

신고의 학교 동창 중 별나게 죽은 것은 기타모토와 미즈타였다. 미즈타는 젊은 여자와 온천 여관에 갔다가 거기서 어처구니없이 급사했다. 신고는 작년 말, 미즈타의 유품인 탈을 사게 되었지만, 기타모토를 위해서는 다니자키 히데코를 회사에 넣어주었다고 할 수 있었다.

미즈타의 죽음은 전쟁 후였으므로 신고도 갈 수 있었다. 그러나 공습 중에 일어난 기타모토의 죽음은 나중에야 들었다. 신고는 다니자키 히데코가 기타모토 딸의 소개장을 가지고 회사에 왔을 때, 기타모토의 유족이 기후현에 흩어져 있다는 것을 처음 알았다.

히데코는 기타모토 딸의 학교 친구였다. 그러나 신고는 기타모토의 딸에게 친구의 취직을 부탁받은 것이 너무나도 갑작스러울 따름이었다. 신고는 그의 딸을 본 적도 없다. 히데코도 전쟁 중이라 기타모토의 딸과 만나지 못했다고 한다. 신고에게는 두 명의 아가씨가 경박하기만 했다. 만약 기타모토의 아내가 딸의 말을 듣고 신고를 떠올렸다면 직접 편지를 쓰는 게 맞았다.

신고는 친구 딸의 소개장에 책임을 질 필요를 느끼지 않았다.

게다가 소개받고 온 히데코를 보니 몸이 얄팍하고 마음이 가벼운 아가씨 같았다.

그러나 신고는 히데코를 회사에 들이고 자신의 비서로 채용했다. 히데코는 삼 년 정도 근무했다. 삼 년은 빠르게 흘러갔지만 히데코도 용케 지속했다고 나중에 신고는 생각했다. 슈이치와 춤추러 다닌 것은 그렇다 치고, 그 삼 년 사이에 히데코는 슈이치의 여자 집까지 드나들었다. 신고는 히데코에게 길 안내를 시켜서 그 여자의 집을 보러 간 적까지 있었다.

그러한 것들이 부쩍 히데코에게는 부담스러워져 회사도 싫어진 것 같았다.

신고는 히데코와 기타모토 얘기를 한 적은 없었다. 히데코는 친구 아버지가 미쳐서 죽었다는 사실을 모를 것이다. 집안일에 개입할 정도로 친한 친구는 아니었을 것이다.

신고는 히데코를 가벼운 여자라고 생각하고 있었지만, 회사를 관두겠다는 것을 보니 그녀에게도 일말의 양심과 선의가 있다고 생각했다. 그 양심과 선의란 아직 결혼을 하지 않았기 때문에 깨끗해 보였다.

*

2

"어머, 아버님, 일찍 일어나셨네요."

기쿠코는 얼굴을 씻으려던 물을 버리고 신고를 위해 세면대에 새로운 물을 받았다.

그 물에 피가 뚝뚝 떨어졌다. 피는 물속에 퍼져서 엷어졌다.

신고는 문득 가벼운 객혈을 떠올렸다. 자신의 피보다는 깨끗할 것이다. 기쿠코가 객혈했다고 생각했지만 코피였다.

기쿠코는 수건으로 코를 눌렀다.

"고개를 뒤로 젖혀, 뒤로." 신고는 기쿠코 등을 팔로 받쳤다. 기쿠코는 피하듯이 앞으로 휘청거렸다. 신고는 어깨를 잡고 뒤로 당기며 기쿠코의 이마에 손을 대어 뒤로 젖혔다.

"아, 아버님, 됐어요. 죄송해요."

기쿠코가 말을 하는 중에 피가 손바닥에서 팔꿈치로 한 줄기 흘렀다.

"가만히 앉아 누워라."

기쿠코는 신고에게 부축받으며 쭈그리고 앉아서 벽에 기대었다.

"눕거라." 신고는 반복했다.

기쿠코는 눈을 감고 가만히 있었다. 정신을 잃은 듯이 창백한 얼굴이 뭔가를 단념한 어린아이의 천진난만함처럼 보였다. 앞머리 속의 엷은 상처 자국이 신고의 눈에 띄었다.

"그쳤니? 피가 멈추면 침실에 가서 쉬어라."

"네. 이제 괜찮아요." 기쿠코는 수건으로 코를 닦고 말했다.

"그 세면대, 더러워졌으니까 닦을게요."

"응, 됐어."

신고는 서둘러서 세면대 물을 흘려보냈다. 바닥 쪽에 핏빛이 엷게 녹아 있었다.

그는 세면대를 쓰지 않고 손바닥으로 수돗물을 받아 세수했다.

그 후 아내를 깨워서 기쿠코를 돕게 하려고 했다.

그러나 기쿠코는 고통스러워하는 모습을 시어머니에게 보이고 싶지 않을 것 같았다.

기쿠코의 코피가 솟아 나왔다. 신고에게는 그게 그녀의 고통이 솟아 나오는 것처럼 느껴졌다.

거울 앞에서 신고가 빗질을 하고 있는데 기쿠코가 지나갔다.

"기쿠코."

"네." 기쿠코는 뒤돌아보았지만, 그대로 부엌으로 갔다. 부삽에 숯불을 수북이 담아 왔다. 불똥이 튀는 것이 신고에게 보였다. 가스로 일으킨 불을 응접실 고타쓰에 넣은 것이다.

"앗." 신고는 소리를 낼 정도로 스스로에게 놀랐다. 딸 후사코가 돌아와 있는 것을 깜빡 잊고 있었다. 응접실이 어두운 것은 옆방에서 후사코와 두 명의 아이가 자고 있어 덧문을 열지 않았기 때문이다.

기쿠코를 돕게 하려면 늙은 아내가 아니라도 후사코를 깨우면 된다. 그런데 아내를 깨우려고 생각했을 때 후사코를 머리에 떠올리지 못한 것은 이상했다.

신고가 고타쓰 안에 들어가자, 기쿠코가 뜨거운 차를 끓여 왔다.

"어질어질하지?"

"조금요."

"아직 이르기도 하고, 오늘 아침은 쉬는 것이 좋겠다."

"슬슬 움직이는 편이 나아요. 신문을 가지러 나가서 차가운 바람을 쐬니까 좋아졌어요. 여자들 코피는 걱정할 것 없다고 해요." 기쿠코는 가벼운 어조로 말했다.

"오늘 아침도 추운데 아버님은 왜 이렇게 일찍 일어나셨어요?"

"어째서일까. 절의 종이 울리기 전부터 잠이 깨어 있었어. 저 종은 여름에도 겨울에도 여섯 시에 치나 봐."

신고는 먼저 일어났지만, 슈이치보다 늦게 회사에 나갔다. 겨울에만 그렇다.

점심 식사 때, 슈이치를 근처 레스토랑에 데리고 가서,

"기쿠코 이마의 상처는 알고 있겠지?"라고 신고는 말했다.

"알고 있어요."

"난산 때문에 의사가 집게로 집은 자국이지. 태어날 때 괴로워한 흔적이기도 하겠지만, 기쿠코가 괴로울 때는 그게 눈에

띄는 것 같아."

"오늘 아침 말인가요?"

"그래."

"코피를 흘려서 그럴 거예요. 얼굴색이 나빠지면 그게 보이니까요."

코피를 흘렸다고 기쿠코가 그새 슈이치에게 얘기한 것인지 신고는 조금 맥이 풀렸다.

"어젯밤도 기쿠코는 잠을 못 잤나 보더라."

슈이치는 눈썹을 찌푸렸다. 잠자코 있다가 말했다.

"아버지는 남의 집에서 온 사람에게 그 정도로 신경 쓰지 않으셔도 돼요."

"남의 집에서 온 사람은 또 뭐냐. 네 아내가 아니냐."

"그러니까, 아들의 마누라 걱정은 안 하셔도 된다는 말씀이에요."

"무슨 소리냐?"

슈이치는 대답하지 않았다.

3

 신고가 응접실로 가자, 히데코는 의자에 앉아 있고 다른 한 여자가 서 있었다.

 히데코도 일어서서,

 "오랜만에 뵙습니다. 날씨가 따뜻해졌지요" 하고 인사치레를 했다.

 "오래간만이야. 벌써 두 달이 되었네."

 히데코는 어딘지 모르게 조금 살찐 것 같고 화장도 짙어졌다. 일전에 히데코와 춤추러 갔을 때, 유방이 딱 손바닥 크기만 했던 것을 신고는 떠올렸다.

 "이케다 씨예요. 언젠가 말씀드렸던……." 히데코는 그렇게 소개하면서 울음을 터뜨릴 것같이 귀여운 눈을 했다. 진지할 때의 버릇이다.

 "아, 네. 오가타입니다."

 슈이치가 신세를 지고 있습니다, 하고 차마 그 여자에게 말할 수 없었다.

 "이케다 씨가 만나 뵙고 싶지 않다, 만날 이유가 없다, 하고 싫어하는 것을 무리하게 오시게 했어요."

"그래?"

그러고는 히데코에게 말했다.

"여기서 괜찮을까? 어디 다른 곳으로 나가도 되고."

히데코는 묻는 듯이 이케다를 보았다.

"저는 여기서 괜찮은데요." 이케다는 무뚝뚝하게 말했다.

신고는 내심 당황하고 있었다.

슈이치의 여자와 동거하고 있는 여자를 신고에게 만나게 해주겠다고 히데코가 말한 적은 있었다. 그러나 신고는 흘려들었을 뿐이다.

회사를 그만두고 나서 두 달이나 지난 후에 그것을 히데코가 실행하다니 그로선 실로 의외였다.

드디어 헤어지자는 얘기가 일단락 지어졌다는 것일까? 신고는 이케다나 히데코가 말을 꺼내기를 기다렸다.

"저, 히데코 씨가 너무 성가시게 해서, 만나 뵙게 되더라도 뾰족한 수는 없다고 생각하고 왔습니다만."

이케다는 오히려 반항하는 말투였다.

"그러나 이렇게 찾아뵌 바에는, 저도 전부터 기누코 씨에게 슈이치 씨와는 헤어지는 편이 좋겠다고 말해왔으니까, 아버님을 뵙고 그 둘을 헤어지게 하는 데 협력하는 건 좋다고 생각했어요."

"네."

"히데코 씨는 아버님께 은혜도 입었고, 슈이치 씨의 부인을 동경해서."

"좋은 사모님인걸요." 히데코도 말참견했다.

"히데코 씨가 기누코 씨에게 그렇게 말해도, 착한 사모님이니까 자신이 물러나겠다는 여자는 요즘 세상엔 적어요. 다른 데서 온 사람을 돌려보낼 테니 전사한 내 남편을 돌려줘요, 기누코 씨는 그렇게 말하지요. 살려서 돌려보내만 주면 남편이 아무리 바람을 피운다고 해도, 여자를 만든다고 해도, 나는 좋을 대로 내버려둘 거야, 이케다 씨는 어때요, 하고 질문을 받으면 남편을 전쟁에서 잃은 사람이라면……. 저도 그렇게 생각하지 않는 건 아니에요. 기누코 씨는 이렇게 말하죠. 우리들은 남편이 전쟁터에 가도 참고 있었잖아요? 그리고 남편이 죽은 뒤의 우리들은 어때요? 슈이치 씨는 내가 있는 곳에 온다고 해도 죽을 걱정은 없고, 부상도 입히지 않고 돌려보내잖아요, 하고 말이에요."

신고는 쓴웃음을 지었다.

"아무리 좋은 부인이라도 남편이 전사한 적이 없으니까."

"그건 정말 난폭한 얘기군."

"네. 그건 술에 취해 울면서 한 얘기지만……. 슈이치 씨와 둘이 안 좋게 취하여, 돌아가서 부인에게 당신은 전쟁에 간 남편을 기다린 경험이 없지, 반드시 돌아올 남편을 기다리고 있을 뿐이잖아, 그렇게 얘기하세요. 좋아, 말해주지. 저도 그중 한 사람이지만, 전쟁미망인의 연애에는 뭔가 모양새가 안 좋은 점이 있는 것이 아니겠어요?"

"글쎄, 어떤?"

"남자 분도, 슈이치 씨 역시 취하면 좋지가 않아요. 기누코 씨에게 몹시 난폭하게 행동하며, 노래를 부르라는 거예요. 기누코 씨는 노래를 싫어하니까 하는 수 없이 제가 작은 소리로 노래하는 경우도 있습니다. 그렇게라도 해서 슈이치 씨를 가라앉히지 않으면 이웃에 창피해서……. 노래를 부르며 모욕당하는 기분이라 분했지만, 이것은 술버릇이 아니라 전쟁터에서 들인 버릇이 아닐까 생각했어요. 싸움터 어딘가에서 슈이치 씨는 주색을 가까이한 것이 아닐까요. 그러면 슈이치 씨의 흐트러진 모습이, 전사한 제 남편이 싸움터에서 주색을 탐하는 모습처럼 보이는 거예요. 가슴이 꽉 죄어지는 듯하고, 머리가 희미해져서, 뭐랄까요? 제가 남편의 상대 여자가 된 것 같은 착각에 빠져 천박한 노래를 부르며 울어버렸어요. 나중에 기누코 씨에게 얘기하니, 제 남편만큼은 아닐 거라고 생각하지만 그럴지도 모른다는 거예요. 그리고 나서부터는 제가 슈이치 씨에게 강요받아 노래를 부르면 기누코 씨도 울게 되었죠……."

그 병적인 모습을 그리던 신고는 얼굴이 어두워졌다.

"그런 일은 당신들을 위해서도 빨리 그만두지 않으면 안 되겠군요."

"그렇습니다. 슈이치 씨가 돌아가신 뒤에, 이케다 씨, 이런 짓을 하다 보면 타락할 거예요, 하고 기누코 씨가 절실하게 말할 때도 있어요. 그러면 슈이치 씨와 헤어지고 싶은데, 만일 헤어져버리면 그다음에는 정말로 타락할 것 같은 기분이 들어서 기누코 씨가 두려워하는 점도 있겠지요. 여자는 말이죠……."

"그건 괜찮아요." 히데코가 옆에서 말했다.

"그래요. 일은 잘하고 있으니까. 히데코 씨도 봤지요."

"네."

"이것도 기누코 씨가 만든 거예요." 이케다는 자신의 옷을 가리키며 말했다.

"재단(裁斷) 주임의 다음 정도랄까요. 가게에서도 소중히 여겨서 히데코 씨의 일자리를 부탁했을 때도 곧바로 넣어주었죠."

"자네도 그 가게에서 근무하고 있나?"

"네." 히데코는 고개를 끄덕이고 조금 얼굴을 붉혔다.

슈이치 여자의 연줄로 같은 가게에 들어갔으면서 오늘 이렇게 이케다를 데려온 히데코의 심정을 신고는 알 수가 없었다.

"기누코 씨는 그러니까, 슈이치 씨에게 경제적인 민폐는 그다지 끼치고 있지 않다고 생각해요." 이케다는 말했다.

"물론 그렇겠지요. 경제적이라는……."

신고는 화가 나서 말하려고 했지만 도중에 그만두었다.

"기누코 씨가 슈이치 씨에게 괴롭힘당하는 것을 보면 저는 자주 말씀드리지만……."

이케다는 고개를 숙이고 무릎에 손을 올리고 있었다.

"슈이치 씨도 부상을 입고 돌아가셨어요. 마음의 상처이지요. 그래서……." 그녀는 얼굴을 들고 말했다.

"분가하실 수는 없나요? 부인과 둘이서 생활하면 기누코 씨와 헤어지지 않겠습니까? 저는 그런 생각도 가져봤습니다. 여러모로 생각해보니……."

"글쎄요. 생각해봅시다."

신고는 수긍하듯이 대답했다. 웬 참견이냐고 반발하면서도 정말 그럴지도 모른다고 동감했다.

*
4

신고는 이케다라는 여자에게 아무것도 부탁할 생각이 없었기 때문에 할 말이 없었다. 상대방이 얘기하는 것을 듣고 있었을 뿐이다.

상대방으로서는 신고가 저자세로 나오지는 못할망정 털어놓고 의논하지 않는다면 무엇 때문에 만나러 왔는지 알 수 없는 입장일 텐데도, 용케 저만큼 얘기한 것이다. 기누코를 변호한 것 같으면서도 반드시 그렇지만은 않았다.

신고는 히데코에게도, 이케다에게도 무조건 감사해야 하는지 의심이 갔다.

두 사람의 방문을 의심하거나 곡해한 것은 아니었다.

그러나 신고의 자존심은 굴욕에 억눌려 있었던지, 귀갓길에 회사 일로 연회석에 들러 자리에 앉았을 때 기생이 귓가에 뭔가 속삭이자,

"뭐라고? 귀가 어두워서 안 들려"라고 화가 난 듯 말하며 기생의 어깨를 잡았다. 곧 손을 떼었지만,

"아파요" 하며 기생은 어깨를 문지르고 있었다.

신고가 재미없는 얼굴을 하였기 때문에,

"잠깐 이쪽으로 오세요" 하고 기생은 신고에게 어깨를 기대고 복도로 데리고 나갔다.

열한 시경에 집에 돌아왔지만, 슈이치는 아직 들어오지 않았다.

"이제 오세요."

응접실 맞은편 방에서 후사코가 막내에게 젖을 물리면서 한쪽 팔꿈치를 대고 머리를 쳐들었다.

"응, 그래." 신고는 그쪽을 보며 말했다.

"사토코는 자니?"

"네. 지금 막 잠들었어요. 엄마, 만 엔이랑 백만 엔 중에 어느 쪽이 많아? 응? 어느 쪽이 많은 거야, 하고 사토코가 물어서 한창 웃던 참이에요. 할아버지가 돌아오시면 여쭤봐, 하고 말하는 사이에 잠들어버렸어요."

"흐음. 전쟁 전의 만 엔과 전쟁 후의 백만 엔이라면 말이 되는군." 신고는 웃었다.

"기쿠코, 물 한 잔 줄래?"

"네. 물 드실 거예요?"

신기하다는 듯이 기쿠코는 일어났다.

"우물물로 줘. 표백제가 들어간 물은 싫어."

"네."

"사토코는 전쟁 전에 태어나지도 않았어요. 저도 결혼하기 전이고요." 잠자리에서 후사코가 말했다.

"전쟁 전후에 신경 쓰지 말고, 결혼하지 않는 편이 좋았을 것 같구나."

바깥의 우물 소리를 듣고 신고의 아내가 말했다.

"저 펌프를 누르는, 끼이 끼이 하는 소리도 춥게 들려요. 겨울 동안 당신 차(茶) 때문에 기쿠코가 아침 일찍 우물을 끼이 끼이 울리던 소리가 잠자리에서 듣고만 있어도 추운 것 같습니다."

"음, 실은 슈이치네를 분가시킬까 하는데." 신고는 작은 소리로 말했다.

"분가 말인가요?"

"그러는 게 낫겠지?"

"그래요. 후사코도 쭉 우리 집에 있을 테니까……."

"엄마, 저는 나갈 거예요. 분가시킬 거라면."

후사코가 일어났다.

"제가 나가겠어요. 그게 나아요."

"너하고 상관없는 얘기야." 신고는 내뱉었다.

"상관있어요. 많이 있지요. 장인이 너를 귀여워하지 않았기 때문에 너는 성질이 나쁘다, 하고 아이히라에게 들으니 욱하고 목에 뭔가가 치밀었어요. 여태까지 그렇게 분한 일은 없었어요."

"얘, 진정해라. 서른이나 되어서."

"진정할 것이 없는데 어떻게 진정해요?"

후사코는 젖꼭지가 드러난 가슴을 여미었다.

신고는 피곤한 듯이 일어섰다.

"할멈, 잡시다."

기쿠코가 컵에 물을 가지고 왔다. 한 손에 커다란 나뭇잎을 들고 있었다. 신고는 선 채로 물을 듬뿍 마시고,

"뭐니 그건?"라고 기쿠코에게 물었다.

"비파나무 새싹이에요. 희미한 달빛에 우물 앞에 뿌연 것이 두둥실 보여서 뭘까 하고 보니 비파 새싹이 커져 있었어요."

"여고생 취미군." 후사코가 빈정대듯이 말했다.

밤의 소리

*

1

 남자가 신음하는 소리에 신고는 눈을 떴다.

 개 소리인지 사람 소리인지 잘 분간이 안 되었다. 처음에 신고는 개의 신음 소리로 들었다.

 테르가 죽을 듯이 괴로워하고 있다고 생각했다. 독이라도 먹었을까?

 신고는 갑자기 고동이 빨라졌다.

 "윽." 그는 가슴을 눌렀다. 심장 발작이 온 것 같았다.

 잠이 확 깨고 나니, 개가 아니고 사람이 신음하는 소리였다. 목소리가 갈라지고 혀가 꼬였다. 신고는 오싹했다. 누군가가 위험에 처해 있었다.

 '기코오, 기코오('듣자, 듣자'라는 뜻-옮긴이)' 하고 말하는 것처럼 들렸다.

목이 메어 괴로워하는 신음 소리다.

혀가 돌아가지 않는 소리다.

"기코오, 기코오."

살해당할 것 같아 상대의 주장이나 요구를 들어주자고 말하는 걸까?

문간에서 사람이 쓰러지는 소리가 들렸다. 신고는 어깨를 움츠리고 일어날 것처럼 자세를 취했다.

"기쿠코오, 기쿠코오."

기쿠코를 부르는 슈이치의 목소리였다. 혀가 꼬부라져 '쿠' 발음이 안 나와 '기코오'라고 들린 것이다. 몹시 취해 있다.

신고는 힘이 쭉 빠져 머리를 베개에 대고 쉬었다. 가슴 고동은 아직 계속되고 있었다. 그 위를 어루만지며 호흡을 가다듬었다.

"기쿠코오, 기쿠코오."

슈이치는 손으로 문을 두드리는 것이 아니라 비틀비틀하며 몸을 문에 부딪치는 모양이었다.

신고는 잠시 숨을 돌리고 문을 열어줄 참이었다.

그러나 문득, 자신이 일어나 나가면 상황이 난처해진다는 걸 깨달았다.

슈이치는 애달픈 애정과 비애를 담아 기쿠코를 부르고 있었다. 체면이고 뭐고 없는 목소리였다. 심하게 아프거나 괴로울 때, 혹은 생명에 위협을 느껴 놀랐을 때 어린아이가 엄마를 불러 찾는 신음 소리 같았다. 죄의 심연으로부터 외치고 있는 것 같았다. 슈이치는 애처롭게 헐벗은 마음으로 기쿠코에게 응석을 부리고 있었다. 아내를 향한 공허한 외침을 술김에 마음껏 외치는지도 모른다. 기쿠코를 숭배하고 있었다.

"기쿠코오, 기쿠코오."

신고에게 슈이치의 슬픔이 전해져 왔다.

자신은 저렇게 절망적인 애정을 담아 아내의 이름을 부른 적이 한 번이라도 있었던가. 외지의 전쟁터에서 슈이치가 그때 맛보았던 절망도 아마 자신은 모를 것이다.

기쿠코가 눈을 떠주면 좋을 텐데, 하고 신고는 귀를 기울였다.

아들의 처참한 소리를 며느리에게 듣게 하는 것이 조금도 부끄럽지 않았다. 기쿠코가 일어나지 않는다면 야스코를 깨워야지, 하고 신고는 생각했지만 될 수 있으면 기쿠코가 일어나기를 바랐다.

신고는 뜨거운 유탄포(잘 때 뜨거운 물을 통에 담아 이불 속에 넣어 보온하는 통-옮긴이)를 발로 잠자리 끝으로 밀어냈다. 봄이 되었음에도 유탄포를 넣어두어서 심장이 뛰는 것일까?

신고의 유탄포는 기쿠코 담당이었다.

"기쿠코, 유탄포를 부탁해." 신고는 때때로 말했다.

기쿠코가 넣어주는 유탄포가 가장 오래 온도를 유지했다. 마개는 꽉 조여져 있었다.

야스코는 강한 건지 건강한 건지 이 나이가 되도록 유탄포를 싫어했다. 발밑이 따뜻하다. 오십 대까지는 그래도 아내의 살결에서 체온을 느꼈지만 요즘은 떨어져 자고 있다.

야스코가 신고의 유탄포 쪽으로 발을 내미는 적도 없었다.

"기쿠코오, 기쿠코오." 다시 문소리가 났다.

신고는 머리맡의 등을 켜고 시계를 보았다. 두 시 반 가까이 되었다.

요코스카선의 마지막 전철이 가마쿠라에 도착하는 것이 한 시 전이니까 지금까지 슈이치는 역 앞의 술집에서 버티고 있었을 것이다.

지금 슈이치의 소리를 들으니 도쿄 여자와의 관계도 슬슬 변하고 있는 것 같았다.

기쿠코가 일어나 부엌으로 나갔다.

신고는 얼른 불을 껐다.

용서해주거라, 하고 기쿠코에게 말하듯 신고는 입속에서 중얼거렸다.

슈이치는 기쿠코에게 매달려 오는 것 같았다.

"아파요. 아프니까 손 떼어요." 기쿠코가 말했다.

"왼손으로 내 머리카락을 잡고 있잖아요."

"그래?"

부엌에서 두 사람은 뒤엉켜 쓰러졌다.

"안 돼요. 가만히 있어봐요, 무릎에 올리게. 취하면 부어서 잘 안 벗겨져요."

"발이 붓는다고? 거짓말도."

기쿠코는 슈이치의 다리를 자신의 무릎에 올려서 구두를 벗겨주는 것 같았다.

기쿠코는 용서하고 있다. 신고가 걱정할 필요 없이 부부 관계에서는 기쿠코 역시 이런 식으로 용서할 때를 오히려 기뻐하고 있는지도 모른다.

슈이치가 부르는 소리를 기쿠코는 자주 듣고 있었는지도 모른다.

그렇다고 해도 슈이치가 다른 여자에게서 취해 돌아왔는데 그 다리를 무릎에 들어 올려서 구두를 벗겨주는 기쿠코의 온화함을 신고는 느꼈다.

기쿠코는 슈이치를 재운 뒤 부엌문과 대문을 잠그러 갔다.

슈이치의 코 고는 소리가 신고에게까지 들렸다.

아내의 마중을 받고서는 슈이치가 금세 잠들어버렸다면, 아까까지 만취한 슈이치를 상대했던 기누코라는 여자의 입장은 어떻게 되는가? 슈이치는 기누코 집에서 술을 마시면 거칠어져서 그녀를 울린다고 하지 않던가?

하물며 슈이치가 기누코를 알았기 때문에 기쿠코는 때때로 창백해지면서도 허리 언저리가 풍만해지고 나긋나긋해지기 시작했다.

*
2

슈이치의 커다란 코 고는 소리는 잠시 후 멈췄지만 신고는 잠을 이룰 수가 없었다.

야스코의 코 고는 버릇이 아들에게 전염된 건가, 하고 신고는 생각했다.

그렇지 않으면 오늘 밤은 만취한 탓이다.

요즘 신고는 야스코의 코 고는 소리도 듣지 못했다.

날이 추워지면 야스코는 더 잘 자는 것 같았다.

신고는 잠이 부족하면 다음 날 한층 기억력이 떨어져 기분이 안 좋을 뿐 아니라 감상에 사로잡히곤 했다.

아까도 슈이치가 기쿠코를 부르는 소리를 감상으로 들었던 것일지도 모른다. 슈이치는 그저 혀가 꼬부라졌을 뿐 아니었을까? 뭐가 켕기는 것을 만취로 얼버무린 게 아니었을까? 혀가 돌아가지 않는 소리에 슈이치의 애정과 비애를 느낀 것은 신고가 그에게 바라는 것을 자각한 데 지나지 않았다.

어느 쪽이든 간에 저렇게 부르는 소리로 신고는 슈이치를 용서했다. 그리고 기쿠코도 슈이치를 용서하고 있을 거라고 생각했다. 육친의 에고이즘을 신고는 불현듯 느꼈다.

신고는 며느리인 기쿠코에게 따뜻하게 대하려 하면서도 역시 근본적으로는 혈육인 아들 편을 들고 있었다.

슈이치는 추악하다. 도쿄의 여자 집에서 취해 와서는 집 대문 앞에서 쓰러지려고 했다.

만일 신고가 대문을 열어 나갔다면 신고는 얼굴을 찌푸렸을 거고 슈이치는 술이 깼을 것이다. 기쿠코가 나가서 천만다행이었다. 그 덕분에 슈이치는 기쿠코 어깨에 매달려 집 안으로 들어올 수 있었다.

슈이치의 피해자인 기쿠코가 그를 사면(赦免)한 셈이다. 스물을 갓 넘긴 기쿠코가 슈이치와의 부부 생활에서 신고와 야스코의 나이까지 오려면 얼마나 자주 남편을 용서해야만 할 상황이 반복될까? 기쿠코는 한없이 용서하려고만 할까?

그러나 또, 부부라는 것은 서로의 악행을 끊임없이 흡수해버리는 까닭 모를 늪 같았다. 슈이치에 대한 기누코의 사랑과 기쿠코에 대한 신고의 애정 따위도 결국 기쿠코 부부의 늪에 빨려 들어가 형태도 안 남게 되는 걸까?

전쟁 후의 법률이 부모와 자식보다도 부부를 단위로 삼아 개정된 것은 당연하다고 신고는 생각했다.

"결국에 남는 건, 부부의 늪이야." 그는 중얼거렸다.

"슈이치를 분가시켜야지."

마음에 떠오르는 것을 무심코 중얼거리는 버릇도 신고의 나이 탓이었다.

"부부의 늪이야." 그렇게 중얼거린 것은 부부 단둘만이 서로의 악행을 견디고 늪을 깊어지게 만든다는 의미였다.

아내의 자각이란 남편의 악행에 정면으로 부딪칠 때 싹틀 것이다.

신고는 눈썹이 간지러워져 문질렀다.

봄이 머지않았다.

한밤중에 잠이 깨어도 겨울처럼 싫지는 않았다.

슈이치가 낸 소리로 일어나기 전에도 신고는 잠이 깨어 있었다. 그때는 꿈을 잘 기억하고 있었다. 슈이치 때문에 깨었을 때는 꿈을 거의 잊어버리고 말았다.

자신의 가슴속 고동 때문에 꿈의 기억이 사라진 것일지도 모른다.

기억나는 것은 열네댓 살 소녀가 낙태를 했다는 것과, "그리고 무슨 무슨 아이는 영원한 성소녀(聖少女)가 된 것이다"라는 말뿐이었다.

신고는 소설을 읽고 있었다. 이 말은 그 얘기의 결말이었다.

소설을 글로 읽는 동시에 그 이야기의 줄거리가 연극이나 영화처럼 꿈에 보이는 것이었다. 신고는 꿈에 등장하지 않고 완전한 구경꾼의 입장이었다.

열네댓 살짜리가 낙태를 했는데 성소녀라는 게 기이하지만, 거기에는 긴 얘기가 있었다. 신고는 꿈속에서 소년과 소녀의 순애를 다룬 명작을 읽고 있었던 것이다. 다 읽고 잠에서 깨었을 때는 그 감상이 남아 있었다.

임신은커녕 낙태도 생각하지 못한 소녀가 단지 헤어져야만 했던 소년을 끝까지 사모하였다는 이야기였을까? 그러면 부자연스럽고 불순하다.

잊어버린 꿈은 나중에 만들 수 없다. 게다가 그 이야기를 읽었을 때의 감정도 꿈이었다.

꿈속에서는 소녀의 이름도 있었고 얼굴도 보였을 테지만, 지금은 소녀의 몸 크기, 정확하게 말하면 왜소한 체구만 희미하게 남아 있을 뿐이다. 기모노를 입고 있던 것 같다.

신고는 그 소녀를 통해 야스코 언니의 아름다운 모습을 꿈꾸었나 생각했지만, 그렇지도 않은 것 같았다.

꿈의 근원은 어젯밤 석간신문의 기사에 지나지 않았다.

'소녀가 쌍둥이를 낳다. 아오모리의 비뚤어진 성 충동'이라는 커다란 표제였다. 아오모리현의 공중위생과가 조사하니, 현 내에서 우생 보호법에 따른 임신중절수술 중, 15세가 다섯 명, 14세가 세 명, 13세가 한 명, 고등학교 학생인 16세부터 18세까지가 400명, 그중에서 고등학생이 20퍼센트를 차지하고 있었다. 중학생 임신은 히로마에시에 한 명, 아오모리시에 한 명, 미나미쓰가루군에 네 명, 기타쓰가루군에 한 명, 심지어 성에 대한 지식이 없어 전문의의 도움을 받으면서도 0.2퍼센트가 사망, 2.5퍼센트가 중증이라는 무서운 결과를 초래하고 있었다. 또한 몰래 지정의(指定醫)가 아닌 돌팔이 의사에게 맡겨져 죽어가는 '어린 산모'의 생명에는 정말로 오싹할 노릇이었다.

분만 사례도 네 건 정도 쓰여 있었는데, 기타쓰가루군의 중학교 2학년인 열네 살짜리는 작년 2월 갑자기 산기를 느껴 쌍둥이를 낳았다. 모자가 모두 건강하고 어린 산모는 중학교 3학년이 되었다. 부모는 자식의 임신을 모르고 있었다.

아오모리시의 고등학교 2학년인 열일곱 살짜리는 학급의 남학생과 미래를 약속하고 작년 여름 아이를 임신했다. 양쪽의 부모들은 아직 소년 소녀가 학생이라는 이유로 중절수술을 시켰다. 그러나 소년은, "장난이 아니다. 조만간에 결혼하겠다"라고 말하고 있다.

이 신문 기사에 신고는 쇼크를 받았다. 그러고 나서 잠들었던 탓인지 한 소녀의 낙태를 꿈에서 보았다.

그러나 신고의 꿈은 소년 소녀를 추하다고도 나쁘다고도 하지 않고 순정 소설로 꾸며 '영원한 성소녀'로 만들었다. 자기 전에는 생각도 못 해본 일이었다.

신고의 쇼크는 꿈에서 아름다워졌다. 왜일까?

신고는 꿈에서 낙태한 소녀를 구하고 자신도 구한 것일지도 모른다.

어쨌든 꿈에 선의가 나타났다.

자신의 선의가 꿈에서 싹트는 것인가, 하고 신고는 스스로 돌이켜보았다.

또 늙어가는 중에도 출렁이는 청춘의 자취가 소년 소녀의 순애를 꿈꾸게 한 것인가 싶어 그는 감상에 젖었다.

이 꿈 뒤의 감상이 있었기 때문에 신고는 슈이치가 신음하듯 부르는 소리도 우선은 선의로 듣고 애정과 비애를 느꼈던 것이다.

*
3

 다음 날 아침, 신고는 기쿠코가 슈이치를 흔들어 깨우는 것을 잠자리에서 듣고 있었다.
 요즘은 일찍 잠에서 깨어 곤란한데, 늦잠 자는 야스코에게,
 "노인이 냉수를 찾거나 일찍 일어나면 미움을 산다우" 하고 핀잔을 받기도 하였고, 며느리 기쿠코보다 먼저 일어나는 것은 미안했기 때문에, 살짝 현관문을 열고 신문을 가져와 잠자리에서 천천히 읽는 것이다.
 슈이치가 세면대에 간 것 같다.
 이를 닦으려고 칫솔을 입에 넣자 기분이 나빠졌는지 웩웩거리고 있었다.
 기쿠코가 잔달음으로 부엌에 갔다.
 신고는 일어났다. 부엌에서 돌아오는 기쿠코를 복도에서 만났다.
 "아, 아버님."
 부딪칠 듯이 멈추어 선 기쿠코의 뺨이 발그레해졌다. 오른손에 들고 있던 컵에서 뭔가 쏟아졌다. 슈이치의 숙취를 풀 해장술로 기쿠코가 부엌에서 정종을 가져가는 것 같았다.

기쿠코는 화장기 없는 조금 창백한 얼굴을 붉히며 피곤한 눈으로 수줍어했다. 핏기 없는 부드러운 입술 사이로 흰 이를 보이며, 멋쩍은 듯 웃는 모습이 사랑스러웠다.

이토록 어린아이 같은 구석이 아직 남아 있는 것인가? 신고는 어젯밤 꿈을 떠올렸다.

그러나 생각해보니 신문에 나와 있던 동갑내기 소녀가 결혼해서 출산하는 것은 희귀한 일이 아니었다. 옛날엔 조혼이 얼마든지 있었다.

그 소년들의 나이에 신고도 야스코의 언니를 버젓이 동경하고 있었다.

신고가 응접실에 앉은 것을 보고 기쿠코는 서둘러 덧문을 열었다.

봄 같은 아침 햇살이 비쳤다.

기쿠코는 햇살의 양에 놀란 모양인지, 아니면 뒤에서 신고가 보고 있는 것을 의식해서인지 양손을 머리 위로 올리고는 잠자리에서 흐트러진 머리를 꽉 묶었다.

신사의 은행나무 거목도 아직 싹을 틔우지 않았지만, 아침 햇살과 아침을 맞이하는 코에는 왠지 모르게 나무의 싹 내음이 나는 것 같다.

기쿠코가 민첩하게 몸치장을 하고 옥로를 끓여 왔다.

"여기요, 아버님. 오늘은 늦었네요."

잠에서 깨어난 신고는 옥로도 뜨거운 물로 마신다. 뜨거운 물이기 때문에 끓이는 방법이 오히려 어렵다. 기쿠코가 가늠하는 것이 가장 좋은 것 같다.

미혼인 딸이 끓여주었다면 더 좋았을까, 하고 신고는 생각했다.

"술꾼에게는 해장술, 늙은이에겐 옥로, 기쿠코도 바쁘구나."

신고는 우스갯소리를 하였다.

"어머, 아버님, 알고 계셨어요?"

"잠이 깼어. 처음에는 테르가 으르렁대는 건가 했다."

"그러셨어요?"

기쿠코는 고개를 숙이고 앉아 자리에서 뜨기를 어려워했다.

"저도 기쿠코보다 먼저 일어났어요." 장지문 너머에서 후사코가 말했다.

"묘한 신음 소리라 기분이 나빴지만 테르가 짖지 않아서 슈이치라는 걸 알았어요."

후사코는 잠옷을 입은 채로 막내 구니코에게 젖을 물리며 응접실로 나왔다.

얼굴은 못생겼지만 유방의 살결은 희고 볼만했다.

"얘, 그 꼴이 뭐니. 칠칠치 못하게." 신고가 말했다.

"전 아이하라가 칠칠치 못하니까, 아무리 애써도 칠칠치 못해져요. 칠칠치 못한 남자한테 시집을 보내면 칠칠치 못해지더라도 하는 수 없잖아요?"

후사코는 구니코를 오른쪽에서 왼쪽으로 바꾸어 안으면서,

"딸이 칠칠치 못해지는 것이 싫으면 시집보낼 곳이 칠칠한지 어떤지 잘 알아보고 보냈으면 좋았을걸 그랬어요"라고 집요하게 말했다.

"여자와 남자는 달라."

"마찬가지예요. 슈이치를 보세요."

후사코는 세면대로 가려고 했다.

기쿠코가 양손을 내밀었다. 후사코가 아기를 난폭하게 내민 탓에 아기는 울기 시작했다.

후사코는 상관하지 않고 저쪽으로 갔다.

야스코가 세수를 하고 이쪽으로 와서, "자" 하고 아기를 받아 안았다.

"이 아이의 아비도 어떻게 할 생각인지. 후사코가 섣달그믐날에 돌아온 지가 벌써 두 달 남짓 돼요. 후사코가 칠칠치 못하다고 하지만 우리 집 아버지야말로 정작 중요한 일에 관해서는 유난히 칠칠치 못하잖수? 섣달그믐날 뭐, 잘됐어, 결판이 확실해져서, 하고 말하고는 또 그대로 질질 끄셨잖수. 아이하라는

코빼기도 안 보이고."

야스코는 팔에 안은 아기 얼굴을 보면서 말했다.

"슈이치의 얘기로는, 당신 부하 직원으로 있던 다니자키라는 애가 겉으로는 그렇게 안 보이지만 반미망인이라던데 후사코도 뭐 반소박데기라고 할까요."

"반미망인은 또 뭐야?"

"결혼은 안 했지만 좋아하는 사람이 전사했나 봐요."

"하지만 다니자키는 전쟁 때 아직 애였잖아."

"열예닐곱은 됐겠지요. 잊을 수 없는 사람 정도는 생길 수 있어요."

신고는 '잊을 수 없는 사람'이라는 말이 뜻밖이었다.

슈이치는 아침 식사를 하지 않고 나갔다. 속이 메스껍기도 했지만 시간도 늦어버린 뒤였다.

신고는 우편물이 올 때까지 오전 내내 집에서 꾸물거리고 있었다.

기쿠코가 신고 앞으로 온 편지를 놓아두었는데 그중 기쿠코에게 온 것이 한 통 있었다.

"기쿠코." 신고는 그 편지를 건네주었다.

기쿠코는 수신인을 보지 않고 신고한테 받아 갔다. 기쿠코에게는 편지도 좀처럼 오지 않는다. 편지를 기다리는 일도 거의 없었다.

기쿠코는 그 자리에서 편지를 읽었다.

"친구한테서 온 건데요, 중절수술을 했는데 차도가 좋지 않아서 혼고의 대학 병원에 입원했대요."

"응?"

신고는 돋보기를 벗고 기쿠코 얼굴을 보았다.

"돌팔이 산파에게라도 간 거 아니니? 무서운 노릇이군."

신고는 석간신문 기사와 오늘 아침 편지가 꼭 들어맞는다고 생각했다. 게다가 낙태 꿈까지 꾸었다.

그는 어젯밤 꿈을 기쿠코에게 얘기하고 싶은 충동을 느꼈다.

그러나 말을 꺼내지 않고 기쿠코를 보고 있자니 뭔가 자신 안에 젊음이 꿈틀거리고 있었다. 혹 기쿠코도 임신하고 있는데 중절하려는 것은 아닌가 하는 생각이 문득 스쳐서 신고는 소스라치게 놀랐다.

*
4

전철이 기타가마쿠라 계곡을 지나자,

"매화가 아주 많이 피어 있네요" 하며 기쿠코는 신기한 듯

바라보았다.

기타가마쿠라는 전철 창 가까이에 매화가 많지만 신고는 매일 건성으로 보고 있었다.

이미 한창 때는 지나서 양지에서는 꽃의 흰빛도 바래버렸다.

"우리 정원에도 피었잖아?" 신고는 말했지만 그것은 두세 송이로, 기쿠코에게는 올해 매화를 보는 게 처음일지도 몰랐다.

기쿠코 앞으로 편지도 잘 오지 않듯이 그녀가 외출하는 일도 좀처럼 없었다. 물건을 사기 위해 가마쿠라 마을 거리를 걷는 정도였다.

신고는 대학 병원으로 친구의 병문안을 가는 기쿠코와 함께 나온 것이었다.

슈이치 여자의 집이 그 대학 앞에 있었다. 그것이 신고는 마음에 걸렸다.

게다가 기쿠코가 임신하고 있는 것인지 걸으면서 물어보고 싶기도 했다.

그렇게 묻기 어려울 것도 없는데 그는 말할 기회를 좀처럼 잡지 못했다.

아내인 야스코에게 여자의 생리에 관해 듣지 않은 지 몇 년이나 된 것일까? 갱년기 변화가 지나자 야스코는 그에 대해 일언반구도 없었다. 그 후는 건강이 아니라 소멸이라고 봐야만

하는가?

야스코가 말하지 않은 것을 신고도 잊고 있었다.

신고는 기쿠코에게 물어보려다가 야스코를 떠올렸다.

기쿠코가 산부인과에 간다는 걸 야스코가 알았다면 가는 김에 기쿠코도 진찰받고 오면 좋겠다고 말했으리라.

야스코는 기쿠코에게 아기 얘기도 했다. 신고는 기쿠코가 괴로워하며 듣고 있는 걸 본 적도 있다.

기쿠코도 슈이치에게는 몸에 대한 것을 털어놓을 게 분명했다. 그것을 들을 수 있는 남자는 여자에게 절대적인 존재였다.

만일 여자에게 다른 남자가 생기면 그런 비밀 얘기를 주저하게 된다고, 옛 친구에게 듣고 감탄했던 것을 신고는 기억하고 있다.

친딸이라도 아버지에게는 털어놓지 않는다.

신고와 기쿠코는 슈이치의 여자 얘기를 하는 것도 이제까지는 서로 피해왔다.

기쿠코가 임신했다면 슈이치의 여자에게 자극받아 성숙한 것일지도 모른다. 묘한 일이었지만 이조차도 인간사였기에, 기쿠코에게 아이에 대한 것을 묻는 것은 은근히 잔인하다고 생각했다.

"아마미야 씨네 할아버지께서 어제 오신 거 어머님께 들으셨어요?"

기쿠코가 문득 말했다.

"아니. 못 들었어."

"도쿄로 떠나게 되었다고 인사하러 오셨어요. 테르를 부탁하신다고요. 큰 비스킷을 두 봉지나 받았어요."

"개한테?"

"네. 개한테 주셨겠지, 한 봉지는 우리들 먹으라는 얘기고, 하고 어머님께서 말씀하셨어요. 아마미야 씨의 장사가 잘 되어 증축을 한 것 같다고 할아버지가 무척 좋아하셨어요."

"그러기도 하겠지. 상인은 순식간에 집까지 팔고서 다시 시작하는가 하면 어느새 또 집을 지을 수 있는 모양이더구나. 이쪽은 늘 판에 박은 듯한 생활인데 말이다. 이 요코스카선을 매일 타는 것도 이제 지긋지긋하다. 요전에도 음식점에서 회의가 있었는데 노인들 모임이니, 용케도 몇십 년이나 같은 짓을 반복해온 거지. 이젠 지긋지긋해. 지쳐버렸다고. 이제 슬슬 마중을 오지 않을까?"

기쿠코는 순간적으로 '마중'이라는 말을 이해할 수 없는 모양이었다.

"염라대왕 앞에 나가서 우리들 부품에 죄는 없습니다, 하고 고하는 마지막 순간이 오고 있는 거다. 우리는 인생의 부품에 지나지 않으니까 말이야. 살아 있는 동안 부품이 인생에 벌 받는 것은 잔혹하지 않겠니?"

"하지만."

"그래. 어느 시대의 어떤 인간이 인생의 전체를 살았는가를 보면 그 자체가 의심스러운 일이지. 예를 들면, 음식점의 신발 당번이 있다고 치자. 손님의 구두를 꺼내거나 넣는 일이 일상이지. 부품도 거기까지 가면 오히려 편하다고 자기 멋대로 말하는 노인도 있었지. 일하는 여자에게 물어보니 신발 지키는 할아버지도 힘들다더구나. 사방이 구두 선반인 움막 같은 곳에서 가랑이 사이에 놓아둔 화롯불을 쬐면서 손님의 구두를 닦고 있어. 현관의 움막은 겨울엔 춥고, 여름엔 덥고. 우리 집 할멈도 양로원 얘기를 좋아하잖아."

"어머님이요? 하지만 어머님이 말씀하시는 것은 젊은 사람이 죽고 싶다고 자주 말하는 것과 같지 않은가요? 아니, 그것보다 더 태평한 이야기예요."

"자기가 나보다 더 오래 산다고 정해놓고 하는 이야기니까 그렇다고도 할 수 있지. 젊은 사람이 죽고 싶다는 것은 누구 얘기지?"

"누구냐고요?" 기쿠코는 우물거렸다.

"친구 편지에."

"오늘 아침의?"

"네. 그 친구, 결혼 안 했어요."

"으음."

신고가 입을 다물어버렸기 때문에 기쿠코는 뒤를 이을 수 없었다.

전철은 도쓰카를 막 떠난 참이었다. 호도가야와의 사이는 길었다.

"기쿠코." 신고가 불렀다.

"전부터 생각했는데 너희들 분가해볼 마음은 없니?"

기쿠코는 신고의 얼굴을 보며 뒷말을 기다리고 있다가 호소하듯 물었다.

"왜요, 아버님. 형님이 돌아오셨기 때문인가요?"

"아니. 후사코는 관계없어. 반소박데기처럼 돌아와 기쿠코에게도 부담을 주어 미안하지만, 아이하라와 헤어진다고 해도 우리 집에는 오래 있지 않을 거야. 후사코는 둘째 치고 너희 부부의 문제야. 기쿠코는 분가하는 쪽이 좋지 않겠니?"

"아니요. 저는, 아버님께서도 잘해주시고, 함께 있고 싶어요. 아버님 곁을 떠난다는 것은 얼마나 불안한 일인지 몰라요."

"그렇게 말해줘서 고맙구나."

"어머, 제가 아버님께 응석을 부리고 있는걸요. 저는 막내라

응석받이인 데다 친정에서도 아버지께 귀여움을 받은 탓인지, 아버님과 있는 것이 좋아요."

"친정아버님이 기쿠코를 귀여워하신 건 잘 알지. 나도 기쿠코가 있기 때문에 얼마나 위로가 되는지 몰라. 따로 내보내는 것은 허전하지만 슈이치가 저런 짓을 하고 있는데도 불구하고 나는 지금까지 기쿠코의 의논 상대도 못 되어주고. 같이 있어 봤자 보탬도 안 되는 부모란다. 역시 너희들끼리 살게 되면 단둘이서 좋은 해결책을 구하지 않겠니?"

"아니에요. 아버님이 그렇게 말씀 안 하셔도 저를 걱정해서 위로해주시는 걸 잘 알아요. 저는 거기에 의지하며 이렇게 있는걸요."

기쿠코는 큰 눈에 눈물을 글썽거렸다.

"분가하는 것은 무서워요. 도저히 혼자 가만히 집에서 기다리고 있을 수 없을 거예요. 쓸쓸하고 슬프고 무서워서."

"그것을 혼자 기다려보는 거야. 그건 그렇고, 이런 얘기는 전철 안에서는 못 하겠다. 잘 생각해보거라."

기쿠코는 정말로 무서운지 어깨를 떨고 있었다.

도쿄역에서 내리자 신고는 택시로 기쿠코를 혼고에 데려다주고 갔다.

친정아버지에게 귀여움을 받고 자란 탓인지, 지금은 감정이 흐트러져서인지, 기쿠코는 이런 것도 부자연스럽다고 생각하지 않는 것 같다.

행여 슈이치의 여자가 걷고 있는 일은 없겠지만, 신고는 괜한 불안함을 느껴서 기쿠코가 대학 병원 안으로 들어갈 때까지 차를 멈추고 바라보았다.

봄의 종소리

✽

1

 벚꽃이 만발할 무렵 가마쿠라는 불도(佛道) 700년제로 절의 종이 하루 종일 울리고 있었다.
 그러나 신고에게는 종종 그 소리가 들리지 않았다. 기쿠코에게는 서서 일할 때나 얘기할 때에도 들리는 것 같은데 신고에게는 귀를 기울이지 않으면 들리지 않았다.
 "또 울려요. 저것 보세요." 기쿠코는 가르쳐주었다.
 "흐음?"
 신고는 목을 갸웃거리며,
 "할멈은 어때?" 하고 야스코에게 물었다.
 "들려요. 저게 안 들리우?" 야스코는 상대하지 않았다.
 그녀는 무릎 위에 닷새분의 신문을 쌓아두고 천천히 읽고 있었다.

"울렸다, 울렸어." 신고는 말했다.

한번 귀에 포착되자 그 뒤로는 쉽게 들렸다.

"들렸다며 기뻐하고 계시네." 야스코는 돋보기를 벗으며 신고를 보았다.

"저렇게 매일 하루 종일 치면 절 스님도 지치겠군."

"한 번 치는 데 십 엔인가 받고 불공드리러 오는 사람들에게 치게 하고 있어요. 스님이 아니에요." 기쿠코가 말했다.

"그거 기발한 생각이네."

"공양의 종이라고 해서…… 십만 명인가, 백만 명에게 치게 하려는 플랜이래요."

"플랜?"

그 말이 신고는 이상했다.

"한데 절의 종소리는 어두운 느낌이 들어서 싫어요."

"그런가? 어두운가?"

4월의 일요일, 신고는 응접실에서 벚꽃을 보면서 종소리를 듣는 것은 평온하다고 생각하던 참이었다.

"700이라는 것은 뭘 뜻하는 거예요? 부처님도 700년이라 하고 니치렌 대사도 700년이라 하고." 야스코가 물었다.

신고는 대답하지 못했다.

"기쿠코는 모르니?"

"네."

"우습구나. 이렇게 우리는 가마쿠라에 살고 있으면서."

"어머님 무릎 위의 신문에 뭔가 안 나와 있어요?"

"나와 있을지도 모르겠구나." 야스코는 신문을 기쿠코에게 건네주었다. 잘 접혀 깨끗하게 포개어져 있었다. 자기 손에는 한 장만 남겨두었다.

"그래. 나도 신문에서 보긴 본 것 같아. 근데 이 노부부 가출 기사를 읽었더니 남의 일 같지 않아서 그것만 머리에 남아 있수. 당신도 읽었잖수?"

"응."

"일본 보트계의 은인이라고 불리는 일본조정협회 부회장……." 야스코는 신문의 문장을 읽다 말고 말했다.

"보트와 요트를 만드는 회사 사장도 하고 있었대요. 올해 예순아홉으로 부인은 예순여덟 살이에요."

"그게 왜 남의 일 같지 않아?"

"양자(養子) 부부와 손자 앞으로 쓴 유서가 나왔어요."

그러고 나서 야스코는 신문을 읽었다.

"단지 살아 있을 뿐 세상에서 잊혀가는 비참한 모습을 상상하니 그렇게 될 때까지 살고 싶지 않습니다. 다카기 자작(子爵)의 심경도 이해가 갑니다. 인간은 모두에게 사랑받고 있는 동안 사라지는 것이 가장 좋습니다. 집안사람들의 깊은 애정과, 많은 친구들, 동료, 후배의 우정에 둘러싸여서 떠나야 한다고 생각했습니다―이것이 양자 부부에게 보내는 것이고, 손자에게는―일본 독립(패전 후 일본에서는 1952년 4월까지 연합군의 군정이 실시되는데, 군정의 끝을 독립이라고 표현한 것이다-옮긴이)의 날은 머지않았지만 앞길은 암담하기만 하다. 전쟁의 참화에 떤 젊은 학생이 평화를 바란다면 간디처럼 무저항주의에 철저하지 않으면 안 된다. 자신이 믿는 바른 길로 나아가 지도하기에는 너무 나이가 들었고 힘이 부족해졌다. 덧없이 '남들이 싫어하는 짓궂은 나이'가 오는 것을 기다리기만 한다면 이제까지 살아온 것이 물거품이 된다. 손자들에게만큼은 좋은 할아버지, 할머니였다는 인상을 남겨두고 싶다. 어디로 갈지 모르겠다. 그저 안심하고 잠들 뿐이다."

야스코는 거기서 잠시 침묵했다.

신고는 옆을 향하여 정원의 벚꽃을 보고 있었다.

야스코는 신문을 쳐다보면서 말했다.

"도쿄 집을 나와서 오사카의 누이가 사는 곳을 방문하고 나서 행방불명이 되어……. 오사카의 누이라는 사람이 벌써 여든이군요."

"아내의 유서는 없던가?"

"예?"

야스코는 의아해하면서 얼굴을 들었다.

"아내의 유서는 없었는가?"

"아내라니, 할머니를 말하는 거유?"

"당연하지. 둘이서 죽으러 나갔을 테니까, 아내의 유서도 있어야 마땅하지. 예를 들어 나하고 당신이 동반 자살을 한다면 당신도 뭔가 남기고 싶은 말이 있어서 써두지 않겠냐구?"

"난 필요 없어요." 야스코는 딱 잘라 말했다.

"남자든 여자든 유서를 남기는 것은 젊은 사람들의 동반 자살이나 그렇지요. 그것도 함께 맺어지지 못한 것을 비관해서라든가……. 부부라면 대개 남편이 쓰면 그걸로 됐지. 나 같은 사람이 새삼스럽게 유서를 쓸 일이 있겠수?"

"그럴까?"

"나 혼자서 죽을 때는 물론 달라요."

"혼자서 죽을 경우에는 원통한 일이 산더미만큼 있다는 말이로군."

"있어도 없는 거나 마찬가지잖우. 이미 이 나이가 되어선."

"죽으려고 생각도 않고, 죽을 것 같지도 않은 할머니의 무사태평한 소리군." 신고는 웃으며,

"기쿠코는?"

"저 말예요?"

기쿠코는 주저하듯이 느리고 낮은 목소리로 말했다.

"만약에 슈이치와 동반 자살한다고 하면 기쿠코의 유서는 필요 없을까?"

아무 생각 없이 말하고 나서 신고는 아뿔싸! 하고 생각했다.

"모르겠어요. 그때가 되어보지 않으면. 글쎄 어떨까요?" 기쿠코는 오른손 엄지손가락을 오비 사이에 넣고 느슨하게 풀면서 신고를 보았다.

"아버님께는 뭔가 남기고 싶어요."

기쿠코의 눈은 어린아이처럼 촉촉해지더니 눈물이 고였.

야스코는 죽음을 생각하고 있지 않지만 기쿠코는 그렇지도 않다는 게 느껴졌다.

기쿠코는 앞에 쪼그리고 쓰러져 울 것 같다가 일어서서 갔다.

야스코가 쳐다보면서 말했다.

"이상해요. 뭐, 울 건 없잖수? 히스테릭해졌어요. 저건 히스테리예요."

신고는 셔츠 단추를 끄르고 가슴에 손을 넣었다.

"심장이 뛰어요?" 야스코는 말했다.

"아니, 젖꼭지가 가려워서 그래. 젖꼭지 근육이 딱딱해져서 가려워."

"열네댓 살 여자아이 같구먼요."

신고는 왼쪽 젖꼭지를 손끝으로 주무르고 있었다.

부부가 같이 자살을 하는데 남편이 유서를 쓰고 아내는 안 쓴다.

아내는 남편에게 대신 시키는 것인가, 곁다리로 겸하는 것인가? 야스코가 신문을 읽는 것을 듣고 있다가 신고는 이 점에 의문을 가지며 흥미를 느꼈다.

긴 세월을 함께 지내면 일심동체가 되는 것인가? 늙은 아내는 개성도 유언도 잃어버리는 것인가?

아내에게는 죽을 이유가 없는데 남편의 자살에 동반자가 되고, 남편의 유서에 자신의 몫을 포함시켜도 미련도 후회도 망설임도 없는 것일까? 이상한 일이다.

그러나 실제로 신고의 늙은 아내도 동반 자살을 한다면 자신의 유서는 필요 없고 남편이 쓰면 그걸로 족하다고 말하고 있다.

아무 말도 하지 않고 남자의 죽음에 길동무가 되는 여자—반대의 경우도 없는 것은 아니지만, 대부분은 남자를 따르는 여자—가 지금은 늙어빠져서 곁에 있는 것에 신고는 왠지 놀라웠다.

기쿠코와 슈이치 부부는 아직 연륜이 짧을 뿐 아니라, 눈앞에 파란이 일고 있었다.

그런 기쿠코를 향해 슈이치와 동반 자살한다면 자신의 유서는 필요 없느냐고 묻는 것은, 듣기에 따라서는 잔혹하고 기쿠코를 상처받게 하는 일이었다.

신고는 기쿠코가 위태로운 심경에 처했다는 걸 깨달았다.

"기쿠코는 당신이 받아주니까 저런 일로 눈물을 보이는 거예요." 야스코는 말했다.

"당신은 기쿠코를 단지 귀여워할 뿐이지, 정작 중요한 일은 해결해주지 않잖아요. 후사코의 경우도 그렇잖수?"

신고는 정원에 만발한 벚꽃을 보고 있었다. 그 큰 벚나무의 밑동에 팔손이나무가 무성했다.

신고는 팔손이나무를 싫어해서 벚꽃이 필 때까지 팔손이나무를 깨끗하게 잘라버릴 생각이었지만, 올 3월은 눈이 많이 내려 내버려두었더니 그대로 꽃이 피었다.

삼여 년 전에 한 번 베어버려서 오히려 무성해졌다. 당시에는 뿌리를 송두리째 뽑아버리면 좋겠다고 생각했는데, 역시 그렇게 했더라면 좋았을걸 그랬다.

야스코에게 잔소리를 들어서 신고는 팔손이나무의 파랗고 두꺼운 잎이 더욱 싫었다. 이 팔손이나무들만 없으면 벚꽃의 굵은 줄기는 홀로 우뚝 서, 그 가지에 아무 방해도 없이 쑥쑥 뻗어 끝이 드리워질 정도로 사방에 퍼지게 된다. 그러나 팔손이나무가 있어도 퍼져 있었다.

그리고 용케도 이만큼의 꽃을 피웠구나, 하고 생각할 만큼 꽃이 피어 있었다.

정오가 넘어선 해를 받으며 벚꽃은 하늘에 크게 떠 있었다. 색깔도 모양도 강하지 않지만 공간에 차고 넘치는 느낌이다. 지금이 한창이라, 곧 질 거라고는 생각조차 할 수 없었다.

그러나 한 잎, 두 잎씩 끊임없이 떨어져 밑에는 낙화가 쌓여 있었다.

"젊은 사람이 죽이거나 죽거나 하는 기사는 어머 또, 하고 생각될 뿐인데 노인의 죽음이 나와 있어서인지 가슴에 와닿는구면요." 야스코는 말했다.

"모두에게 사랑을 받고 있는 중에 사라지고 싶다"라는 노부부의 기사를 두 번이고 세 번이고 되풀이해서 읽는 모양이었다.

"요전에도 예순한 살의 할아버지가 소아마비인 열일곱 살의 남자아이를 세이로카 병원에 넣을 생각으로 도치기에서 나와 그 아이를 업고 도쿄 구경을 시켰습디다만, 아무래도 병원에 가는 것은 싫다고 떼를 쓰니까 수건으로 목을 졸라 죽였다는 것이 신문에 났잖수?"

"그래? 읽지 못했어." 신고는 건성으로 대답하면서 자신은 아오모리현 소녀들의 낙태 기사를 마음에 두어 꿈까지 꾼 것이 떠올랐다.

늙은 여자인 아내와 이 얼마나 큰 차이일까?

*
2

"기쿠코." 후사코가 불렀다.

"이 재봉틀 실이 자꾸 끊어져. 상태가 안 좋은가? 봐줄래? 싱어(미국 재봉틀 회사의 브랜드-옮긴이)라서 기계는 좋을 텐데. 내가 서툴러진 걸까? 히스테린가?"

"고장 난 걸지도 몰라요. 고등학교 때부터 쓰던 거니까 오래됐어요."

기쿠코는 그 방으로 갔다.

"하지만 제가 다루면 듣는 편이에요. 형님, 제가 대신 할게요."

"그래? 사토코가 옆에 달라붙어 있어서 더 정신이 없어. 이 애의 손을 꿰맬 것 같아서. 손을 꿰맬 리는 없겠지만 이 애가 여기에 손을 올리고 있으니까 솔기를 보고 있는 사이에 눈이 뿌예져서 천과 아이의 손이 몽롱하게 똑같이 보여서 말이야."

"형님, 피곤하셔서 그래요."

"결국 히스테리야. 피곤한 걸로 말하면 기쿠코도 마찬가지지, 뭐. 우리 집에서 피곤하지 않은 사람은 할아버지와 할머니뿐이야. 할아버지라는 사람은 회갑이 지났는데 젖이 가려우니어쩌니, 기가 막혀."

기쿠코는 대학 병원에서 친구를 병문안하고 돌아오는 길에 후사코의 두 아이들을 위해 옷감을 끊어 왔다.

그것을 바느질하고 있던 참이라 후사코는 기쿠코에게 기분 좋게 대했다.

그러나 후사코를 대신해서 기쿠코가 재봉틀에 앉자 사토코는 싫은 눈초리를 했다.

"외숙모가 천을 사 와서 바느질을 해주시는 거 아니니?"

후사코는 평소와 달리 사과했다.

"미안해. 이 아이는 이런 점이 아이하라를 빼닮았어."

기쿠코는 사토코의 어깨에 손을 얹고 말했다.

"할아버지와 부처님 계시는 곳에 다녀와. 오치고(신사에서 축제할 때 가장행렬에 참가하는 아이들-옮긴이)가 나와서 춤도 춘단다."

후사코가 같이 가자고 해서 신고도 나갔다. 하세 거리를 걷고 있자니 담배 가게 앞에 있는 동백나무 분재가 눈에 띄었다. 신고는 히카리 담배를 사며 분재를 칭찬했다. 천엽의 알록달록

한 꽃이 여섯 송이 붙어 있었다.

천엽 꽃송이는 틀렸고, 분재로는 야생 동백꽃이 최고라고 담배 가게 주인은 말하며 뒤뜰로 안내했다. 네 평에서 다섯 평 정도의 유채밭으로, 그 앞에 분재 화분이 땅바닥에 그대로 늘어져 있었다. 야생 동백은 줄기에 힘이 들어간 노목이었다.

"나무를 힘들게 하면 안 되기 때문에 꽃은 벌써 떼어냈습니다." 담배 가게 주인은 말했다.

"이런 상태로도 역시 꽃이 핍니까?" 신고는 물었다.

"꽃이 많이 핍니다만, 좋은 부분에 한해서 조금밖에 남겨두지 않으니까요. 가게의 동백도 스물에서 서른 송이는 피었지요."

담배 가게 주인은 분재 손질에 대한 얘기를 했다. 또 가마쿠라의 분재 애호가들의 소문도 떠들었다. 듣고 보니 상점가의 창 등에도 분재가 자주 나와 있던 것이 신고는 떠올랐다.

"정말 잘 봤습니다. 잘 키우십시오." 신고가 가게를 나오려고 하자,

"변변찮은 것들입니다. 뒤뜰의 야생 동백꽃은 웬만한 정도는 되지만요……. 분재 하나라도 갖게 되면 모양을 망치지 않도록, 마르지 않도록 하는 데 책임이 생겨서 게으른 자에게는 약이 되지요" 하고 담배 가게 주인은 말했다.

신고는 걸으면서 방금 산 히카리에 불을 붙이고,

"담뱃갑에 부처님 그림이 붙어 있어. 가마쿠라를 위해서 만든 것이군" 하고 그 담뱃갑을 후사코에게 건네주었다.

"보여줘." 사토코가 발돋움을 했다.

"작년 가을 후사코가 가출해서 신슈에 간 적이 있었지?"

"그건 가출이 아니에요." 후사코는 신고에게 반항했다.

"그때 시골집에서 분재 못 봤니?"

"못 봤어요."

"그렇겠지. 벌써 사십 년이나 된 얘기니까. 시골 할아버지가 분재 도락가셨어. 네 외할아버지 말이야. 근데 야스코는 저렇게 재주가 없고 섬세하질 못하니까 할아버지 마음에 들었던 이모가 분재를 돌보았지. 네 엄마와는 형제라고 할 수 없을 정도로 미인이었어. 분재 선반에 눈이 쌓인 아침, 참하게 앞머리를 내린 단발머리의 이모가 빨간 겐로쿠 소매(배래가 둥그스름하고 길이가 짧은 소매의 일본식 여성복-옮긴이)를 입고 화분의 눈을 털고 있는 모습은 지금도 눈에 아른거린단다. 또렷하고 선명하게 말이야. 신슈는 추워서 입김이 희어."

그 흰 입김도 소녀의 상냥함으로 향기가 나는 것 같았다.

후사코는 세대가 달라서 관계가 없는 것을 기회 삼아, 신고는 문득 추억에 빠졌다.

"근데 지금의 야생 동백도 삼사십 년의 정성은 아니군."

상당한 수령(樹齡)일 것이다. 화분 속에서 줄기가 알통처럼 굵어지려면 몇 년이나 걸리는 것일까?
　야스코의 언니가 죽고 나서 불전에 놓였던 다홍빛의 단풍잎 분재는 누군가의 손에서 지금도 말라 죽지 않고 있을까?

*
3

　세 사람이 경내에 도착하자 아이들의 행렬이 부처님 앞의 포석을 행진하고 있는 참이었다. 먼 곳에서 걸려온 것처럼 보이는 지친 얼굴의 아이들도 있었다.
　빙 둘러싼 사람들 뒤에서 후사코는 사토코를 안아 올렸다. 사토코는 꽃처럼 후리소데(통이 넓은 긴 소매의 일본 옷-옮긴이)를 나부끼는 아이들을 응시했다.
　요사노 아키코(근대 일본의 와카 작가-옮긴이)의 가비(歌碑)가 세워졌다고 해서, 뒤쪽으로 가보니 아키코의 친필 글씨를 확대해 돌에 새긴 것 같았다.
　"역시, '석가모니는……'이라고 되어 있군." 신고는 말했다.
　그러나 후사코는 사람들 입에 널리 오르내리는 이 노래를 몰랐기에 신고는 어이가 없었다. 가마쿠라 부처이지만 석가모니는 미남이십니다—라고 아키코는 읊었다.

"가마쿠라 부처는 석가가 아니야. 실은 아미타불이란다. 잘못된 것이기 때문에 노래도 고쳤지만 '석가모니는'이라고 통하는 노래를 새삼스럽게 '아미타불은'이라든가 '부처님은'으로 바꾸면 가락도 안 좋고 불(佛)이라는 글자가 반복되지. 그래서 고치지 않고 예전대로 가비를 세웠겠지만 지금 보니 역시 잘못된 것은 잘못된 거야."

비석 옆에 천막을 치고 차를 접대하고 있었다. 후사코는 기쿠코에게 티켓을 받아 왔다.

신고가 노천의 차 색깔을 보고, 사토코도 마실 수 있을까, 하고 생각하던 중, 사토코가 찻잔의 가장자리를 한쪽 손으로 잡았다.

대충 만든 보통 찻잔이지만 신고는 사토코가 떨어뜨리지 않도록 드는 것을 도와주었다.

"쓰다."

"써요?"

사토코는 마시기 전부터 쓴 얼굴을 하였다.

무용을 하는 소녀 무리가 막 안으로 들어왔다. 그 인원의 반 정도가 입구의 걸상에 앉자 나머지 여자아이들은 그 앞에 겹치듯이 모여들었다. 짙은 화장을 하고 가지각색의 후리소데를 입고 있었다.

    소녀들의 무리 뒤에 있던 두세 그루의 어린 벚나무에는 꽃이 만발하였다. 꽃 색은 후리소데의 강한 색과 대비되어서 엷게 보였지만 맞은편의 약간 높은 나무들의 초록에는 해가 비치고 있었다.

    "물. 엄마, 물." 사토코가 무용을 하는 소녀들 쪽을 노려보면서 말했다.

    "물은 없어. 집에 돌아가서 줄게." 후사코는 달랬다.

    신고도 갑자기 물이 마시고 싶어졌다.

    3월의 언제였던가, 시나가와역의 승강장 수도에서 사토코 또래의 여자아이가 물을 마시고 있는 것을 신고는 요코스카선 전철 안에서 보았다. 처음에 수도꼭지를 비틀자 물줄기가 튀어 올랐기 때문에 여자아이는 깜짝 놀라 웃었다. 웃는 얼굴이 보기 좋았다. 엄마가 수도꼭지를 적당히 맞추어주었다. 너무나 맛있다는 듯 물을 마시는 여자아이에게서 신고는 올해의 봄이 온 것을 느꼈다. 그것을 떠올렸다. 무용복을 입은 소녀들의 무리를 보고 사토코나 신고가 물을 마시고 싶어하는 데에는 뭔가 이유가 있는 것일까, 하고 생각하던 중에,

    "꼬까, 꼬까 사줘. 꼬까" 하고 사토코가 떼를 쓰기 시작했다.

    후사코는 일어섰다.

무용복을 입은 소녀들 가운데 사토코보다 한두 살 위로 보이는 소녀가 있었다. 눈썹을 굵으면서도 짧고 처지게 그려서 귀여웠다.

크고 시원스러운 눈가에 붉은색이 칠해져 있었다. 사토코는 후사코의 손에 이끌려 가면서 그 아이에게 눈을 떼지 않다가 천막을 나올 때, 그 아이 쪽으로 갈 것처럼 움직였다.

"꼬까, 꼬까." 사토코는 계속해서 말했다.

"꼬까는 말이야, 사토코가 시치고산(남자는 3세와 5세, 여자는 3세와 7세가 되는 해 11월 15일에 신사에 가서 참배하며 축하하는 날-옮긴이) 때 할아버지가 사주신대." 후사코는 넌지시 들으라는 듯이 말했다.

"이 애는 말이죠, 태어나서 기모노라는 것을 입은 적이 없어요. 기저귀뿐이에요. 기저귀는 낡은 유카타로 만들었으니까요. 기모노라고도 할 수 없는 나부랭이예요."

신고는 찻집에서 쉬면서 물을 달래서 마셨다. 사토코는 꿀꺽꿀꺽 두 컵이나 마셨다.

불당 경내를 나와서 잠시 걸어가는데, 무용복을 입은 아이가 엄마에게 손을 이끌려 서둘러서 돌아가는 모양으로 사토코 옆을 지나쳤다. 신고는 아차 싶어서 사토코 어깨를 껴안았지만 늦어버렸다.

"꼬까." 사토코가 그 아이의 소매를 붙잡으려고 하자,

"싫어" 하고 그 아이가 몸을 빼려는 순간 긴 소매를 밟고 저쪽으로 넘어졌다.

"아앗." 신고는 소리를 지르며 얼굴을 가렸다.

치였다. 신고는 자신의 외침밖에 듣지 못했지만 많은 사람이 동시에 외친 것 같았다.

차가 끼익 하며 멈췄다. 기겁을 하고 멈추어 서 있는 사람들 속에서 서너 명이 달려들었다.

여자아이가 쓱 일어나서 엄마 옷자락에 매달려 안겨서는 자지러질 듯이 울어댔다.

"다행이다. 정말 다행이야. 브레이크가 잘 들었어. 고급 차군." 누군가가 말했다.

"이게 말이야, 당신, 고물 차였다면 살지 못했을 거요."

사토코는 경련을 일으킨 듯 흰자위를 추켜올렸다. 무서운 얼굴이었다.

후사코는 상대 아이에게 상처는 없는지, 소매가 찢어지진 않았는지 살피며 상대 엄마에게 집요하게 사과하고 있었다. 아이의 엄마는 넋이 나가 정신이 없었다.

후리소데를 입은 아이가 울음을 그치자 짙은 분이 얼룩졌지만 눈은 씻은 듯이 빛나고 있었다.

신고는 거의 입을 다물고 집으로 돌아왔다.

곧 아기 울음소리가 들리고 기쿠코가 자장가를 부르면서 마중 나왔다.

"죄송해요, 울려서. 저는 안 되겠어요." 기쿠코는 후사코에게 말했다.

동생의 울음소리를 들어서인지, 집이라 긴장이 풀어졌는지 사토코도 앙앙 울기 시작했다.

후사코는 사토코에게는 신경 쓰지 않고 아기를 받아 들자 가슴을 풀어 헤쳤다.

"어머, 식은땀이 가슴 사이에 흠뻑."

신고는 료칸(에도시대 말의 승려이자 가인-옮긴이)의 '천상대풍(天上大風)'이라는 액자를 잠시 올려다보고 지나갔다. 료칸의 작품이 아직 비싸지 않을 때 산 것인데 가짜였다. 다른 사람이 가르쳐주어서 신고도 알고 있었다.

"아키코 가비를 보고 왔어." 기쿠코에게 말했다.

"아키코의 글씨로, '석가모니는……'이라고 되어 있었어."

"그래요?"

4

  저녁 식사 후 신고는 혼자 집을 나와 포목점과 헌 옷 가게를 들여다보며 걷고 있었다.

  그러나 사토코에게 어울릴 만한 기모노는 눈에 잘 띄지 않았다.

  없다고 하니 더욱 마음에 걸렸다.

  신고는 어두운 두려움을 느끼고 있었다.

  여자아이는 어려도 다른 아이의 화려한 기모노를 보면 그렇게 입고 싶을까?

  사토코의 선망과 욕망이 보통보다 조금 강할 뿐인지, 혹은 상당히 이상하게 심한 것인지, 어쩌면 미치광이와 같은 발작일 수도 있다고 신고는 생각했다.

  그 무용복을 입은 아이가 치여 죽었더라면 지금쯤 어떻게 되었을까? 아름다운 아이의 후리소데 모습이 선명하게 떠올랐다. 그런 나들이옷은 가게 앞에 많이 나와 있지 않았다.

  그러나 사서 돌아가지 못하면 신고에게는 가는 길마저도 어두울 것 같았다.

  야스코는 사토코에게, 기저귀로 쓰는 낡은 유카타밖에 주지 않았을까? 후사코의 말투는 독을 품고 내뱉은 거짓이 아닐까? 배내옷도, 백일 때 신사참배용 기모노도 주지 않았을까? 어쩌면 후사코가 양장을 원했던 것은 아닐까?

"잊어먹었다." 신고는 혼잣말을 했다.

야스코가 그런 의논을 했는지 어쨌는지 잊은 게 분명했지만, 신고도, 야스코도 후사코를 더 돌보아주었더라면 못생긴 딸에게도 귀여운 손주가 태어났을지도 모른다. 왠지 빠져나갈 길이 없는 자책 때문에 신고는 발이 무거웠다.

"전생의 몸을 알면, 전생의 몸을 안다면 가련히 여길 부모도 없다. 부모가 없으면 나를 위해서 마음을 쏟을 자식도 없다."

어떤 가사 구절이 신고의 마음에 떠올랐지만, 단지 떠올랐을 뿐 법의(法衣)의 득도와는 거리가 멀었다.

"똑똑히 보아라. 전불(前佛)은 이미 떠나고, 후불(後佛)은 아직 세상에 오시지 않네. 꿈 한가운데 태어나 그 무엇을 이승에 매달리나. 어쩌다 업보로 사람이 되어……."

무용복을 입은 아이를 붙잡으려고 했던 사토코의 흉악하고 광포한 성질은 후사코의 피를 이어받은 것일까? 아이하라의 피를 받은 것일까? 엄마인 후사코 쪽이라면 그 아버지인 신고의 핏줄인가, 어머니인 야스코의 핏줄인가?

만일 신고가 야스코의 언니와 결혼했더라면 후사코 같은 딸은 태어나지 않았을 것이고 사토코 같은 손녀도 태어나지 않았을 것이다.

의외로 신고는 옛날 사람이, 매달리고 싶을 정도로 그리웠다.

예순셋이 되어서도, 이십 대에 죽은 그 사람이 역시나 그리웠다.

신고가 집으로 돌아가자 후사코는 아이를 안고 잠자리에 들어 있었다.

응접실과 경계인 장지문이 열려 있어 그 모습이 보였다.

"잠들었다우."

그쪽을 바라보는 신고에게 야스코가 말했다.

"가슴이 두근두근, 두근두근해서 진정시킨다며 수면제를 먹더니 잠들어버렸다우."

신고는 끄덕이고,

"거기를 닫는 게 어떨까?"

"네" 하며 기쿠코가 일어섰다.

사토코는 후사코의 등에 착 달라붙어 있었다. 그러나 눈을 뜨고 있는 것 같았다. 이런 식으로 쭉 잠자코 있기도 하는 그런 아이다.

신고는 사토코의 기모노를 사러 나갔다고는 말하지 않았다.

후사코도 사토코가 기모노를 갖고 싶어 해서 위험한 일을 저질렀다는 것은 엄마에게도 말하지 않은 것 같았다.

신고는 거실로 갔다. 기쿠코가 숯불을 가지고 왔다.

"자, 앉아라."

"네. 금방 올게요." 기쿠코는 일어나 나가서 물 주전자를 쟁반에 올려 왔다. 물 주전자에 웬 쟁반인가 싶었는데 옆에 꽃이 올려져 있었다.

신고는 꽃을 손에 들고 말했다.

"무슨 꽃이지? 도라지 같구나."

"흑백합이래요……."

"흑백합?"

"네. 다도를 하는 친구에게 아까 받았어요." 기쿠코는 말하면서 신고 뒤의 벽장을 열고 작은 꽃병을 꺼내었다.

"이게 흑백합이라?" 신고는 신기해했다.

"그 친구 얘기로는 올해의 리큐기(16세기의 유명한 다인(茶人)인 센노 리큐를 기념하는 행사. 센노 리큐는 도요토미 히데요시의 명을 듣지 않고 자신의 다도를 고집하다 죽임을 당했다-옮긴이)에 로쿠소안박물관에서 엔슈류(다도의 한 유파-옮긴이)의 당주 자리에 검은 백합과 흰 분단나무 꽃이 꽃꽂이되어 있어서 좋았대요. 주둥이가 좁고 구리로 된 오래된 꽃병에……."

"으음."

신고는 흑백합을 바라보고 있었다. 두 개인데 한 줄기에 두 송이씩 꽃이 피어 있었다.

"올봄에는 열한 번인가 열세 번 눈이 내렸지요?"

"자주 내렸지."

"초봄의 리큐기에도 눈이 서너 치 쌓여 있었대요. 흑백합도 그래서 더욱 진기해졌어요. 고산식물이래요."

"흑동백하고 조금 닮은 색이구나."

"네."

기쿠코는 꽃병에 물을 넣었다.

"작년 리큐기에는 리큐의 지세(임종할 때 지어 남기는 시-옮긴이) 서도(書道)와 할복한 단도도 나왔대요."

"그래? 그 친구라는 사람은 다도 선생이니?"

"네. 전쟁미망인이 되어……. 전에 자주 하던 것을 살려서 하게 되었지요."

"무슨 파니?"

"간큐안(교토 무샤노코지의 저택 안에 있는 다실을 근본으로 하는 다도의 한 유파-옮긴이)이요. 무샤노코지예요."

다도를 모르는 신고는 알 수가 없었다.

기쿠코는 흑백합을 꽃병에 꽂으려고 기다렸지만 신고는 손에서 꽃을 놓지 않았다.

"약간 고개를 숙이고 피어 있는 것은 시든 것이 아닐 테지?"

"네. 물에 담가 놓았으니까요."

"도라지도 고개를 숙이고 필까?"

"네?"

"도라지 꽃보다 작게 보이는데?"

"작은 것 같아요."

"처음엔 검게 보이지만 검정이 아니고, 짙은 보라색 같은데 보라색도 아니고, 짙은 연지도 들어 있는 것 같구나. 내일 낮에 자세히 보자꾸나."

"햇빛에 보면 붉은빛을 띤 보라색으로 투명해요."

꽃의 크기는 다 피면 한 치 남짓일 것 같은데 칠팔 할 정도 된 것 같았다. 꽃잎은 여섯 장, 암술 끝은 세 개로 또 나누어지고 수술은 네다섯 개였다. 잎은 한 치 걸러 몇 단(段)인가로 사방에 퍼져 있다. 백합 잎의 작은 형태로, 길이는 한 치나 한 치 반 정도일 것이다.

결국 신고는 꽃향기를 맡아보고,

"싫은 여자의 비린내 같은 냄새다"라고 무심코 말했다.

음란한 냄새라는 의미가 아니었지만 기쿠코는 눈꺼풀을 조금 붉히며 고개를 숙였다.

"향기에는 실망했어." 신고는 바꾸어 말했다.

"맡아봐."

"아버님처럼 연구는 하지 않기로 했어요."

기쿠코는 꽃병에 꽂으려고 했다.

"다도 분위기를 내기에는 꽃 네 송이면 좀 많은데요. 이대로 할까요?"

"응. 그대로."

기쿠코는 흑백합을 장식대에 놓았다.

"그 벽장 안에 꽃병이 있던 곳에 말이지, 탈이 들어 있는데 꺼내주지 않을래?"

"네."

문득 노래 한 구절이 떠올라 신고는 탈을 기억해냈다.

그는 지도 탈을 손에 들고 말했다.

"이건 요정인데 말이지. 영원한 소년이래. 전에 샀을 때 얘기했던가?"

"아니요."

"회사에 있었던 다니자키라는 아이에게, 이 탈을 샀을 때 얼굴에 쓰게 해보았어. 귀엽게 보여서 놀랐단다."

기쿠코는 지도 탈을 얼굴에 대었다.

"이 끈을 뒤로 묶는 거예요?"

탈의 눈 속에서 기쿠코의 눈동자가 신고를 바라보고 있는 게 틀림없었다.

"움직이지 않으면 표정이 안 나와."

이것을 사 가지고 돌아온 날 신고는 검붉은 가련한 입술에 하마터면 키스할 뻔하여 하늘의 사련이라도 담긴 듯한 두근거림을 느꼈다.

"매목(埋木)일지라도 마음속에 꽃이 아직 있다면……."

그런 말도 노래에 있었던 것 같다.

요염한 소년 탈을 쓴 기쿠코가 여러 형태로 움직이는 것을 신고는 차마 보고 있을 수 없었다.

기쿠코는 얼굴이 작아서 턱 끝까지 거의 탈에 가려져 있었다. 보일 듯 말 듯 하는 턱에서 목으로 눈물이 흘러내렸다. 눈물은 두 줄기가 되고 세 줄기가 되어 계속해 흘러내렸다.

"기쿠코." 신고는 불렀다.

"기쿠코는 슈이치와 헤어지면 다도 선생이라도 될까, 하고 오늘 친구를 만나 생각했지?"

기쿠코는 끄덕였다.

"헤어져도 아버님 곁에 있으면서 차를 끓여드리며 살고 싶어요." 그녀는 탈 뒤에서 분명히 말했다.

엥 하고 사토코의 울음소리가 들렸다.

정원에서는 테르가 요란하게 짖었다.

신고는 불길함을 느꼈지만, 기쿠코는 일요일에도 여자 집에 간 슈이치가 돌아왔는지 문 쪽으로 귀를 기울이는 것 같았다.

새
집

*

1

 겨울에도 여름에도 여섯 시가 되면 가까운 절에서 종을 울리지만, 신고는 겨울이든 여름이든 아침에 그 종소리를 들으면 그날은 일찍 일어났다고 여겼다.
 일찍 일어난다고 해서 잠자리를 떠나는 것은 아니다. 그저 빨리 눈을 뜰 뿐이다.
 그러나 겨울과 여름에는 같은 여섯 시라도 상당히 달랐다. 절의 종이 한 해 내내 여섯 시에 울리기 때문에 신고도 같은 시간이라고 생각하지만, 여름에는 해가 솟아 있다.
 베갯머리에 커다란 회중시계를 두고 있어도 불을 켜고 돋보기를 쓰지 않으면 안 되기 때문에 좀처럼 보는 일은 없었다. 안경이 없으면 긴 바늘과 짧은 바늘을 구분하기 어려웠다.
 겨울철 여섯 시는 이른 시각이지만, 신고는 잠자리에 가만히 움직이지 않을 수가 없어서 신문을 가지러 일어난다. 식모가 그만두고 나서는 기쿠코가 아침에 일어나 일하고 있다.

"어머, 아버님, 일찍 일어나셨네요." 기쿠코가 말하자 신고는 거북한 듯이 말했다.

"응. 한잠 더 자야지."

"그렇게 하세요. 아직 뜨거운 물도 안 끓였으니까요."

기쿠코가 일어나 있는 것에 신고는 따사로운 인기척을 느낀다.

겨울 아침, 어둠 속에 잠에서 깨어 신고가 쓸쓸함을 느끼게 된 것은 언제부터였을까?

그러나 봄이 오면 신고의 기상도 따뜻해진다.

벌써 5월의 중순이 지났다. 오늘 아침 신고는 종소리에 이어 솔개 소리를 들었다.

"아아, 역시 있었구나." 그는 중얼거리며 베개 위에서 귀를 기울였다.

솔개는 집 위를 크게 돌아 바다 쪽으로 나아가는 것 같았다.

신고는 일어났다.

이를 닦으면서 하늘을 찾아보았지만 솔개는 보이지 않았다.

그러나 어린아이처럼 응석부리는 그 소리는 신고의 집 위를 부드럽게 가라앉히고 가버렸다.

"기쿠코, 방금 우리 집에서 솔개가 울고 있었지?" 신고가 부엌을 향해 소리쳤다.

기쿠코는 김이 나는 밥을 밥통에 옮기고 있었다.

"관심을 두지 않아서 못 들었어요."

"저건 분명히 우리 집에 있는 거야."

"예."

"작년에도 자주 울었는데 몇 월이었던가, 지금쯤이었던가? 기억력이 나빠졌군."

신고가 선 채로 보고 있을 때 기쿠코가 머리 리본을 풀었다.

기쿠코는 때때로 머리를 리본으로 묶고 자는 것 같았다.

기쿠코가 밥통 뚜껑을 열어둔 채 신고의 차 준비를 서둘렀다.

"저 솔개가 있다는 건 우리 집에 멧새도 있다는 뜻이겠지."

"네. 까마귀도 있어요."

"까마귀……?"

신고는 웃었다.

솔개가 '우리 솔개'라면 까마귀도 '우리 까마귀'일 것이다.

"이 집에는 사람만 살고 있는 줄 알았는데, 여러 종류의 새도 정착하여 살고 있구나." 신고는 말했다.

"벼룩이나 모기도 곧 나올 거예요."

"반갑지 않은 얘기군. 벼룩이나 모기는 우리 집에 사는 것이 아니야. 이 집에서 해를 넘기지는 않아."

"벼룩은 겨울에도 있으니까 해를 넘길지도 몰라요."

"그러나 벼룩의 수명이 어느 정도인지 몰라도 작년의 벼룩은 아닐 거야."

기쿠코는 신고를 보고 웃었다.

"그 뱀도 이제 나올 때예요."

"작년에 기쿠코를 놀래킨 구렁이 말이니?"

"네."

"그건 우리 집 터줏대감이라니까."

작년 여름, 물건을 사고 돌아온 기쿠코는 부엌문에서 그 구렁이를 보고 부들부들 떨었다.

기쿠코의 외침 때문에 테르가 달려와서 미친 듯이 짖었다. 테르는 목을 숙이고 물 것 같은 자세를 취하더니 사오 척 정도 홱 물러서서는 다시 덤벼들듯 다가갔다. 그것을 반복했다.

뱀은 머리를 조금 들어 올려서 붉은 혀를 내밀었지만 테르 쪽은 보지도 않고 스르르 움직이기 시작했다. 그러더니 부엌 문턱을 따라 기어갔다.

기쿠코 얘기로는 부엌문의 두 배 이상의 길이, 즉 여섯 자 반 남짓 되는 뱀이었다. 기쿠코의 손목보다도 굵었다.

기쿠코는 흥분해서 높은 음성으로 말했지만 야스코는 차분하게 대꾸했다.

"우리 집 터줏대감이야. 기쿠코가 오기 몇 년이나 전부터 있었어."

"테르가 물어뜯었다면 어떻게 되었을까요?"

"그건 테르가 지지. 휘감겨서 말이야. 테르는 알고 있으니까 짖을 뿐이야."

한동안 기쿠코는 부엌문 쪽을 잘 지나다니지 못했다. 정문으로 출입했다.

마루 밑이나 천장 위 어딘가에 그 커다란 뱀이 있는 건 아닌가 하고 섬뜩해했다.

그러나 구렁이는 뒷산에 있을 것이다. 좀처럼 모습을 보이지 않았다.

뒷산은 신고의 소유지가 아니었다. 누구 것인지 알지 못했다.

신고의 집과 맞닿아 있으면서 경사가 급해, 산짐승들에게는 집 정원과 경계선이 따로 없었다.

뒷산의 꽃과 이파리도 정원에 많이 떨어지곤 했다.

"솔개가 돌아왔다." 신고는 중얼거리다 들뜬 목소리로 말했다. "기쿠코, 솔개가 돌아온 것 같아."

"정말요. 이번에는 들려요."

기쿠코는 잠시 천장 쪽을 올려다보았다.

솔개의 울음소리는 한동안 계속되었다.

"아까 바다에 갔었어요?"

"바다 쪽으로 소리가 가는 것 같았어."

"바다에 가서 먹이를 잡고 돌아온 것이겠지요." 기쿠코의 말에 신고도 그럴지도 모른다고 생각하며 말했다.

"어딘가 눈에 띄는 곳에 생선이라도 놓아주면 어떨까?"

"테르가 먹을 거예요."

"높은 곳에."

작년에도, 재작년에도 그랬지만, 신고는 잠에서 깨었을 때 이 솔개 소리를 들으면 왠지 모를 애정을 느꼈다.

신고만 그랬던 것은 아닌지 '우리 솔개'라는 말이 가족 사이에 통용됐다.

그러나 그 솔개가 한 마리인지, 두 마리인지조차 신고도 확실히 몰랐다. 어느 해인가 집 위를 두 마리가 같이 날고 있던 것을 봤을 뿐이다.

과연 같은 솔개 소리를 몇 년이나 계속해 듣고 있는 것일까? 변한 것은 아닐까? 어느 사이엔가 어미 솔개는 죽고 새끼 솔개가 울고 있는 것은 아닐까? 신고는 오늘 아침 처음으로 그렇게 생각했다.

예전의 솔개는 작년에 죽고 올해에는 새로운 솔개가 울고 있는 것을 모르고, 신고의 가족들이 항상 '우리 솔개'라고 여기며 비몽사몽 중에 듣고 있었다면 우스꽝스러운 일이다.

가마쿠라에는 작은 산이 많았는데 이 솔개가 신고의 집 뒷산을 택하여 살고 있는 것도 생각해보면 불가사의했다.

"만나기 힘들어한다는 건 지금의 만남을 얻는 것이고, 듣기 힘들어한다는 것은 이미 들은 바를 얻는 것이라." 어쩌면 솔개도 그럴지도 모른다.

그러나 솔개가 함께 살고 있다고 해도, 그것은 단지 귀여운 소리를 들려줄 뿐이었다.

*
2

집에서는 기쿠코와 신고 모두 일찍 일어나니까 아침에 둘이 몇 마디라도 나누게 되지만, 신고가 슈이치와 자연스레 말할 기회는 출퇴근 전철을 같이 탈 때 정도였다.

로쿠고 철교를 건너서 이케가미숲이 보이면 거의 다 온 것이다. 아침에 전철에서 이케가미숲을 바라보는 것이 신고의 버릇이었다.

그런데 몇 년이나 보고 지나다니면서 그 숲에서 두 그루의 소나무를 발견한 것은 최근 일이었다. 소나무 두 그루만 높이 눈에 띄었다. 그 나무들은 서로 껴안는 것처럼 위쪽 부분을 기울이고 있다. 우듬지 부분은 지금이라도 껴안을 듯 다가가 있다.

그 숲에서 두 소나무만 우뚝 솟아 있어, 보지 않으려야 안 볼 수가 없었을 텐데 신고는 지금까지 알아채지 못했다. 그러나 한번 알아차리고 나서는 소나무 두 그루가 맨 먼저 그의 눈에 띄었다.

오늘 아침에는 눈보라 속에 소나무 두 그루가 희미하게 보인다.

"슈이치." 신고가 불렀다.

"기쿠코는 어디가 안 좋은 거니?"

"아무것도 아니에요."

슈이치는 주간지를 읽고 있었다.

가마쿠라역에서 잡지 두 권을 사서 한 권을 아버지에게 건네준 것이다. 신고는 읽지 않고 가지고 있었다.

"어디가 아픈 거니?" 신고는 부드럽게 되물었다.

"두통이 난다고 해요."

"그런 게냐? 네 엄마 얘기로는 어제 도쿄에 나갔다가 저녁 무렵 돌아와 앓아누웠다던데, 그 모습이 심상치가 않았다더라. 밖에서 무슨 일이 있던 것 같다고 짐작하더군. 저녁밥도 안 먹었다니. 네가 아홉 시쯤 돌아왔을 때 방에 가니까 소리를 죽이고 울지 않았니?"

"이삼 일 중으로 일어날 거예요. 대단한 일은 아니에요."

"그러냐? 두통이라면 그렇게 울지는 않을 거다. 오늘도 새벽녘에 울고 있었잖니."

"네."

"후사코가 먹을 것을 가지고 들어가려고 하니까 아주 꺼렸다고 하더라. 얼굴을 감추고……. 후사코가 투덜투덜했어. 무슨 일인지 너한테 물어본다던데."

"마치 온 집안이 기쿠코의 동정을 살피고 있는 것 같네요."

슈이치가 눈을 치뜨자, 신고는 화가 났다.

"기쿠코도 때로는 병이 나죠."

"도대체 그 병이 뭐냔 말이다."

"유산이에요."

슈이치는 내뱉듯이 말했다.

신고는 움찔했다. 앞 좌석을 보았다. 두 사람 다 미국 병사라 애초에 일본어는 알아듣지 못할 거라고 생각해 얘기하고 있던 참이었다.

신고는 쉰 목소리로 물었다.

"병원에 갔니?"

"네."

"어제?" 신고는 멍하니 중얼거렸다.

슈이치도 읽는 것을 그만두었다.

"네."

"그날로 돌아온 거니?"

"네."

"네가 그렇게 시킨 거야?"

"본인이 그렇게 하겠다고 했고, 제 말은 듣지 않은 거예요."

"기쿠코가 혼자서? 거짓말 마라."

"진짜예요."

"어째서냐? 왜 기쿠코가 그런 생각을 한 거니?"

슈이치는 잠자코 있었다.

"네가 나빠."

"그건 그렇겠지만 지금은 도저히 싫다고 고집을 피우기에 그렇죠."

"네가 말리면 막을 수 있던 일이야."

"지금은 무리겠지요."

"지금이라는 게 무슨 뜻이니?"

"아버지도 알고 계시는 것처럼 지금의 전 아이를 낳을 수 없어요."

"즉, 너에게 여자가 있는 한은 말이냐?"

"이를테면 그렇죠."

"이를테면 그렇다니, 그게 무슨 소리냐?"

신고는 화가 나서 가슴이 답답해졌다.

"그건 기쿠코에게 반(半)자살이나 다름없어. 그렇게는 생각하지 않니? 너에 대한 항의보다도 반자살이야."

슈이치는 신고의 무섭고 사나운 얼굴에 기가 죽었다.

"너는 기쿠코의 혼을 죽였어. 돌이킬 수 없는 일이야."

"기쿠코의 혼은 저래 봬도 강해요."

"여자 아니니! 네 마누라 아니야. 네가 어떻게 나오는지 그 하나로, 따뜻한 위로 한마디로 기쿠코는 기꺼이 아기를 낳았을 게 분명해. 여자 문제는 별개로 하더라도 말이야."

"별개가 아니에요."

"야스코가 손주를 기다리고 있다는 걸 기쿠코도 잘 알았을 거야. 다소 아이가 늦는 게 떳떳치 못하다고 여길 정도 아니었니? 원하던 아이를 낳지 못하게 한 것은 기쿠코의 혼을 죽인 거나 다름없어."

"그건 좀 달라요. 기쿠코에게는 결벽증이 있는 것 같아요."

"결벽증?"

"아이가 생긴 것도 분하다고 하는······."

"응?"

그건 부부 사이의 일이다.

슈이치는 그만큼 기쿠코에게 굴욕과 혐오를 느끼게 하는 것인가, 하고 신고는 의심해보았지만,

"그건 믿을 수가 없구나. 그런 말과 행동이 있었던들 기쿠코의 본심이라고 생각할 수 없어. 남편이 아내의 결벽을 문제로 삼다니 애정이 얕다는 증거가 아니냐. 여자가 토라진 것을 있는 그대로 받아들이는 녀석이 어디 있니?" 하고 다소 기세가 꺾였다.

"손주를 잃었다는 걸 알면 네 엄마도 뭐라고 말할지 모르겠구나."

"하지만 이걸로 기쿠코에게도 아이가 생긴다는 걸 알았으니까 어머니도 안심하시겠죠."

"뭐라고? 너는 다음 아이가 태어날 수 있다고 어떻게 보증하는 게냐?"

"보증할 수 있어요."

"그렇게 말한다는 게 하늘을 두려워하지 않는다는 증거다. 사람을 사랑하지 못한다는 증거야."

"어려운 말씀이네요. 간단하지 않을까요?"

"간단한 일이 아니야. 잘 생각해봐라. 기쿠코는 그렇게 울지

않았니."

"저도 아이를 갖고 싶지 않은 건 아닙니다만, 지금은 두 사람 모두 상태가 안 좋으니까 이런 때에는 정상적인 아이가 태어나지 못할 거라고 생각해요."

"네가 말하는 상태라는 것이 무슨 뜻인지 모르겠지만 기쿠코의 상태는 나쁘지 않아. 상태가 나쁘다면 바로 너일 테지. 기쿠코는 자신의 상태가 나빠지도록 내버려둘 성격이 아니야. 기쿠코의 질투를 네가 풀어주지 않기 때문이야. 그 때문에 아이를 잃었어. 아이만으로 끝나지 않을 문제일지도 몰라."

슈이치는 놀란 듯이 신고 얼굴을 보고 있었다.

"네가 그 여자 집에서 주정을 부리고 돌아와, 기쿠코 무릎에 흙이 묻은 구둣발을 올리고 그 구두를 벗기게 해보렴." 신고는 말했다.

*

3

그날 신고는 회사 일로 은행을 돌고 그곳 친구와 점심 식사를 하러 나갔다. 이야기는 두 시 반경까지 이어졌다. 음식점에서 회사에 전화를 걸고는 그대로 집으로 돌아와버렸다.

기쿠코가 구니코를 안고 복도에 앉아 있었다.

신고가 빨리 돌아온 것에 당황하며 기쿠코는 일어서려고 했다.

"괜찮아, 그대로 있어라. 일어나 있어도 괜찮은 거니?" 신고도 복도로 나왔다.

"네. 지금 아기 기저귀를 갈아주고 있었어요."

"후사코는?"

"사토코를 데리고 우체국에 갔어요."

"우체국에 무슨 용무가 있는 거니? 아기까지 맡기고."

"잠깐 기다리렴. 할아버지 갈아입을 옷을 먼저 드리고 나서." 기쿠코는 아이에게 말했다.

"됐어, 됐어. 아기 기저귀를 먼저 갈아주거라."

기쿠코는 웃는 얼굴로 신고를 올려다보았다. 입술 사이로 고운 치열이 드러나 보였다.

"구니코의 기저귀를 먼저 갈아주라셔."

기쿠코는 화려한 메이센(비단의 한 종류-옮긴이)을 편하게 입고 다테마키(폭이 좁은 여성용 속 띠-옮긴이)를 매고 있었다.

"아버님! 도쿄도 비가 개었나요?"

"비 말이냐? 도쿄역에서 탈 때는 내렸는데 전철에서 내리니까 개었더구나. 어디쯤에서 개었는지 모르겠어."

"가마쿠라에도 방금까지 내렸는데, 개고 난 뒤 형님이 나가셨어요."

"산이 아직 젖어 있구나."

마루에 눕혀진 아기는 발가벗은 다리를 올려 발가락을 양손으로 붙잡고 손보다 발을 자유롭게 움직였다.

"그래그래, 산을 보고 있으렴." 기쿠코는 아기의 사타구니를 닦았다.

미국 군용기가 낮게 날아왔다. 그 소리에 깜짝 놀라 아기는 산을 올려다보았다. 비행기는 보이지 않지만 그 커다란 그림자가 뒷산 빗면에 드리워지며 지나갔다. 아기도 그림자를 보았으리라.

아기가 천진난만하게 놀라는 눈빛에 신고는 감동받았다.

"이 애는 공습을 모르지. 전쟁을 모르는 아이가 벌써 많이 태어났구나." 신고는 구니코의 눈을 들여다보았다. 놀란 빛은 이제 수그러져 있었다.

"지금 구니코 눈빛을 사진에 담아뒀으면 좋았을걸. 산의 비행기 그림자도 넣어서 말이야. 그리고 다음 사진으로는……"

아기가 공습을 받아 비참하게 죽는다.

신고는 그렇게 말하려 했지만 기쿠코가 어제 중절수술을 받은 걸 생각해 그만두었다.

그러나 공상 속 두 장의 사진 같은 아기는 현실에 수없이 있을 게 분명했다.

기쿠코는 구니코를 안더니 한쪽 손에 기저귀를 둘둘 말아 목욕탕으로 갔다.

신고는 기쿠코가 마음에 걸려 일찍 귀가했다고 여기면서 응접실로 돌아갔다.

"굉장히 빨리 오셨수." 야스코도 들어왔다.

"어디 있었어?"

"머리를 감고 있었다우. 비가 개니까 해가 갑자기 내리쬐어 머리가 가려워져서 말이우. 노인의 머리는 금방 가려워지는 것 같수."

"내 머리는 그렇게 가렵지 않아."

"머릿결이 좋으신가 보우." 야스코는 웃었다.

"돌아온 건 알고 있었지만, 젖은 머리로 나오면 오싹하다고 꾸중할 것 같아서."

"당신의 젖은 머리 말이야, 오히려 잘라버리고 뒤로 짧게 묶으면 어때?"

"정말로요? 하지만 그런 머리는 늙은 사람에 한하지 않고, 에도시대에 남녀 불문하고 짧게 잘라 뒤에서 하나로 모아서 그 끝을 묶은 머리라우. 가부키에 나옵디다."

"뒤로 묶지 말고 가지런히 잘라서 늘어뜨리는 것 있잖아."

"이제 그렇게 해도 괜찮겠네요. 근데 당신이나 나나 머리숱이 많으니까."

신고는 소리를 낮추며 말했다.

"기쿠코는 일어났던데."

"네. 잠깐 일어나보기도 하고……. 얼굴색이 나빠요."

"애 보는 일은 시키지 않는 게 좋을 텐데."

"잠깐 봐달라고 후사코가 기쿠코의 침실에 두고 갔어요. 잘 자고 있었으니까요."

"당신이 봐주면 되잖아."

"구니코가 울기 시작할 때 머리를 감고 있었어요."

야스코는 일어나서 갈아입을 신고의 옷을 가지고 왔다.

"일찍 들어왔길래 당신도 어디가 편찮으신가 했다우."

기쿠코가 목욕탕에서 자기 방으로 가는 것 같아 신고는 불러세웠다.

"기쿠코, 기쿠코."

"네."

"구니코를 이쪽으로 데리고 오렴."

"네. 지금 갈게요."

기쿠코는 구니코의 손을 잡고 왔다. 오비를 매고 있었다.

구니코는 야스코의 어깨를 잡았다. 신고의 바지에 솔질을 하고 있던 야스코는 손을 내밀어 아기를 무릎에 안았다.

기쿠코는 신고의 양복을 가져갔다.

옆방의 양복장에 넣고, 기쿠코는 천천히 문을 닫았다.

그러고는 문 뒤의 거울에 비친 자신의 얼굴을 보고 놀란 것 같았다. 응접실로 갈지 침실로 갈지 망설이고 있었다.

"기쿠코, 누워 있는 편이 낫지 않겠니?" 신고는 말했다.

"네."

신고의 말에 가슴이 찡해져 기쿠코의 어깨가 움직였다. 이쪽을 보지 않고 기쿠코는 침실로 갔다.

"기쿠코 모습이 이상하지 않으시우?" 야스코는 눈살을 찌푸렸다.

신고는 대답하지 않았다.

"어디가 아픈지도 확실하지가 않고요. 일어나서 걸으면 푹 하고 쓰러질 것 같아서 걱정이라우."

"그렇군."

"아무튼 슈이치의 일은 어떻게든 해야죠."

신고는 끄덕였다.

"기쿠코에게 잘 얘기해보는 게 어때요? 난 구니코를 데리고 제 엄마를 마중 나가는 김에 저녁 찬거리라도 보고 올게요. 정말 후사코도 후사코라니까."

야스코는 아기를 끌어안고 일어섰다.

"후사코는 우체국에 무슨 볼일이 있는 거야?" 신고가 묻자 야스코가 뒤돌아보며 말했다.

"나도 그렇게 생각했어요. 아이하라에게 편지라도 부친 것이 아닐까요? 반년이나 떨어져 있었으니 말이에요……. 집에 돌아온 지 벌써 반년 가까이 되잖아요. 그게 섣달그믐날이었으니까."

"편지라면 근처에 우체통이 있어."

"중앙 우체국에서 보내면 빠르고 정확하게 도착한다고 생각하는 거겠죠. 갑자기 아이하라를 떠올리고는 애가 타서 견딜 수 없었는지도 모르잖수."

신고는 쓴웃음을 지었다. 야스코의 낙관주의가 느껴졌다.

어쨌든 노년까지 가정을 지킨 여자에게는 낙관의 뿌리가 자리 잡은 것 같았다.

신고는 야스코가 보고 있던 것 같은 사오 일분의 신문을 집어 들고 읽는 둥 마는 둥 하는데, '꽃 피는 이천 년 전의 연꽃'이라는 보기 드문 기사가 보였다.

작년 봄, 지바시 게미가와의 야요이식 고대 유적인 통나무 배 속에서 세 개의 연꽃 씨앗이 발견되었다. 대략 이천 년 전의 씨라고 추정된다. 모 연꽃 박사가 싹을 틔워 올해 4월에 그 싹을 지바 농업 실험장과 지바 공원의 연못과 지바시 하다케 마을 양조장 등 세 군데에 심었다. 양조장 주인은 유적 발굴에 협력했던 것 같다. 가마솥에 물을 가득 채우고 씨를 담가 정원에 두었다. 그 양조장 연꽃이 제일 먼저 꽃을 피웠다. 연꽃 박사는 소식을 듣고 달려와 '피었다. 피었어' 하고 아름다운 꽃을 어루만졌다. 꽃은 술병 모양에서 찻잔 모양, 밥그릇 모양으로 되다가 쟁반처럼 만개하고 진다고 신문에 쓰여 있었다. 꽃잎은 스물넉 장이었다.

안경을 쓰고 백발이 희끗희끗한 박사가, 막 피기 시작한 연꽃 줄기에 손을 얹고 있는 사진도 기사 밑에 나와 있었다. 다시 읽어보니 박사의 나이는 예순아홉이었다.

신고는 잠시 연꽃 사진을 들여다보다가 그 신문을 가지고 기쿠코의 방으로 갔다.

슈이치와 기쿠코의 방이다. 기쿠코가 시집올 때 가져온 작은 책상 위에 슈이치의 중절모가 올려져 있었다. 기쿠코는 편지를 쓰려고 했는지 모자 옆에 편지지가 있었다. 책상 서랍 앞에는 수놓인 헝겊이 드리워져 있었다.

향수 냄새가 나는 것 같았다.

"어때? 벌떡벌떡 일어나지 않는 게 좋아." 신고는 책상 앞에 앉았다.

기쿠코는 눈을 뜨고 신고를 바라보았다. 일어나려다가 신고가 일어나지 말라고 하자 난처한 듯 얼굴을 조금 붉혔다. 그런데 이마는 창백하게 쇠약해서, 눈썹이 아름다워 보였다.

"이천 년 전의 연꽃 씨앗이 꽃을 피웠다는 기사, 신문에서 보았니?"

"네. 봤어요."

"봤구나." 신고는 중얼거렸다.

"우리한테 얘기해주었더라면 기쿠코가 무리하지 않아도 되었을 텐데. 그날 바로 돌아오는 건 몸에 나쁘잖니?"

기쿠코는 깜짝 놀랐다.

"지난달이던가? 아이 얘기를 했던 것이……. 그때는 이미 알고 있었지?"

기쿠코는 베개 위에서 고개를 흔들었다.

"그때는 몰랐어요. 알고 있었다 해도 아이 얘기 따윈 창피해서 말씀드릴 수가 없었을 거예요."

"그래. 슈이치는 기쿠코의 결벽증이라고 하던데."

기쿠코의 눈에 눈물이 글썽이자, 신고는 말을 잇지 못했다.

"이제 병원에 가지 않아도 되니?"

"내일 잠깐."

다음 날 신고가 회사에서 돌아오자, 야스코는 기다리고 있었다는 듯 말했다.

"기쿠코가 말이죠, 친정으로 돌아갔다우. 자고 있대요……. 두 시경이던가, 사가와 씨에게 전화가 걸려 와 후사코가 받았는데요, 기쿠코가 집에 들러서는 조금 컨디션이 좋지 않아 자고 있으니 죄송하지만 이삼 일 이쪽에서 쉬게 한 다음 돌려보내겠다는 거예요."

"그래?"

"내일이라도 슈이치를 병문안하러 보내겠다고 후사코에게 시켰수. 그쪽은 어머니가 나오셨대요. 기쿠코는 친정에 자러 간 거랍디까?"

"그게 아니야."

"도대체, 무슨 일이라우?"

신고는 상의를 벗고 넥타이를 풀기 위해 위를 바라보면서 천천히 말했다.

"중절을 했어."

"네?" 야스코는 깜짝 놀랐다.

"어머, 우리에게 감추고……. 기쿠코가? 요즘 애들은 정말 무서워."

"엄만 눈치가 없어요." 후사코가 구니코를 안고 응접실로 들어왔다.

"저는 처음부터 알고 있었어요."

"어떻게 알고 있었니?" 신고가 무심결에 힐책하듯 물었다.

"그런 걸 어떻게 얘기해요? 뒤처리가 있잖아요."

신고는 어이가 없어서 말이 나오지 않았다.

수
도
의　정
원

*
1

 "우리 아버지는 재미있는 분이셔." 후사코는 저녁 식사 후에 그릇을 거칠게 쟁반에 포개면서 말했다.

 "남의 집에서 온 며느리보다도 당신 딸에게 거리를 두시니 말이에요. 그렇지요, 엄마?"

 "후사코." 야스코는 나무랐다.

 "사실 그렇잖아요. 시금치가 흐물거리면, 너무 오래 데쳤다고 말씀하시면 되잖아요? 새 모이가 될 정도로 데친 것도 아니고, 시금치 형태는 갖추고 있어요. 온천에서 데쳐달라고 하시지 그래요, 차라리."

 "온천이라니 무슨 소리냐?"

 "온천에서 달걀을 삶거나 만두를 찌거나 하잖아요. 어딘가의 라듐 계란이란 걸 엄마에게 받은 적이 있어요. 흰자가 딱딱하고 노른자가 부드러운 건데…… 교토의 헤치마테이인가 하는 집도 잘한다고 말씀하셨잖아요?"

"헤치마테이?"

"효테이 말이에요. 그 정도는 가난하더라도 알고 있다우. 시금치 데치는 걸 잘하고 못하고가 무슨 소용이냐는 말이에요."('헤치마(糸瓜)'는 '하찮은 것'이라는 뜻. 후사코는 일부러 유명한 요릿집인 효테이의 이름을 '별 볼 일 없는 집'이라고 읽어서 기쿠코와 차별하는 아버지에게 항의하는 것이다-옮긴이)

야스코는 웃기 시작했다.

"라듐 온천에서 온도와 시간을 재어 시금치를 데쳐 드시면 아버지도 뽀빠이처럼, 기쿠코가 없어도 원기가 솟으실 거예요." 후사코는 웃지 않고 말했다.

"전 싫어요, 이런 어둠침침한 분위기."

후사코는 무릎 힘으로 무거운 쟁반을 들어 올렸다.

"미남 아들과 미녀 며느리가 '안 계시면', 밥맛도 떨어지시나 봐요?"

신고가 얼굴을 들자 야스코와 눈이 마주쳤다.

"입을 잘도 놀리는구나."

"그래요. 말하는 것도 웃는 것도 눈치 보여 못하겠단 말이에요."

"아이가 우는 것은 어쩔 수가 없지." 신고가 중얼거린 채 입을 조금 벌리고 있는데,

"애가 아니라 저 말이에요" 하며 후사코는 부엌으로 비틀거리며 걸어갔다.

"아기가 우는 건 당연하죠."

쨍그랑 하고 개수대에 식기류를 집어 던지는 소리가 났다.

그 순간 야스코가 일어났다.

후사코가 흐느끼는 소리가 들렸다.

사토코가 야스코를 쩨려보고는 부엌으로 잔걸음 치며 달려갔다.

역시 정이 안 가는 눈초리라고 신고는 생각했다.

야스코도 일어서서 옆의 구니코를 안아 신고 무릎 위에 놓았다.

"잠깐 애 좀 봐요."

그러고는 부엌으로 갔다.

신고는 구니코를 안고는 몽실몽실해서 확 배로 끌어당겼다. 아기의 발을 잡았다.

잘록한 발목도 포동포동한 발뒤꿈치도 신고의 손안에 들어왔다.

"간지럽니?"

그러나 아기는 간지럽다는 말을 몰랐다.

후사코가 아직 젖을 빨 무렵, 옷을 갈아입히기 위해 발가벗겨 눕혀 놓고, 신고가 양 겨드랑이를 간질이면 후사코가 코를 찡긋거리며 손을 휘저었던 것 같은데, 잘은 생각나지 않는다.

신고는 아기였던 후사코가 못생긴 것을 굳이 말하지 않았다. 말하려고 하면 야스코 언니의 아름다운 환영이 떠올랐기 때문이다.

아기 얼굴은 성인이 되기까지 몇 번이나 변한다는 신고의 기대는 벌써 허물어지고 기대도 나이와 함께 둔해져버렸다.

손녀인 사토코의 외모는 엄마인 후사코보다 나아 보였고, 아기 구니코는 아직 전망이 있다.

그러고 보니 손녀에게까지 처형의 환영을 찾으려는 것일까? 신고는 그런 자신이 싫었다.

신고는 스스로가 싫어졌지만, 기쿠코가 유산한 아이, 잃어버린 손자야말로 야스코 언니의 환영이 아니었을까, 이 세상에서는 생을 부여받지 못하는 미녀가 아니었을까, 하는 망상에 휩싸였다는 게 더욱 놀라웠다.

아기의 발을 잡은 손이 느슨해지자, 구니코는 신고의 무릎에서 일어나 부엌 쪽으로 걸어갔다. 팔을 둥글게 앞으로 내민 데다가 발이 불안정했기에,

"위험해" 하고 신고가 말하는 찰나에 아기가 넘어졌다.

앞으로 넘어져서 옆으로 뒹군 채, 잠시 울지 않았다.

사토코는 후사코의 팔에 매달리고, 야스코는 구니코를 안은 채 넷이서 응접실로 들어왔다.

"아버지는 넋을 놓고 사시나 봐요, 엄마." 후사코는 식탁을 닦으며 말했다.

"회사에서 돌아와 옷을 갈아입으실 때, 주반(襦袢, 옷 안에 입는 일본식 속옷-옮긴이)도, 기모노도 왼편으로 여며두고, 오비를 감다 말고, 좀 이상하다는 듯 서 계시더라고요. 그런 사람은 없잖아요? 아버지도 태어나 처음 아니에요? 아무래도 어떻게 되신 것 같다니까."

"아니. 전에도 한 번 있었어." 신고는 말했다.

"그때는 기쿠코에게, 류큐(오키나와의 옛 지명-옮긴이)에서는 왼편이든 오른편이든 다 괜찮다고 들었는데."

"네? 류큐에서는요? 나 원 참."

후사코는 또 얼굴색이 변했다.

"기쿠코는 아버지 비위를 맞추는 데는 비상하네요. 참, 류큐에서는, 이라고?"

신고는 화가 나는 것을 누르며 말했다.

"주반은 원래 포르투갈어야. 포르투갈이라면 왼편인지 오른편인지 모르지."

"그것도 기쿠코 방식이에요?"

야스코가 옆에서 중재하듯이 말했다.

"여름에 입는 유카타 같은 걸 아버지는 자주 뒤집어 입으시니까."

"멍하니 뒤집어 입는 것과 넋을 잃고 왼편으로 여미는 것은 얘기가 다르잖아요."

"구니코에게 스스로 기모노를 입혀보렴. 왼편으로 하는 것인지 오른편으로 하는 것인지 모를 테니."

"아버지가 아기로 변하기에는 아직 일러요." 후사코는 굽히지 않는 어조로 말했다.

"하지만 엄마, 기가 막히지 않으세요? 며느리가 하루 이틀 친정에 갔다고 해서 아버지가 기모노를 왼편으로 여밀 것까진 없잖아요. 친딸이 벌써 반년이나 친정에 돌아와 있는 건 눈에도 안 차시는지."

후사코가 비 오는 섣달그믐날에 돌아온 지도 벌써 반년 가까이 된다. 사위인 아이하라에게는 아무 연락도 없었고 신고는 그를 만나지도 않았다.

"반년이 되었구나." 야스코도 맞장구를 쳐주었다.

"후사코 일은 기쿠코 일과는 관계가 없다니까."

"관계가 없다고요? 양쪽 다 아버지와는 관계가 있다고요."

"그야 자식 일이니까. 아버지가 해결해주시면 좋겠다고 말하고 싶은 거로구나?"

후사코는 고개를 숙이고, 대답하지 않았다.

"후사코, 너 이럴 때 말하고 싶은 걸 모두 털어놔보렴. 속이 시원해질 게다. 마침 기쿠코도 없고."

"제가 나쁜 거니까 새삼스레 할 말은 없지만, 기쿠코가 만든 요리가 아니라도 그냥 드셨으면 좋겠단 말이에요." 후사코는 또 울려고 했다.

"그렇잖아요? 아버지는 입 꾹 다물고 밥맛도 없다는 듯 드시잖아요. 저는 뭐, 좋아서 이래요?"

"후사코, 말하고 싶은 게 많을 거야. 이삼 일 전에 우체국에 갔던 건 아이하라에게 편지 부치러 간 거지?"

후사코는 놀란 듯했지만 고개를 저었다.

"후사코가 달리 편지 보낼 곳도 없을 테고. 그래서 난 아이하라가 아닌가 했는데."

야스코는 평소와 달리 날카로웠다.

"돈이라도 보냈니?" 야스코가 그렇게 말했기 때문에 그녀가 신고 몰래 후사코에게 용돈을 주고 있다고 짐작했다.

"아이하라는 어디에 있는 거니?"

신고는 후사코 쪽을 보며 대답을 기다리다가 말했다.

"집에는 없는 것 같더구나. 한 달에 한 번 정도 회사 사람을 보내 사정을 살펴보고 있었다. 살펴본다기보다, 아이하라의 어머니에게 생활비를 조금씩 보내고 있었어. 후사코가 아이하라의 집에 있었다면, 후사코가 돌봐야 할 테니까."

"에구머니나."

야스코는 놀라며 물었다.

"회사 사람을 보내셨다구요?"

"쓸데없는 건 듣거나 말하지 않는, 입이 무거운 남자니까 괜찮아. 아이하라가 집에 있었다면 내가 가서 후사코 일도 얘기하고 싶었지만, 다리가 불편한 어머니를 만나봤자 별수도 없고."

"아이하라는 뭘 하고 있답디까?"

"뭐, 마약 밀매인지 그런 일 같던데. 그것도 하수인으로 이용당하는 거겠지. 술독에 빠져서 자기가 먼저 마약의 포로가 되었을 테지."

야스코는 두려운 듯이 신고를 바라보았다. 아이하라 일보다도 그것을 지금까지 감춘 남편을 두려워하는 것 같았다.

신고는 계속했다.

"근데, 다리가 불편한 어머니도 이제 그 집에는 안 계신 것 같더구나. 다른 사람이 들어와 있어. 후사코의 집은 사라져버린 거지."

"그래서, 후사코의 짐은 어떻게 되고요?"

"엄마, 장롱도, 고리짝도 벌써 날아갔어요." 후사코가 말했다.

"그래? 보따리 하나로 돌아와서, 너 참 인심 좋구나! 아이고, 아이고." 야스코는 한숨을 쉬었다.

후사코가 아이하라의 행방을 알고 있어서 편지를 하고 있는 것인지 신고는 의심스러웠다.

그리고 아이하라의 타락을 말리지 못한 건 후사코인지, 신고인지, 아이하라 본인인지, 그 누구도 아닌지 생각하며 신고는 저물어가는 정원으로 눈을 돌렸다.

*
2

열 시경, 신고가 회사로 돌아가자 다니자키 히데코가 써둔 편지가 있었다.

젊은 사모님 일로 만나고 싶어서 왔습니다만, 나중에 다시 찾아뵙겠습니다, 하는 내용이었다.

히데코가 '젊은 사모님'이라고 쓴 것은 기쿠코가 분명했다.

그만둔 히데코를 대신해 신고의 비서가 된 이와무라 나쓰코에게 물어보았다.

"다니자키는 몇 시쯤 왔지?"

"네. 제가 와서 책상을 닦고 있을 때였으니까, 여덟 시 조금 넘어서일 거예요."

"기다리고 있었나?"

"네. 잠시 동안."

신고는 무겁고 둔하게 '네' 하는 나쓰코의 버릇이 싫었다. 그녀의 시골에서 쓰는 사투리인지도 모른다.

"슈이치를 만나고 갔나?"

"아니요. 만나지 않고 돌아간 것 같아요."

"그래? 여덟 시 넘어서라면……." 신고는 혼잣말을 했다.

히데코는 양장점에 출근하기 전에 들른 것 같았다. 다시 오겠다는 건 점심때일 것이다. 커다란 종이의 한쪽 끝에 작게 쓴 히데코의 글씨를 신고는 다시 한번 보고는 창밖을 바라보았다.

5월 중에도 가장 5월답게 맑게 갠 하늘이었다.

신고는 요코스카선 전철에서도 그 하늘을 바라보며 왔다. 하늘을 본 승객은 모두 창문을 열었다.

로쿠고강의 빛나는 흐름에 닿을 듯 말 듯 나는 새도 은색으로 빛났다.

몸통이 빨간 버스가 북쪽 다리를 달리고 있는 것도 우연처럼 보이지 않았다.

"천상대풍(天上大風), 천상대풍……." 신고는 가짜 료칸의 액자 속 문구를 왠지 모르게 반복하고 있었지만, 이케가미숲을 보고는,

"어?" 하고 왼쪽 창문으로 상체를 내밀었다.

"저 소나무, 이케가미숲이 아닐지도 몰라. 더 가까워."

높이 솟아 있던 소나무 두 그루는 오늘 아침에 보니까 이케가미숲 바로 앞쪽에 있는 것 같았다.

봄이기도 했고, 비가 내렸던 탓에 지금까지는 원근이 확실하지 않았던 것일까?

신고는 창문 밖을 계속 바라보며 확인하려고 애썼다.

매일 전철에서 바라보고 있었기 때문에 한 번쯤은 소나무가 있는 장소에 가서 확인해보고 싶었다.

그러나 매일이라고 해도 그 소나무들을 발견한 건 최근의 일이다. 오랫동안 그저 이케가미의 혼몬지(本門寺)숲으로 알고 멍하니 지나쳤던 것이다.

그런데 그 높은 소나무가 있는 곳이 이케가미숲이 아니라는 걸 오늘 처음 발견했다. 5월의 아침 공기가 맑았기 때문이다.

상체를 서로 기울인 채 당장에라도 서로 껴안을 듯이 가지를 벌리고 선 두 그루의 소나무를 보며 신고는 두 번째 발견을

했다.

어제 저녁 식사 후에도 신고가 아이하라의 집을 탐색하고 아이하라의 노모를 조금 도운 이야기를 하자, 흥분했던 후사코는 잠자코 얌전해졌다.

신고는 후사코가 가엾어졌다. 후사코의 마음속에서 무언가를 발견한 것 같았지만, 그게 무엇인지는 이케가미의 소나무처럼 확실하지 않았다.

이케가미의 소나무에 대해 말하자면 이삼 일 전 신고는 그 소나무를 보면서 전철 안에서 슈이치를 추궁해 기쿠코가 유산했다는 걸 자백시켰다.

이미 소나무는 소나무 자체가 아니라, 그곳에 기쿠코의 낙태가 휘감겨버렸다. 오가며 통근할 때마다 이 소나무를 보면서, 신고는 기쿠코를 생각할 수밖에 없을지도 모른다.

오늘 아침도 물론 그랬다.

슈이치가 자백했던 날 아침, 두 그루의 소나무는 비바람 속에서 희미하게 이케가미숲과 융합하고 있었다. 그러나 오늘 아침에는 숲에서 떨어지고 낙태가 휘감겨, 소나무는 더러워진 색처럼 보였다. 날씨가 너무 좋은 탓인지도 몰랐다.

"날씨가 좋은 날도 인간의 날씨는 나쁘구나." 신고는 시시한 말을 중얼거리고 회사의 방 창문에 구획된 하늘을 보는 것을 그만두었다. 일을 하기 시작했다.

정오가 지나자 히데코에게 전화가 왔다. 여름옷 때문에 바빠서 오늘은 나올 수가 없다는 것이었다.

"바쁘다고 할 만큼 일하게 된 건가?"

"네."

히데코는 잠자코 있었다.

"지금 가게에서 거는 건가?"

"네. 하지만 기누코 씨는 없어요." 그녀는 슈이치 여자의 이름을 서슴없이 말했다.

"기누코 씨가 나가기만 기다리고 있었어요."

"응?"

"여보세요. 내일 아침 찾아뵐게요."

"아침에? 또 여덟 시경에?"

"아니요. 내일은 기다리고 있을게요."

"그렇게 급한 일인가?"

"네. 급하지 않은 것 같은 급한 일이에요. 저로서는 급한 일이에요. 빨리 말씀드리고 싶어요. 너무 흥분해버려서."

"흥분했다고? 슈이치 일인가?"

"만나 뵙고 말씀드릴게요."

히데코의 '흥분'은 믿을 수가 없지만 이틀을 계속해 찾아와서까지 얘기하려는 것이 신고를 불안하게 했다.

불안이 격심해진 신고는 세 시쯤 기쿠코의 친정에 전화를 걸었다.

사가와 사돈집의 식모가 연결해주어 기쿠코가 불려 나오는 사이에 아름다운 음악이 잠시 전화로 들려왔다.

기쿠코가 친정에 가고 나서 신고는 슈이치와 기쿠코의 이야기를 하지 않았다. 슈이치가 피하는 기색이었다.

게다가 사돈집으로 기쿠코를 병문안하러 가는 게 일을 크게 벌인다고 생각해 피하고 있었다.

기쿠코의 성격으로 보아 기누코 일도, 유산에 관한 것도, 친정의 부모 형제에게는 얘기하지 않았을 것이다. 그러나 모를 일이다.

수화기에서 아름다운 교향악이 들리는 가운데,

"……아버님"이라고 기쿠코가 그리운 듯 불렀다.

"아버님, 오래 기다리셨어요?"

"응." 신고는 안심하며 말했다.

"몸은 좀 어떠니?"

"네. 이제 괜찮아요. 제멋대로 행동해서 죄송했어요."

"아니다."

신고는 그다음 말이 막혔다.

"아버님." 기쿠코는 기쁜 듯이 불렀다.

"뵙고 싶어요. 지금 찾아봬도 괜찮을까요?"

"지금? 괜찮니?"

"네. 빨리 뵙는 편이 집에 돌아갈 때 창피하지 않아서 좋잖아요."

"그래. 회사에서 기다리고 있을게."

음악은 계속 흐르고 있었다.

"여보세요. 좋은 음악이구나."

"어머, 끄는 것을 잊어서……. 쇼팽의 발레 모음곡 레실피드(Les Sylphides)예요. 레코드를 달라고 해서 가져갈게요."

"바로 올 거니?"

"네. 하지만 회사는 좀 그래서 생각해둔 곳이 있는데요."

신주쿠 공원에서 만나는 것은 어떨까요, 하고 기쿠코는 말했다.

신고는 당황하여 그만 웃기 시작했다.

기쿠코는 좋은 착상이라고 생각했는지 이렇게 말했다.

"아버님도 신록(新綠)으로 상쾌해지실 거예요."

"신주쿠 공원은 언젠가 한 번 무슨 일로 개 전람회를 보러 간 적이 있을 뿐이야."

"제가 개인 셈 치고 보러 오시면 되잖아요." 기쿠코가 웃은 뒤에도 레실피드가 들려오고 있었다.

＊

3

 기쿠코와의 약속대로 신주쿠 1번지 쪽의 입구에서 신고는 공원으로 들어섰다.
 유모차는 시간당 삼십 엔, 자리는 하루에 이십 엔부터 대여 가능하다는 팻말이 출입구 옆에 세워져 있었다.
 미국인 부부 중 남편은 여자아이를 안고 부인은 독일 품종의 포인터를 끌고 있었다.
 입장하여 들어온 것은 미국인 부부 외에 쌍쌍의 젊은 남녀 일행뿐이었고 천천히 걷고 있는 것은 미국인밖에 없었다.
 신고는 자연스럽게 미국인들의 뒤를 따랐다.
 길 왼쪽의 낙엽송 같은 정원수는 히말라야삼나무였다. 전에 동물 애호가 모임에서 연 자선 가든파티에 왔을 때 신고는 훌륭한 히말라야삼나무 군락을 보았지만, 어느 부근이었는지 지금은 짐작도 가지 않는다.
 오른쪽 나무에는 측백나무라거나 우쓰쿠시소나무라는 명찰이 붙어 있었다.

신고는 자신이 먼저 왔을 거라고 생각해 천천히 걸었지만, 입구에서 연못까지 길이 곧장 닿아 있는 기슭 가까이에 기쿠코가 은행나무를 등지고 벤치에서 기다리고 있었다.

기쿠코는 뒤돌아보며 반쯤 일어나 인사했다.

"일찍 왔네. 네 시 반이 되려면 십오 분이나 남았어." 신고는 손목시계를 보았다.

"아버님께 전화를 받고 너무 기뻐서 바로 나왔어요. 얼마나 기뻤는지 몰라요." 기쿠코는 빠른 어조로 말했다.

"그럼, 기다렸겠구나. 그런 얇은 옷으로 괜찮겠니?"

"네. 이거 고등학교 때 입던 스웨터라서." 기쿠코는 얼굴을 붉히곤 창피해했다.

"친정에는 제가 입을 것이 안 남아 있잖아요. 언니의 기모노를 빌려 입고 올 수도 없고요."

기쿠코는 여덟 형제 중 막내로 형제들은 모두 결혼했으니까, 언니라면 새언니일 것이다. 짙은 초록색 스웨터는 반소매라서 신고는 올해 처음 기쿠코의 맨 팔을 보는 것 같았다.

기쿠코는 친정에 가서 머물고 있는 것을 조금은 격식을 차린 투로 신고에게 사죄했다.

신고는 대답하기 곤란해서,

"이제 가마쿠라에 돌아올 수 있겠니?"라고 부드럽게 말했다.

"네."

기쿠코는 순순히 고개를 끄덕이며,

"돌아가고 싶었어요" 하고는 아름다운 어깨를 움직이며 신고를 바라보았다. 어깨를 어떻게 움직였는지 신고의 눈으로는 따라잡을 수가 없었지만 그 부드러운 향기에 놀랐다.

"슈이치는 병문안 왔었니?"

"네. 하지만 아버님 전화가 없었더라면……."

돌아가기 어렵다는 것인가?

말하다 말고 기쿠코는 은행나무 그늘을 벗어났다.

교목(喬木)의 무거울 정도로 무성한 신록이 기쿠코의 뒷모습에 드러난 가는 목을 덮칠 것 같았다.

연못은 약간 일본식으로 꾸며졌는데, 그 안의 작은 섬에 있는 등롱에 백인 병사가 한쪽 다리를 얹고 매춘부와 노닥거리고 있었다. 기슭의 벤치에도 젊은 한 쌍의 연인이 있었다.

기쿠코 쪽으로 가다가 연못 오른편으로 나무 사이를 빠져나가자,

"넓구나" 하고 신고는 놀랐다.

"아버님도 상쾌하시죠?" 기쿠코는 득의양양했다.

그러나 신고는 길가의 비파나무 앞에 멈춰 서서 그 넓은 잔디밭으로 곧장 나가려고 하지 않았다.

"정말 훌륭한 비파나무구나. 방해하는 것이 없으니까 아래쪽 가지까지 마음껏 뻗어 있군."

나무가 자유롭고 자연스럽게 성장한 모습에, 신고는 풍부한 감동을 느꼈다.

"좋은 모양새다. 그래, 맞아. 언젠가 개를 보러 왔을 때 커다란 히말라야삼나무가 늘어서 있어서, 역시 밑가지까지 쭉 뻗을 만큼 뻗어 있는 게 기분이 아주 좋았어. 그게 어디였더라?"

"신주쿠 쪽이에요."

"그래. 신주쿠 쪽으로 들어왔어."

"아까 전화로도 들었지만 개를 보러 오셨다고요?"

"응. 개는 그렇게 많지 않았는데 동물 애호가 모임의 기부금을 모으는 가든파티였지. 일본인은 적고 외국인이 많았어. 점령군 가족이나 외교관일 테지. 여름이었단다. 붉은색 얇은 명주와 하늘색 얇은 명주를 몸에 둘둘 만 것 같은 인도 아가씨들이 아주 예뻤지. 미국과 인도 매점이 섰어. 그런 것이 드물 때였으니까."

이삼 년 전이지만 몇 년인지 신고는 떠올릴 수가 없었다.

그러나 얘기를 이어가며 비파나무 앞으로 걷기 시작했다.

"우리 집 정원의 벚꽃 말이지, 그것도 뿌리 부분의 팔손이나무를 잘라주자꾸나. 기쿠코가 돌아오면 잊지 말고 기억하고 있어라."

"네."

"그 벚나무 가지는 깎아서 손질한 적이 없어서 좋아한단다."

"작은 가지가 많아서 꽃이 잔뜩 피니까……. 지난달 꽃이 만발했을 때 불도 700년제 절 종소리를 아버님과 들었어요."

"그런 것도 기억해주는 거니?"

"어머, 전 평생 잊을 수가 없어요. 솔개 소리를 들은 것도."

기쿠코는 신고에게 바싹 다가와 큰 느티나무 아래에서 넓은 잔디로 나왔다.

신록의 커다란 전망에 신고는 가슴이 트였다.

"아! 마음이 편안하구나. 일본 같지 않은 게, 도쿄 안에 이런 곳이 있다고는 상상이 안 가는구나." 그는 신주쿠 쪽으로 멀리 펼쳐진 신록을 바라보았다.

"비스터에 공을 들여 안쪽 길이가 더 깊게 보인대요."

"비스터가 뭐니?"

"전망선이라는 것이지요. 잔디 테두리나 안쪽 길은 모두 완만한 곡선이에요."

기쿠코는 학교에서 왔을 때 선생님께 설명을 들었다고 말했다. 교목을 여기저기 심은 이 대잔디는 영국의 정원 양식이라고 한다.

넓은 잔디에 보이는 사람들은 거의 젊은 남녀 일행뿐이었다. 둘이서 엎드려 눕거나 앉아 있거나 천천히 걷기도 했다. 대여섯 명의 여학생과 아이들 무리도 조금은 보였지만, 밀회의 낙원 같은 분위기가 신고는 놀랍기만 하여 자신들은 이 장소에 어울리지 않는다고 느껴질 정도였다.

황실 정원(신주쿠 공원은 메이지 시대까지 황실 소유였다가 패전 후 개방되었다-옮긴이)이 해방된 것처럼 젊은 남녀들도 해방된 풍경이라고나 할까?

신고가 기쿠코와 잔디에 들어가 밀회의 풍경 속을 누비며 걸어도 아무도 두 사람을 보려고 하지 않았다. 신고는 될 수 있는 한 피해 걸었다.

그러나 기쿠코는 어떻게 생각하고 있는 것일까? 늙은 시아버지가 젊은 며느리와 공원에 온 것뿐이지만 신고는 좀처럼 적응하기 힘들었다.

신주쿠 공원에서 만나자는 기쿠코의 전화를 신고는 별로 신경 쓰지 않았지만, 막상 와보니 이상할 따름이었다.

잔디 안에 유난히 큰 나무가 있어, 신고는 그 나무에 이끌리듯 갔다.

그 나무를 올려다보며 다가가는데 우뚝 솟은 신록의 품격과 양감(量感)이 신고에게 크게 전해져 와서 자신과 기쿠코 간의 울적함을 자연이 씻어주었다. "아버님도 상쾌해지실 거예요." 그 말에 걸맞다고 생각했다.

그것은 백합나무였다. 가까이 다가가자 세 그루가 하나의 모습을 만들고 있는 것을 알게 되었다. 꽃이 백합을 닮았으면서도 튤립과도 닮았기 때문에 튤립나무라고도 한다, 하고 안내판이 세워져 있었다.

원산지는 북미로 성장이 빠르고 나무의 수령은 약 오십 년.

"와, 이래 봬도 오십 년인가. 나보다 젊군." 신고는 놀라서 올려다보았다.

넓은 잎가지가 두 사람을 안아 감추듯이 퍼져 있었다.

신고는 벤치에 앉았다. 그러나 좀처럼 안정이 되지 않았다.

신고가 바로 일어서려는 걸 기쿠코는 의외라는 듯이 보았다.

"저 꽃 쪽으로 가보자." 신고는 말했다.

잔디 맞은편에 하얀 꽃들이, 늘어진 백합나무 가지와 닿을 듯 말 듯한 높이로 멀리 선명하게 보였다. 잔디를 가로질러 가면서,

"러일전쟁의 개선장군 환영회가 이 공원에서 있었어. 내가 스무 살이 되기 전이었지. 시골에 있었단다" 하고 신고는 말했다.

화단의 양쪽은 훌륭한 가로수였고, 신고는 가로수 사이의 벤치에 앉았다.

기쿠코는 앞에 서서,

"내일 아침 돌아가겠어요. 어머님께도 그렇게 말씀해주시고 야단치시지 않도록……" 하고 말하면서 신고 옆에 앉았다.

"집에 돌아가기 전에 내게 얘기해두고 싶은 것이 있다면 말해보거라."

"아버님께요? 말씀드리고 싶은 것은 너무 많지만……."

＊
4

다음 날 아침 신고는 은근히 기다렸지만 기쿠코가 돌아오기 전에 집을 나왔다.

"야단치지 말라고 했어." 야스코에게 말하자,

"야단치기는커녕 이쪽이 사과해야 할 지경인걸요"라며 야스코가 밝은 표정을 지었다.

신고는 기쿠코에게 전화를 건 것으로만 해두었다.

"기쿠코에게 시아버지의 효력은 참 대단하네요."

야스코는 현관에 배웅 나와 말했다.

"하지만 잘됐어요."

신고가 회사에 도착하자 이윽고 히데코가 왔다.

"여, 예뻐졌군. 꽃까지 들고." 신고는 붙임성 있게 맞이했다.

"가게에 나가면 빠져나올 수가 없어서 거리를 할 일 없이 걷고 있었어요. 꽃집이 예쁘더라고요."

그러나 히데코는 심각한 얼굴로 신고의 책상에 다가와서는 밀담이라고 책상 위에 손가락으로 썼다.

"응?"

신고는 어이가 없었지만,

"자네, 잠깐 자리 좀 비켜주겠나" 하고 나쓰코에게 말했다.

히데코는 나쓰코가 나가는 사이에 꽃병을 찾아서 세 송이의 장미를 꽂았다. 양장점 점원다운 원피스를 입은 히데코는 조금 살찐 것 같았다.

"어제는 실례했어요." 히데코는 묘하게 격식을 차린 말투였다.

"이틀이나 계속해서 찾아뵙고 저……."

"자, 우선 앉아."

"고맙습니다." 그녀는 의자에 앉아 고개를 숙였다.

"오늘은 지각인 셈이군."

"네. 뭐, 그런 건."

히데코는 얼굴을 들고 신고를 보더니 울 것처럼 숨을 죽였다.

"말씀드려도 괜찮을까요? 저, 분노한 나머지 흥분하고 있는지도 몰라서."

"응?"

"젊은 사모님에 관한 일인데요." 히데코는 말을 흐렸다.

"중절수술 하셨지요?"

신고는 대답하지 않았다.

히데코가 어떻게 알고 있는 것인가? 설마 슈이치가 말하지는 않았을 것이다. 히데코는 슈이치의 여자와 같은 가게에 있다. 신고는 께름칙한 불안감을 느꼈다.

"중절하신 건 그렇다 치더라도……." 히데코는 또 주저했다.

"누가 자네한테 그런 소릴 했지?"

"슈이치 씨는 그 병원비를 기누코 씨에게 받아 가셨어요."

신고는 갑자기 가슴이 죄어들었다.

"너무한다고 생각했어요. 여자를 모욕하는 행동이에요. 무신경해요. 젊은 사모님이 가여워서 저는 견딜 수가 없어요. 슈이치 씨는 기누코 씨에게 돈을 건네주었을 테니까 자신의 돈이나 마찬가지일지도 모르지만 저희들은 싫어요. 저희들과 신분이 다르니까 그 정도 돈, 슈이치 씨는 어떻게든 만들 수 있잖아요? 신분이 다르면 그렇게 해도 괜찮은 건가요?"

히데코는 얄팍한 어깨가 떨리기 시작하는 걸 참고 있었다.

"돈을 건네는 기누코 씨도 똑같아요. 저는 이해할 수가 없어요. 화가 나기도 하고 정말 싫기도 하고, 저는 기누코 씨와 같은 가게에 못 있게 되더라도 괜찮으니까 어떻게든 말씀드리러 오고 싶었어요. 쓸데없는 것을 알려드려서 안됐지만요."

"아니, 고마워."

"여기 있을 때 잘해주시기도 했고, 잠깐 뵌 것뿐이지만 젊은 사모님을 좋아하니까요."

눈물이 글썽한 히데코의 눈은 반짝이고 있었다.

"헤어지게 해주세요."

"응."

기누코를 말하는 것임에 틀림없지만, 어쩌면 슈이치와 기쿠코를 헤어지게 하라고도 들렸다.

그만큼 신고는 좌절하고 있었다.

슈이치의 정신적 마비와 퇴폐에 놀랐지만, 신고 자신도 같은 수렁에서 꿈틀거리고 있는 것 같았다. 신고는 어두운 공포에 떨었다.

말할 만큼 말하고는 히데코는 돌아가려고 했다.

"아냐, 괜찮아." 신고는 힘없이 말렸다.

"또다시 찾아뵐게요. 오늘은 창피해서 울기라도 할까 봐 싫어요."

신고는 히데코의 양심과 선의를 느꼈다.

그는 히데코가 기누코에게 의지하며 같은 가게에 근무하는 것이 무신경하고 어처구니없었는데, 슈이치와 자신이 얼마만큼 무신경한지는 알지 못했다.

히데코가 남기고 간 짙은 빨간 장미를 신고는 멍하니 바라보고 있었다.

기쿠코의 결벽증 때문에 슈이치는 여자가 있는 '지금 상태로는' 아이를 낳을 수 없다고 신고는 들었지만, 그런 기쿠코의 결벽증은 완전히 짓밟힌 것이 아닌가?

기쿠코는 그것도 모르고 지금쯤 가마쿠라 집으로 돌아와 있을까, 하고 신고는 자신도 모르게 눈을 감았다.

상처
후

*

1

 일요일 아침 신고는 벚나무 뿌리 부분의 팔손이나무를 톱으로 잘랐다.

 뿌리를 파내어 버리지 않으면 근절시키지 못할 것이라고 생각하면서,

 "싹이 날 때마다 자르면 되지" 하고 신고는 중얼거렸다.

 전에도 베어버린 적이 있어서 오히려 이토록 그루터기를 무성하게 해버렸다. 그러나 지금 다시 신고는 그 수고를 꺼렸다. 애초에 일으켜 파버릴 힘은 없었는지도 몰랐다.

 팔손이나무의 줄기는 톱에 약했지만, 수가 많았기 때문에 신고의 이마는 땀에 젖기 시작했다.

 "도와드릴게요." 슈이치가 어느새 다가와 있었다.

 "아니, 필요 없어."

신고는 쌀쌀맞게 말했다.

슈이치는 잠깐 우두커니 서 있다가 말했다.

"기쿠코가 불러서 왔어요. 아버지가 팔손이나무를 자르고 계시니까 돕고 오라는 거예요."

"그래? 근데 이제 조금밖에 안 남았어."

신고가 쓰러뜨린 팔손이나무 위에 앉아서 집 쪽을 보자, 기쿠코는 툇마루의 유리문에 기대어 서 있었다. 화려한 빨간 오비를 매고 있었다.

슈이치는 신고 무릎 위의 톱을 잡았다.

"다 자르는 거죠?"

"응."

신고는 젊음에 찬 슈이치의 동작을 바라보았다.

슈이치는 남은 팔손이나무 서너 그루를 금세 쓰러뜨리고,

"이것도 자를까요?" 하며 신고를 돌아보았다.

"글쎄, 잠깐 기다려봐라." 신고는 일어섰다.

어린 벚나무가 두세 그루 자라 있다. 그러나 접목된 뿌리에서 나온 것 같고, 독립된 나무가 아니라 가지일지도 모른다.

굵은 줄기 자락에서도 작은 꺾꽂이 같은 가지가 나와서 잎을 달고 있었다.

신고는 조금 떨어져서 보다가,

"역시 그 흙에 나와 있는 것은 자르는 편이 모양이 좋겠지"라고 말했다.

"그래요?"

그러나 슈이치는 그 벚나무를 당장은 자르려고 하지 않았다. 신고가 생각하는 것이 어처구니없었나 보다.

기쿠코도 정원으로 내려왔다.

슈이치는 톱으로 어린 벚나무를 가리키면서,

"아버지가 말이야, 이것을 자를지 말지 궁리 중이셔" 하며 가볍게 웃었다.

"그건 자르시는 편이 나아요." 기쿠코는 시원하게 대답했다.

신고는 기쿠코에게 말했다.

"가지인지 아닌지 잘 모르겠단 말이지."

"흙 속에서 가지가 나오는 법은 없어요."

"뿌리에서 나온 가지는 뭐라고 해야 하지?" 신고도 웃었다.

슈이치는 잠자코 그 어린 벚나무를 잘랐다.

"어쨌든 이 벚나무 가지는 모두 남겨두고 자유롭고 자연스럽게 뻗게 해주려고 해. 팔손이나무가 방해가 되니까 뽑아준 거야." 신고는 말했다.

"그 줄기 자락 쪽 작은 가지는 남겨두어라."

기쿠코는 신고를 보면서 말했다.

"젓가락이나 이쑤시개 같은 귀여운 가지에 꽃이 피었던 것은 귀여웠어요."

"그랬었나? 꽃이 피었던가? 나는 몰랐구나."

"피어 있었어요. 작은 가지엔 꽃이 한 떨기에 두 갠가 세 개……. 이쑤시개 같은 가지에 꽃이 딱 한 송이 달린 것도 있었어요."

"그래?"

"하지만 이런 가지가 자랄까 몰라요. 이런 귀여운 가지가 신주쿠 공원의 비파나무나 소귀나무 밑가지처럼 뻗을 때가 되면 저는 할머니가 되겠죠."

"그렇지도 않아. 벚꽃은 빨라." 신고는 기쿠코 얼굴을 바라보았다.

신고는 기쿠코와 신주쿠 공원에 간 것을 아내에게도 슈이치에게도 얘기하지 않고 있었다.

그러나 기쿠코는 가마쿠라 집에 돌아오자마자 바로 남편에게 털어놓은 것일까? 털어놓는다고 할 정도의 일도 아니라서, 기쿠코는 아무렇지도 않게 얘기했을지도 모른다.

'기쿠코와 신주쿠 공원에서 만나셨다면서요?' 하고 슈이치 쪽에서 말하기 어렵다면 신고가 먼저 얘기를 꺼내야 마땅한 건 아니었을까. 그것을 어느 쪽에서도 말하지 않는다. 뭔가가 꼬여 있다. 슈이치는 기쿠코에게 들었으면서 모르는 척하는지도 모른다.

그러나 기쿠코의 얼굴에 거리낌은 없었다.

신고는 벚나무 줄기의 작은 가지를 바라보았다. 생각지도 않은 곳에 새싹이 나온 이들의 연약한 가지가 신주쿠 공원의 밑가지만큼 뻗어 퍼진 모습을 머리에 그려보았다.

오랫동안 땅에 드리워져 뻗어, 꽃이 어우러져 피면 호사스러울 테지만 벚나무 가지가 그런 것은 본 적이 없다. 줄기의 뿌리 부분에서 가지가 퍼진 커다란 벚나무도 본 기억이 없다.

"잘라 쓰러뜨린 팔손이나무는 어디에다 치울까요?" 슈이치가 말했다.

"어디 구석에 치우면 돼."

슈이치가 팔손이나무를 긁어모아 겨드랑이에 끼고 질질 끌고 가는 뒤에서 기쿠코도 서너 개 가지고 가는 것을,

"됐어, 기쿠코는. 아직 조심해야지" 하며 슈이치는 걱정스럽게 말했다.

기쿠코는 고개를 끄덕이더니 팔손이나무를 내려놓고 멈춰 섰다.

신고는 집 안으로 들어갔다.

"기쿠코도 정원에 나가서 무슨 일 하고 있수?"

낡은 모기장을 줄여서 아기의 낮잠용으로 고치고 있던 야스코가 돋보기를 벗고 말했다.

"일요일에 둘이서 우리 집 정원에 있다니 신기하네요. 기쿠코가 친정에서 돌아오고 나서 사이가 좋아진 것 같아요. 묘한 일이네요."

"기쿠코도 슬플 거야." 신고는 중얼거렸다.

"그렇다고만은 할 수 없어요." 야스코는 힘을 주고 말했다.

"기쿠코는 웃는 얼굴이 좋은 아이지만 지금처럼 기뻐 보이는 눈을 하는 것은 오래간만이잖아요. 기쿠코의 조금 까칠하면서도 즐겁게 웃는 얼굴을 보니 나도……."

"으음."

"요즘 슈이치도 회사에서 일찍 돌아오고 일요일에는 집에 있기도 하니, 비 온 뒤 땅이 굳는다고 합디다만."

신고는 잠자코 앉아 있었다.

슈이치와 기쿠코가 함께 방에 와서,

"아버지, 아버지의 소중한 벚나무 싹을 사토코가 잡아 뽑아버렸어요" 하고 말하면서 슈이치는 그 작은 가지를 손가락으로 잡고 있다가 신고에게 보였다.

"사토코도 팔손이나무를 잡아끌며 재미있어 하나 했더니만 벚나무 싹을 뽑아버렸지 뭐예요."

"그래? 아이들이 뽑을 법한 가지야." 신고는 말했다.

기쿠코는 슈이치 등에 반쯤 숨어 서 있었다.

*
2

기쿠코가 친정에서 돌아왔을 때 신고는 선물로 국산 전기면도기를 받았다. 야스코에게는 오비 끈, 후사코에게는 사토코와 구니코의 아동복을 주었다.

"슈이치를 위해서도 뭔가 가지고 왔다던가?" 신고는 나중에 야스코에게 물어보았다.

"접는 우산이요. 그리고 미제 빗을 사 온 것 같아요. 자루 한쪽 면이 거울로 되어 있는······. 빗은 인연이 끊어진다고 해서 남에게 주는 것이 아니라고 하는데 기쿠코는 모르나 봅니다."

"미국에 그런 말은 없을 거야."

"기쿠코는 자기도 같은 빗을 사 왔어요. 색이 다르고 좀 작은 걸로. 후사코가 그걸 보고 좋아라 하니까 후사코에게 줘버렸어요. 마음먹고 슈이치와 같은 것을 골랐을 텐데, 친정에서 돌아온 기쿠코에게는 애처로운 빗이잖아요. 그걸 후사코가 옆에서 뺏는 게 말이나 되나요. 기껏해야 빗 하나라지만 무신경하기가, 원."

야스코는 자신의 딸이 정떨어진다는 듯이 말했다.

"사토코와 구니코 옷도 고급스러운 명주로 된 좋은 외출복이에요. 후사코의 선물은 없는 것 같아도 두 아이가 받았으면 후사코가 받은 거나 마찬가지잖아요. 빚을 뺏기면 후사코에게 아무것도 안 사 왔다고 기쿠코가 미안하게 여길 거 아니겠수. 게다가 그런 일로 돌아온 기쿠코에게 선물을 받을 도리도 아닌걸요."

"그래."

신고도 동감이지만 야스코가 알지 못하는 우울함도 있었다.

기쿠코는 선물을 사는 데 친정 부모에게 손을 내밀었을 것이다. 기쿠코의 중절수술 비용도 슈이치가 기누코에게 내게 했다고 할 정도니까. 슈이치도, 기쿠코도 선물 값만큼의 돈은 없었을 것이다. 기쿠코는 병원비를 슈이치가 낸 것으로만 생각하고 친정 부모에게 선물 살 돈을 졸랐을 것이다.

신고는 벌써 오랫동안 기쿠코에게 용돈 같은 걸 건네지 않은 것이 후회스러웠다. 몰랐던 것은 아니지만 슈이치와의 부부 사이가 껄끄러워지고 시아버지인 자신과 친해지면서 오히려 신고는 비밀리에 돈을 주기 어려운 점도 있었다. 그러나 기쿠코의 처지를 생각하지 못한 것은 기쿠코의 빚을 빼앗은 후사코와 다를 게 없었다.

기쿠코는 물론 슈이치의 도락 때문에 궁색해진 것이라 시아버지에게 용돈을 조를 수도 없었을 것이다. 그러나 신고에게 그런 배려가 있었다면 기쿠코는 남편 정부(情婦)의 돈으로 낙태를 하는 굴욕에 빠질 일은 없었다.

"선물 같은 건 안 사 오는 편이 차라리 덜 괴로웠겠수." 야스코는 말했다.

"합치면 상당히 많이 들었을 텐데. 얼마 정도일까요?"

"글쎄."

신고는 잠깐 속으로 셈을 해보았지만,

"전기면도기가 얼마나 하는지는 짐작이 안 가는군. 본 적도 없는 거니까."

"그렇군요." 야스코도 끄덕였다.

"이게 제비뽑기였다면 당신이 단연 일등이유. 기쿠코가 하는 일이니까 어련하겠냐만, 우선 소리가 나고 움직이잖아요."

"날은 움직이지 않아."

"움직이고 있는 거예요. 움직이지 않으면 깎이지가 않을 겁니다."

"아니, 아무리 봐도 날은 움직이지 않아."

"오죽하시겠수."

야스코는 싱글싱글 웃었다.

"어린애가 장난감을 받은 것처럼 기뻐하는 것만으로도 단연 일등이구먼요. 매일 아침 붕붕 지이지이 하고 울리며 식사 때도 턱을 자꾸 어루만져 보고 기뻐하니까. 기쿠코도 조금 창피해하는 것 같수. 기쁘기는 하겠지만 말이에요."

"당신도 빌려줄게." 신고가 웃자, 야스코는 고개를 저었다.

기쿠코가 친정에서 돌아오는 날 신고는 슈이치와 회사에서 함께 돌아왔는데, 저녁 무렵 응접실에서 기쿠코가 선물한 전기면도기는 꽤 인기가 있었다.

무단으로 친정에서 머물다 온 기쿠코, 또 그녀에게 낙태를 시킨 셈인 슈이치 일가, 그들의 불편한 인사를 전기면도기가 대신 해내었다고 해도 과언이 아니었다.

후사코도 애들 옷을 사토코와 구니코에게 즉시 입혀보겠다면서 목덜미와 소맷부리의 세련된 자수를 칭찬하며 얼굴이 밝아졌고, 신고는 '사용 안내서'라는 걸 읽으면서 그 자리에서 사용해보았다.

어떠세요, 하는 듯이 가족들은 신고를 지켜보았다.

신고는 한쪽 손으로 면도기를 쥐고 턱에다 대고 움직이면서 나머지 한쪽 손의 '사용 안내서'는 놓지 않았다.

"부인의 목덜미 솜털도 쉽게 면도할 수 있다고 쓰여 있군."

그러고는 기쿠코 얼굴을 보았다.

기쿠코의 귀밑털이나 이마 사이에 털이 난 언저리도 실로 아름다웠다. 신고는 그런 점에 눈길이 간 적은 없었다.

털이 난 언저리도 미묘하게 가련한 선을 그리고 있다.

결이 고운 피부와 가지런히 자란 털이 또렷하고 선명하다.

기쿠코는 조금 핏기를 잃은 얼굴에 뺨만 엷게 붉은 기가 돌면서 즐거운 듯이 눈을 반짝이고 있었다.

"당신, 좋은 장난감을 받으셨네요." 야스코가 말했다.

"장난감이 아니야. 문명의 이기야. 정밀한 기계군. 기계 번호가 붙어있고 기검(機檢), 조정(調整), 완성, 책임자 도장이 찍혀 있어."

기분이 좋아진 신고는 수염이 난 방향으로 면도하거나 반대 방향으로 해보았다.

"피부를 거칠게 하거나 상처도 나지 않고요 게다가 비누도 물도 필요 없어요." 기쿠코가 말했다.

"응. 노인은 주름에 면도날이 걸리니까. 당신에게도 좋아." 신고는 야스코에게 건네주려고 했다.

야스코는 무서워하며 몸을 뒤로 뺐다.

"수염 같은 건 없어요."

신고는 전기면도기 날을 바라보며 돋보기를 쓰고 또다시 보았다.

"날이 움직이지 않는데 어떻게 깎일 수가 있는 걸까? 모터는 돌고 있지만 날은 움직이지 않는군."

"어디요." 슈이치가 손을 내밀었지만, 바로 야스코에게 건네주었다.

"정말이네요. 날은 움직이지 않고 있는 것 같네요. 전기 청소기와 마찬가지겠죠. 먼지를 빨아들이는 거잖아요?"

"깎인 털도 어디로 갔는지 알 수가 없잖아?" 신고가 말하자 기쿠코는 고개를 숙이고 웃었다.

"전기면도기에 대한 보답으로 전기 청소기를 사면 어떻수? 전기세탁기도 좋고요. 기쿠코에게 얼마나 도움이 되겠어요."

"그렇군." 신고는 늙은 아내에게 대답했다.

"우리 집에는 그런 문명의 이기가 하나도 없잖수. 전기냉장고도 매년 산다, 산다, 하고 말만 할 뿐, 올해도 벌써 필요한 계절이에요. 빵 굽는 기계만 해도 빵이 다 구워지면 탁 하고 튀어나오며 스위치가 꺼지는 게 얼마나 편리한지 몰라요."

"할머니가 집안 전체를 전기제품으로 가득 채울 셈이로군."

"기쿠코를 귀여워할 뿐 당신은 행동이 따르지 않으니까 하는 소리잖수."

신고는 전기면도기 코드를 뽑았다. 면도기 상자에는 솔이 두 개 들어 있었다. 신고는 작은 칫솔 같은 것과 작은 병을 닦는 것 같은 솔, 그 두 개를 사용해보았다. 병을 닦는 것 같은 솔로 면도날의 뒷구멍을 청소하다가 문득 밑을 보니, 그의 무릎에 아주 짧은 하얀 털이 뚝뚝 떨어져 있었다. 흰 털밖에 눈에 띄지 않았다.

신고는 살짝 무릎을 털었다.

*
3

신고는 우선 전기 청소기를 샀다.

아침 식사 전에 기쿠코가 사용하는 청소기 소리와 신고의 전기면도기 모터 소리가 서로 울리면 신고는 왠지 우스웠다.

그러나 가정이 날마다 새로워지는 소리인지도 모른다.

사토코도 전기 청소기를 신기해하며 기쿠코를 따라 걸었다.

전기면도기 탓인지 신고는 턱수염 꿈을 꾸었다.

그 꿈에서 신고는 등장인물이 아니라 구경꾼이었다. 하지만 꿈이니까 등장인물과 구경꾼은 분명하게 구별되지 않았다. 더구나 신고가 가본 적도 없는 미국이었다.

기쿠코가 사 온 빗이 미제라는 것 때문에 미국 꿈을 꾸었다고, 나중에 신고는 생각했다.

신고의 꿈에서 미국은 영국인이 많은 주(州)가 있는가 하면 스페인 사람이 많은 주도 있었다. 따라서 주마다 턱수염에 특색이 있었다. 털색과 모양이 어떻게 다른지는 잘 기억나지 않지만, 꿈속의 신고는 미국 각 주, 즉 각 인종의 턱수염 털의 차이를 분명히 인식하고 있었다. 마찬가지로 잠에서 깬 후 주 이름은 잊었지만, 각 주와 인종의 턱수염 특색을 한 몸에 모은 남자가 어떤 주에 나타났다. 그것도 여러 인종의 털이 이 남자 수염에 섞여 있는 것이 아니라 어떤 부분은 프랑스식, 어떤 부분은 인도식으로 나뉘어 한 사람의 턱수염에 한데 모여 있었다. 즉 이 남자 턱수염에는 미국 각 주, 인종에 따라 다른 털 다발이 송이처럼 매달려 있는 것이다.

미국 정부는 남자의 턱수염을 천연기념물로 지정했다. 천연기념물로 지정되었기 때문에 그 남자는 자신의 턱수염을 함부로 자를 수도, 손질할 수도 없었다.

꿈은 그것뿐이었다. 신고는 그 남자의 훌륭한 가지각색의 턱수염을 보면서 조금은 자신의 턱수염처럼 느끼고 있었다. 남자의 득의와 곤혹을 어느 정도 신고도 느끼고 있었다.

줄거리는 거의 없다. 단지 턱수염 남자를 본 꿈일 뿐이다.

그 남자의 턱수염은 물론 길었다. 신고는 매일 아침 전기면도기로 깨끗하게 면도하고 있으니까 반대로 마음껏 기른 수염 꿈을 꾼 것인지도 모르지만, 수염이 천연기념물로 지정되는 것은 우스꽝스러웠다.

천진한 꿈이어서 아침에 일어나면 얘기하려고 마음먹고 신고는 빗소리를 들을 새도 없이 잠이 들었는데, 이윽고 사악한 꿈에서 다시 깨어났다.

신고는 뾰족한 느낌의 늘어진 유방을 만지고 있었다. 유방은 부드러웠다. 그것이 부풀지 않는다는 건 여자가 신고 손에 반응할 마음조차 없다는 뜻이다. 뭐야, 시시하잖아.

유방을 만지고 있는데도 신고는 상대 여자가 누군지 알지 못했다. 모른다기보다 누구인지 생각하려들지 않은 것이다. 여자의 얼굴도 몸도 없고 단 두 개의 유방만이 공중에 떠 있었다. 그제서야 처음으로 누군지 떠올려보니 슈이치의 친구 여동생이었다. 그러나 신고에게는 양심의 가책도 흥분된 자극도 일어나지 않았다. 그 아가씨의 인상은 미약했다. 역시 모습은 희미했다. 유방은 출산을 겪지 않은 여자의 것이었지만 그렇다고 처녀라고는 여겨지지 않았다. 순결의 흔적을 손가락으로 느끼던 신고는 깜짝 놀랐다. 난처했지만 나쁘다고는 생각하지 않고,

"운동선수였던 걸로 하는 거야" 하고 중얼거렸다.

그 말투에 놀라서 신고의 꿈은 깨져버렸다.

"뭐야, 시시하잖아." 그건 모리 오가이(일본의 근대 작가-옮긴이)가 죽을 때 한 말이라는 게 생각났다. 언젠가 신문에서 본 적이 있다.

그러나 음란한 꿈에서 깨어나자마자, 오가이가 죽을 때 한 말을 먼저 떠올리며 꿈속의 말과 결부시킨 건 신고의 자기변명일 것이다.

꿈속의 신고에게는 사랑도 기쁨도 없었다. 음란한 꿈에 음란한 생각조차 없었다. 완전히 '뭐야, 시시하잖아'였다. 그리고 시시하게 잠에서 깨어났다.

신고는 꿈에서 아가씨를 범한 것이 아니라 범하려고 한 것인지도 모른다. 그러나 감동이나 공포에 떨지 않고 범했다면, 잠이 깬 후에도 아직 악의 생명이 자신을 통과하고 있는 것이나 다름없다.

신고가 최근에 자신이 꾼 음란한 꿈을 떠올려보니 대부분 상대는 소위 천한 여자였다. 오늘 밤의 아가씨도 그랬다. 꿈에서까지 간음의 도덕적 가책을 두려워하는 것일까?

신고는 슈이치의 친구 여동생을 떠올려보았다. 가슴은 팽팽했던 것 같다. 기쿠코가 시집오기 전에 슈이치와 가벼운 혼담이 있었고 교제도 있었다.

"앗." 그때 신고의 머릿속에 스치고 지나가는 것이 있었다.

꿈속의 아가씨는 기쿠코의 화신이 아니었을까? 꿈에도 역시 도덕의식이 움직여서 기쿠코 대신 슈이치의 친구 여동생 모습을 빌린 것이 아닐까? 더구나 불륜을 감추기 위해서, 가책을 감추기 위해서 대역인 여동생을 시시한 여자로 탈바꿈한 것이 아닐까?

만일 신고의 욕망이 원하는 대로 허용되어 그의 인생을 고칠 수 있다면, 신고는 처녀 적의 기쿠코, 즉 슈이치와 결혼하기 전의 기쿠코를 사랑하고 싶었던 것이 아니었을까?

그 마음이 억압되고 왜곡되어 꿈에 초라한 형태로 나타났다. 신고는 꿈에서도 그것을 스스로 감추고 속이려던 것일까?

기쿠코 이전에 슈이치와 혼담이 있던 아가씨를 구실로, 더구나 그 아가씨의 모습이 막연했던 것은 사실 여자의 본모습이 기쿠코라는 걸 극단적으로 두려워한 탓이 아닐까?

나중에 기억을 헤아려볼 때마다 꿈속 상대가 희미해지고 순서도 흐릿해져서 잘 기억나지도 않고 유방을 더듬는 손의 감촉도 없던 것은, 잠이 깰 무렵 이미 교활한 마음이 기민하게 작용해 꿈을 긁어 지운 것인가, 하는 의심도 들었다.

"꿈이야. 턱수염 따위가 천연기념물로 지정되기도 하는 게 꿈이야. 해몽 같은 건 안 믿어." 신고는 손바닥으로 마른세수를 했다.

꿈에서는 오히려 몸이 식는 것처럼 냉랭했지만, 잠이 깨고 나서 신고는 기분 나쁘게 땀을 흘리고 있었다.

턱수염 꿈 뒤에, 비가 오는구나, 하며 가볍게 들은 빗소리가 지금은 폭풍우가 되어 집을 때리고 있었다. 다다미까지 축축하게 젖는 것 같았다. 그러나 한바탕하고 갤 것 같은 빗소리였다.

신고는 사오 일 전에 친구 집에서 본 와타나베 가잔의 수묵화를 떠올렸다.

마른 나무 꼭대기에 까마귀가 한 마리 머물러 있는 그림으로, '의지가 강한 새벽 까마귀, 5월의 장마, 오르다'라는 제목이 붙어 있었다.

그 구절을 읽자 그림의 의미, 또 가잔의 기분을 신고도 알 수 있을 것 같았다.

까마귀가 마른 나무 꼭대기에서 비바람을 견디면서 새벽을 기다리는 그림이다. 화면에 엷은 묵으로 강한 비바람을 나타내고 있다. 신고는 마른 나무의 모습은 잘 기억하지 못하지만 굵은 줄기만으로 탁 꺾여 있던 것 같다. 까마귀 모습은 잘 기억하고 있다. 자고 있던 탓인지, 비에 젖은 탓인지, 어쩌면 그 양쪽 모두에 해당하는지 까마귀는 조금 부풀어 있었다. 커다란 주둥이였다. 위쪽 주둥이는 먹이 번져서 더욱 두께가 있었다. 눈은 뜨고 있지만 잠이 완전히 깨지 않았는지 졸린 모습이었다. 그러나 화를 품은 것 같은 강렬한 눈이었다. 까마귀는 크게 그려져 있었다.

신고가 가잔에 대해 아는 거라곤 빈곤하게 살다가 할복했다는 게 전부였다. 그렇지만 이 '풍우효오도(風雨曉烏圖)'를 보면 가잔이 어떨 때의 기분을 나타낸 것인지 납득할 수가 있었다.

친구가 계절에 맞추어 이 그림을 도코노마에 걸어둔 것인지도 모르지만,

"상당히 강한 기백의 까마귀로군" 하고 신고는 말해보았다.

"기분 나쁘군."

"그런가? 나는 전쟁 중 자주 이 까마귀를 보고, 뭐야, 이 자식, 하고 생각했어. 뭐야, 이 까마귀야. 차분한 구석도 있지만 말이야. 그러나 자네, 가잔과 같은 일로 할복해야 한다면 우리들은 몇 번이나 할복해야 할지 몰라. 시대가 시대니 말이지." 친구는 말했다.

"우리도 새벽을 기다렸는데……."

폭풍우가 내리는 오늘 밤에도 그 까마귀 그림이 친구의 객실에 걸려 있는 게 신고의 눈에는 선하게 보이는 듯했다.

우리 집 솔개와 까마귀는 오늘 밤은 어떻게 하고 있을까, 하고 신고는 생각했다.

*
4

 신고는 두 번째 꿈 이후에 잠을 이루지 못하고 새벽을 기다렸지만 가잔의 까마귀 같은 의지나 오기가 없었다.
 그것이 설사 기쿠코든, 슈이치의 친구 여동생이든, 음란한 꿈에 음란한 마음의 동요도 없었다는 게 무엇보다도 한심하게 여겨지기 시작했다.
 어떤 간음보다도 이것은 추악이다. 노망이라는 것일까?
 전쟁 동안 신고는 여자와의 관계가 없었다. 그리고 아직도 그 상태였다. 그 정도의 나이는 아닐 테지만 습관이 마치 본성처럼 자리 잡았다. 전쟁에 압살된 채 생명을 탈환하지 않고 있다. 사물에 대한 사고방식도 전쟁 때문에 좁은 틀에 갇힌 상태였다.
 또래 중에는 그런 노인도 많았지만, 신고가 친구들에게 물어보기에는 무기력함을 조롱당하기 십상이었다.
 꿈에서 기쿠코를 사랑한다고 해도 상관없지 않은가? 꿈에서까지 무엇을 두려워하고 꺼리는 것일까? 비몽사몽 중이나마 몰래 기쿠코를 사랑해도 상관없지 않은가? 신고는 그렇게 고쳐 생각해보았다.
 그러나 이내 "늙은 사람이 사랑을 잊으려고 하면 한 차례 비가 내리는구나"라는 부손(일본 근세 시대의 시인-옮긴이)의 구절이 떠올라 신고는 쓸쓸해질 뿐이다.

슈이치에게 여자가 생겼기 때문에 기쿠코와 슈이치의 부부 관계가 깊이 진전되었다. 기쿠코가 낙태한 후에 두 사람의 부부 사이는 따뜻하게 누그러졌다. 격심한 폭풍우 밤에 기쿠코는 평소보다도 짙게 슈이치에게 응석을 부렸고, 슈이치가 곤드레만드레 취해서 돌아온 밤에 기쿠코는 평소보다도 상냥하게 슈이치를 용서했다.

기쿠코의 가련함인지 어리석음인지.

그러한 것들을 기쿠코는 자각하고 있는 것일까? 혹은 깨닫지 못하고 그녀는 조화의 묘, 생명의 파도에 순순히 따르고 있는 것인지도 모른다.

기쿠코는 아이를 낳지 않기로 하고 친정으로 돌아가 슈이치에게 항의하면서 견디기 어려운 슬픔도 나타낸 것이겠지만, 이 삼 일 만에 돌아와서는 사죄하고 자신의 상처를 위로하며 슈이치와 사이가 좋아져버렸다.

신고로서는 '뭐야, 시시하잖아'라고 하지 않을 수 없다. 하지만 뭐, 잘됐어, 하는 것이다.

기누코 문제는 잠시 덮어둔 채 자연스럽게 해결되기를 기다리면 되는 것인가, 하고 신고는 생각했다.

슈이치는 신고의 아들이지만 기쿠코가 그렇게까지 해서 슈이치와 맺어져야 할 정도로 두 사람은 이상적인 부부, 운명적인 부부인 것인가, 하고 의심하기 시작하자 끝이 없었다.

옆의 야스코를 깨우고 싶지 않았기에 신고는 베갯머리의 전등을 켰다. 시계를 볼 수 없었지만 밖은 밝아오기 시작해 이제 여섯 시마다 치는 절의 종소리가 울릴 것이다.

신고는 신주쿠 공원의 종소리를 떠올렸다.

저녁이 다 되어 문을 닫는다는 신호였는데,

"교회 종소리 같군" 하고 신고는 기쿠코에게 말하고 어딘가 서양 공원의 나무숲을 지나 교회에 가는 것처럼 느껴졌다. 정원 출입구로 모여드는 사람들이 가는 방향으로 교회라도 있을 것만 같았다.

신고는 잠이 부족한 채 일어났다.

기쿠코의 얼굴을 보기 괴로울 것 같아서 슈이치와 함께 일찍 집을 나섰다.

그러고는 갑자기 말했다.

"너, 전쟁에서 사람을 죽여봤니?"

"글쎄요. 제 기관총에 맞았다면 죽었겠지요. 근데 기관총을 제가 쏜 것이라고 할 수 있을까요."

슈이치는 괴로운 얼굴을 하고 외면했다.

점심때 갠 비가 밤에는 다시 폭풍우가 되고 나니 도쿄는 짙은 안개에 휩싸였다.

신고는 회사의 연회로 요릿집을 나올 때 마지막 한 대의 차에 타게 되어 기생을 배웅하는 꼴이 되었다.

나이 든 기생 둘이 신고 옆에 앉고 어린 기생 셋은 무릎에 탔다. 신고는 오비 앞으로 손을 돌려 끌어당기면서 말했다.

"괜찮아."

"죄송해요." 기생은 안심하고 신고의 무릎에 탔다. 기쿠코보다 네다섯 살 정도 더 어렸다.

신고는 이 기생을 기억해두기 위해 전철을 타면 수첩에 이름을 써두어야지, 하고 생각했지만 단순히 우발적 감정이라서 써두는 일조차 잊어버릴 것 같았다.

빗속

＊
1

그날 아침은 기쿠코가 먼저 신문을 봤다.

대문 앞 우편함에 비가 차 있었던지, 젖은 것을 기쿠코가 밥 짓는 가스 불에 말리면서 읽었다.

가끔 일찍 잠에서 깬 신고가 나와 이부자리로 가져가는 때도 있지만, 대개 조간신문을 가져오는 것은 기쿠코였다.

그러나 그것을 읽는 건 신고와 슈이치를 배웅하고 나서부터였다.

"아버님, 아버님." 기쿠코가 장지문 밖에서 나지막이 불렀다.

"무슨 일이냐?"

"일어나셨으면 잠깐……."

"어디 아픈 데라도 있니?"

기쿠코의 목소리에 신고는 이렇게 판단하곤 얼른 일어나 나왔다.

기쿠코가 신문을 쥔 채 마루에 서 있었다.

"무슨 일인데?"

"고모부가 신문에 나왔어요."

"아이하라가 붙잡혔니, 경찰에?"

"아니요."

기쿠코가 약간 물러서서 신문을 건넸다.

"아, 아직 젖어 있어요."

신고는 받아 들 마음도 없이 한 손을 내밀었기 때문에 젖은 신문이 축 처져 내려왔다.

그 끝을 기쿠코가 손바닥으로 받쳐 들었다.

"잘 보이지도 않아. 그래, 아이하라가 어떻게 되었다고?"

"동반 자살을 하셨대요."

"동반 자살? 죽었니?"

"신문엔 목숨은 건질 것 같다고 쓰여 있어요."

신문을 놓으며 가려다 말고 신고가 말했다.

"후사코는 자고 있지? 우리 집에서."

"네."

어젯밤 늦게 분명히 이 집에서 두 아이와 잘 자고 있던 후사코가 아이하라와 동반 자살을 했을 리도 없고, 조간신문에 날리도 만무했다.

　신고는 화장실 창문에 쏟아지는 비를 바라보며 침착해지려 애썼다. 산마루의 축 처진 억새의 긴 이파리에 빗방울이 끊임없이 흘러내렸다.

　"때 아닌 장마로군."

　기쿠코에게 이렇게 말하고 거실에 앉아서 신문을 들었지만 읽기도 전에 돋보기가 미끄러져 내려왔다. 혀를 차며 안경을 벗고 콧날과 눈가를 비벼댔다. 미끈미끈하고 찜찜한 기분이 들었다.

　짧은 기사를 읽는 동안에 또 안경이 흘러내렸다.

　아이하라는 이즈의 렌다이지(連臺寺) 온천에서 동반 자살을 시도했다. 여자는 죽었다. 스물대여섯 살 정도에 호스티스 차림이지만 신원 미상이었다. 남자는 마약중독자로 보이는데 생명은 건질 것 같다. 마약 복용과 유서가 없는 것으로 보아 남자는 위장 자살일 가능성도 있다.

　신고는 콧등까지 내려온 안경을 내팽개치고 싶어졌다.

　아이하라의 동반 자살 때문에 화가 나는 건지 안경이 흘러내리는 것이 화가 나는지 구분이 가지 않았다.

　그는 손바닥으로 얼굴을 거세게 비비며 세면대로 갔다.

　신문에 따르면 아이하라의 숙박 기록에는 주소가 요코하마로 되어 있었다. 후사코라는 아내의 이름은 실려 있지 않았다.

신문 기사는 신고 일가와 상관이 없었다.

요코하마는 꾸며 쓴 것으로 옳지 않은 주소였을지도 모른다. 또 후사코는 이미 아이하라의 아내가 아닐지도 모른다.

신고는 세수를 먼저 하고 뒤이어 이를 닦았다.

후사코가 아직도 아이하라의 부인이라고 착각하여 괴로워하고 우환에 사로잡히는 것은 신고의 우유부단한 성격과 감상에 지나지 않은 걸까?

"이것이 시간의 해결이란 말인가?" 신고는 중얼거렸다.

신고가 문제 해결에 미적거리는 동안에 결국 시간이 해결해 준 것일까?

그러나 아이하라가 이렇게 될 때까지 신고가 도움을 줄 방도는 없었던 걸까?

그리고 후사코가 아이하라를 파멸로 몰아넣은 것일까, 아이하라가 후사코를 불행에 빠지게 했을까, 그것도 모를 일이다. 상대를 파멸이나 불행에 몰아넣는 사람이 있다면, 상대방 때문에 파멸이나 불행에 빠져 들어가는 사람도 있을 것이다.

신고는 응접실로 돌아와 뜨거운 차를 마시며 말했다.

"기쿠코, 오륙 일 전에 아이하라가 이혼장을 우편으로 보내 온 것은 알고 있지?"

"네. 아버님께서 화를 내신……."

"그래, 화를 냈지. 후사코도 사람을 모욕해도 분수가 있다고 말했지. 그렇지만 그것도 아이하라가 죽기 전에 뒤처리를 해둔 걸지도 모르겠군. 아이하라는 각오한 자살이었어. 위장 자살이 아니야. 여자는 단지 길동무가 된 것뿐이겠지."

기쿠코는 예쁜 눈썹을 모으고 잠자코 있었다. 줄무늬 스웨터를 입고 있었다.

"슈이치를 깨워 오너라." 신고는 말했다.

일어나서 가는 기쿠코의 뒷모습이 옷 때문인지 키가 커진 것 같았다.

"매형이 자살 기도라고요?" 슈이치는 신고에게 말하면서 신문을 들었다.

"누나는 이혼 신고 접수했죠?"

"아니. 아직 안 했어."

"아직도 안 했어요?" 슈이치는 얼굴을 들고 말했다.

"왜 그러셨어요? 오늘이라도 빨리 접수하는 게 좋겠는데. 매형이 만약 살지 못하면 죽은 자가 이혼장을 접수하는 게 되잖습니까?"

"그렇지만 두 아이의 호적은 어떻게 하면 좋으냐. 아이하라는 자식들에 대해선 아무런 말이 없으니. 어린아이들이 호적을 선택할 능력이 있을 리 만무하고."

후사코의 도장까지 찍힌 이혼 서류는 신고의 가방에 담긴 채로 집과 회사를 오고 있었다.

아이하라의 모친에게 때때로 돈을 전해주었다. 그 심부름을 하는 사람을 시켜 이혼장도 구청에 보내야지, 하면서 하루 이틀 미루고 있었다.

"아이들은 우리 집에 와버렸으니 할 수 없잖아요." 슈이치는 내뱉듯이 말했다.

"경찰이 우리 집에 올까요?"

"무엇 때문에?"

"매형의 친권자라든지 하는 이유로요."

"안 올 거야. 그런 일이 없도록 아이하라가 이혼장을 보냈을 테니."

문을 거칠게 열며 후사코가 잠옷 차림으로 들어왔다.

신문을 제대로 읽지도 않고 갈기갈기 찢어 던졌다. 찢는 손에 너무 힘이 들어가 던져도 신문 조각이 날리지 않았다. 후사코는 옆으로 넘어질 뻔하며 흩어진 신문 조각을 내던졌다.

"기쿠코, 그 문을 닫아라." 신고는 말했다.

후사코가 열어젖힌 문 저편에 두 아이의 잠든 모습이 보였다.

후사코는 손을 떨며 다시 신문을 찢었다.

슈이치도 기쿠코도 잠자코 있었다.

"후사코, 아이하라를 데리러 가줄 생각은 없느냐?" 신고가 말했다.

"싫어요."

후사코는 다다미에 한쪽 팔꿈치를 댄 채 휙 돌아보며 눈을 치뜨고 신고를 노려봤다.

"아버지는 딸을 뭘로 보는 거예요? 배알도 없어. 딸이 이런 꼴을 당해도 화도 못 내세요? 아버지가 데리러 가서 창피당하고 와보세요. 그런 남자에게 날 준 게 도대체 누구예요?"

기쿠코는 일어나서 부엌으로 갔다.

신고는 가슴속에 떠오른 말을 불쑥 해버렸지만, 이런 때 후사코가 아이하라를 데리러 가고, 떨어져 있던 두 사람이 다시 결합하여 모든 것이 새롭게 재출발하는 경우도 인간에게는 생길 수 있다고 생각했다.

*

2

아이하라가 살았는지 죽었는지 그 후 신문에는 보도되지 않았다.

구청에서 이혼장을 접수한 것을 보면 호적은 사망으로 되어 있지 않은 모양이다.

그러나 죽었다 하더라도 아이하라는 신원 미상의 남자로 처리되어 묻혔을까? 그럴 리는 없다. 다리가 불편한 모친이 있다. 설령 모친이 신문을 못 봤다 하더라도 아이하라의 연고자 중 누군가는 알았을 것이다. 아마도 아이하라는 살아났을 거라고 신고는 상상했다. 그러나 아이하라의 자식을 둘이나 맡고 있으면서, 상상하는 것만으로 끝맺을 수 있을까? 슈이치는 상관없는 일로 매듭짓고 있지만 신고는 신경이 쓰였다.

실제로 두 명의 손주는 신고가 책임지는 것으로 되어 있다. 슈이치는 언젠가는 자신의 부담이 되리라고 고려하는 낌새도 없다.

양육 부담은 차치하고 후사코나 손주들의 앞날의 행복을 이미 반은 잃어버린 마당에 역시 신고에게 책임이 있는 걸까?

게다가 신고는 이혼장을 낼 때 아이하라의 상대 여자에 대한 것도 머리에 떠올랐다.

한 여자가 확실히 죽었다. 그 여자의 삶과 죽음은 무엇이었을까?

"귀신이 되어 와봐라." 신고는 혼잣말을 하고 섬뜩해졌다.

"하지만 덧없는 일생이다."

후사코와 아이하라가 무사히 지냈다면 그녀도 자살하지 않았을 테니 신고도 살인에 대한 일말의 책임이 없다고는 할 수 없다. 그렇게 생각해서라도 그 여자의 명복을 빌어주는 보리심(菩提心)은 생기지 않는 것일까?

그런데 그 여자의 모습은 떠오르지 않고 문득 기쿠코의 갓난아기 모습이 떠올랐다. 일찌감치 지워버린 아이의 모습을 떠올릴 수 있을 리 만무한데도 신고는 귀여운 갓난아기의 모습을 그렸던 것이다.

그 아기가 태어나지 못한 것도 먼발치에서 신고가 저지른 살인이 아니었을까?

돋보기까지 미끈미끈하게 젖어드는 기분 나쁜 날이 이어졌다. 신고의 오른쪽 가슴이 찌뿌드드해지며 무거웠다.

장마가 멈춘 사이에 느닷없이 햇빛이 내리쬐었다.

"작년 여름에 해바라기가 피어 있던 집들이 올해는 무슨 꽃이라고 하나, 서양 국화 같은 하얀 꽃을 심어두었더군. 미리 약속이라도 했나 보지. 네댓 집이 연이어 똑같은 꽃이라니 재미있군. 작년에는 모두 해바라기였는데." 신고는 바지에 다리를 넣으며 말했다.

기쿠코가 웃옷을 가져와 앞에 섰다.

"해바라기는 작년 태풍에 부러져 날아갔기 때문 아닐까요?"

"그럴지도 모르겠군. 기쿠코, 요즘 키가 큰 거 아니니?"

"네. 시집온 후로도 약간씩 키가 컸는데 요즘 부쩍 커졌어요. 슈이치 씨도 놀라워해요."

"언제……?"

기쿠코는 갑자기 얼굴을 붉히고 신고 뒤로 돌아서서 웃옷을 입혀주었다.

"아무래도 커졌다고 생각했어. 옷 때문만은 아니라고 생각했다. 시집온 뒤 몇 년이나 지났는데도 아직 키가 자란다니 좋겠구나."

"늦품종이라서요. 모자라기 때문이에요."

"그렇지 않다. 귀엽지 않니." 그런 기쿠코가 신고는 싱그럽고 귀엽게 느껴졌다.

슈이치가 안아보고 느낄 정도로 기쿠코는 키가 큰 것일까?

잃어버린 아이의 생명이 기쿠코 속에서 자라고 있는 것 같다는 상념에 잠기며 신고는 집을 나왔다.

사토코가 길가에 쪼그리고 앉아 이웃집 여자애들의 소꿉장난을 바라보고 있었다.

전복 껍데기와 팔손이나무의 파란 잎 따위를 그릇으로 삼아 풀을 예쁘게 잘라 담고 있는 모습에 신고는 감탄하며 걸음을 멈추었다.

달리아와 마가렛 꽃잎도 역시 잘게 썰어 색색으로 꾸며놓았다.

돗자리를 깔았는데 그 돗자리에 마가렛 꽃그늘이 진하게 드리워져 있었다.

"그래, 마가렛이었어." 신고는 생각난 듯 말했다.

작년의 해바라기 대신 서너 채 나란히 심은 것은 마가렛이었다.

사토코는 어려서 한패에 넣어주지 않는 것 같았다.

신고가 걷기 시작하자,

"할아버지" 하며 사토코가 바싹 매달렸다.

신고는 큰길로 나오는 모퉁이까지 손녀의 손을 잡고 갔다. 뛰어 돌아가는 사토코의 그림자도 여름 같았다.

회사 방에서는 나쓰코가 하얀 팔을 드러내고 창문을 닦고 있었다.

신고는 가벼운 마음으로 물었다.

"자네, 오늘 아침 신문 봤나?"

"네." 나쓰코는 둔하게 대답했다.

"신문이라고 해도 무슨 신문인지 알 수가 없지. 뭐였더라……."

"신문 말씀이에요?"

"무슨 신문인지 잊었는데 하버드대학교와 보스턴대학교의 사회과학자가 말이지, 천 명의 여비서에게 설문지를 주고 가장 기쁜 것을 물었더니, 남이 옆에 있을 때 칭찬받는 것이라고 이구동성으로 대답했다는데 말이야. 여자란 동서양을 불문하고 그런 것인가? 자넨 어때?"

"글쎄요, 창피하지 않을까요?"

"창피함과 기쁨은 상당 부분 일치하지. 남자에게 구애받을 때도 그렇지 않은가."

나쓰코는 고개를 숙이고 대답하지 않았다. 신고는 요즘 세상에 드문 아가씨라고 생각했다.

"다니자키는 그 부류야. 남 앞에서 더 칭찬해두었으면 좋았을걸."

"아까, 다니자키 씨가 왔어요. 여덟 시 반경에요." 나쓰코는 무뚝뚝하게 말했다.

"그래? 그래서?"

"낮에 또 온대요."

불길한 예감이 엄습했다.

그녀는 점심시간에도 나가지 않고 기다리고 있었다.

히데코는 문을 열고 멈춰 서 울 것처럼 숨을 죽이고 신고를 보았다.

"어이, 오늘은 꽃을 안 가지고 왔나?" 신고는 불안을 감추고 말했다.

히데코는 진지하지 못한 신고를 비난하듯 아주 진지하게 다가왔다.

"또, 단둘이?"

나쓰코는 점심시간이라 나가 있어서 방에는 신고 혼자였다.

슈이치의 여자가 임신했다는 걸 듣고 신고는 깜짝 놀랐다.

"낳으면 안 된다고 저는 말했어요." 히데코는 얄팍한 입술을 떨며 말했다.

"어제, 가게에서 돌아가는 길에 기누코 씨를 잡고 그렇게 말해주었어요."

"음."

"정말 그렇잖아요? 너무 심해요."

대답할 겨를도 없이 신고의 얼굴은 어두워졌다.

히데코는 기쿠코의 일을 결부시켜 생각하고 있는 것이다.

슈이치의 아내인 기쿠코와 애인인 기누코가 앞서거니 뒤서거니 하며 임신을 했다. 세상에 불가능한 일은 아니지만, 자신의 아들에게 생기리라고 신고는 생각도 못했다. 더구나 기쿠코는 중절수술을 받은 상태였다.

*
3

"슈이치가 있는지 보고 와주지 않겠나? 있으면 잠깐."
"네."
히데코는 작은 거울을 꺼내더니 조금 주저하듯이 말했다.
"묘한 얼굴을 하고 있어서 창피해요. 게다가 제가 고자질하러 왔다고 기누코 씨에게도 알려지겠지요."
"아, 그런가."
"그것 때문에 지금 가게를 그만두게 되어도 상관없지만."
"아니."
신고는 테이블 위의 전화로 물었다. 다른 사원들도 있는 방에서 슈이치와 지금 얼굴을 마주하는 것은 싫었다. 슈이치는 없었다.
신고는 히데코에게 가까운 양식집으로 나올 것을 권하며 회사를 나왔다.
작은 체구의 히데코는 다가와 신고의 얼굴을 올려다보면서,
"회사에 근무할 때 딱 한 번 춤추러 데리고 가주셨던 거 기억하세요?" 하고 가볍게 말했다.
"응. 머리에 하얀 리본을 달고 있었지."

"아뇨." 히데코는 고개를 저었다.

"하얀 리본으로 머리를 묶었던 것은 폭풍우 다음 날이고, 그 날은 처음 기누코 씨에 대해 물으셔서 아주 곤란했던지라 잘 기억하고 있어요."

"그랬나?"

분명히 그때 히데코에게서 기누코의 허스키한 소리가 에로틱하다고 들은 것을 신고는 떠올렸다.

"작년 9월쯤이었지. 그리고 슈이치 일로 자네에게 몹시 걱정을 끼쳤어."

신고는 모자를 쓰지 않아 머리가 햇빛으로 따가웠다.

"아무것도 도움이 못 되었지만요."

"나야말로 도움받을 자세가 안 되어 있었어. 부끄러운 집안이지."

"저는 존경하고 있어요. 회사를 그만두고 나서 한층 더 그리워져서." 히데코는 묘한 어조로 말하고 잠시 머뭇거렸다.

"낳아서는 안 된다고 저는 말했어요. 기누코 씨는 건방지다는 식으로, 네가 알 바 아니고 너 따위가 뭘 아느냐, 쓸데없는 참견은 그만둬라, 결국에는 자기 뱃속의 일이라고 하더군요."

"음."

"누구에게 부탁을 받아 이상한 말을 하는 거야? 슈이치 씨와 헤어지라고 한다면 그건 슈이치 씨가 떠나버리면 방법이 없 겠지만 아이는 나 혼자서 낳는 거잖아, 누구도 어떻게 해도 안 돼, 낳아서 나쁠지 좋을지, 너, 뱃속의 아이에게 물을 수 있다면 물어봐……. 기누코 씨는 저를 어리다고 생각해 비웃고 있어 요. 그런데도 기누코 씨는 도리어 자신을 비웃지 말아 달라는 거예요. 어쩌면 낳을 생각인지도 몰라요. 나중에 곰곰이 생각 해보니 전사한 전남편 사이에는 아이가 생기지 않았거든요."

"음."

신고는 걸으면서 끄덕였다.

"제가 신경을 건드려서 그렇게 말한 것뿐이지 안 낳을지도 몰라요."

"이제 얼마나 되었지?"

"사 개월이에요. 저는 알아차리지 못했는데 가게 사람이 알 게 되어서……. 소문으로는 가게 주인도 사정을 듣고 낳지 않 는 편이 좋다고 충고했대요. 기누코 씨는 솜씨가 좋으니까 가 게를 그만두는 게 아깝겠지요."

히데코는 한쪽 뺨에 손을 대고 말했다.

"저는 모르겠어요. 하여튼 알려드리는 거니까요. 슈이치 씨 와 의논하셔서……."

"응."

"기누코 씨를 만나는 거, 서두르시는 편이 좋을 거예요."

신고가 그렇게 생각하던 참에 히데코도 같은 말을 했다.

"저, 언젠가 회사에 와준 여자 말이야, 아직 함께 살고 있나?"

"이케다 씨요."

"그래. 어느 쪽이 나이가 더 많아?"

"기누코 씨가 두 살인가 세 살 아래였던 것 같아요."

식사 후에 히데코는 회사 앞까지 신고를 따라왔다. 울 것 같은 미소를 지었다.

"실례했습니다."

"고마워. 자네는 이제부터 가게에 돌아가나?"

"네. 기누코 씨는 요즘 대개 일찍 돌아가기 때문에 여섯 시 반까지 가게에 있어요."

"도저히 가게로는 갈 수 없어."

히데코는 오늘이라도 기누코와 만날 것을 재촉했지만 신고는 우울해졌다.

또 가마쿠라의 집에 돌아가도 기쿠코의 얼굴을 차마 볼 수 없을 것이다.

기쿠코는 슈이치에게 여자가 있는 동안은 아이가 생기는 것도 분하다는 결벽 때문에 낳지 않았겠지만, 그 여자의 임신은 꿈에도 몰랐을 게 분명했다.

중절수술을 받은 걸 신고가 알게 된 후 이삼 일 친정에 갔다가 돌아오자 슈이치와 사이가 좋아지고 슈이치는 매일 일찍 돌아와 기쿠코를 위로하고 있는 것 같지만, 그것은 도대체 뭐냔 말이다.

좋게 생각하면, 아이를 낳겠다는 기누코 때문에 슈이치도 괴로워하며 거리를 두고 기쿠코에게 사죄하고 있는 것인지도 모른다.

그러나 뭔가 꺼림칙한 퇴폐와 패륜의 악취가 신고의 머리에 꽉 찬 느낌이었다.

도대체 어디서 태어나 이 세상에 오는 건지, 태아의 생명마저도 요물처럼 여겨졌다.

"태어난다면 손주로군." 신고는 혼잣말을 했다.

모
기
떼

*

1

신고는 혼고 거리의 대학교 주변을 잠시 걸었다.

상점가 쪽에서 차에서 내렸으니까 기누코의 집골목으로도 들어갈 수 있었지만 일부러 반대쪽으로 기찻길을 건넌 것이다.

아들의 여자 집에 가는 것이 신고에게는 암담했다. 처음 만나서 임신하고 있는 사람에게 낳지 말아 달라는 말을 꺼낼 수 있을까?

"그리고 이건 살인이 아닌가. 노인의 손을 직접 더럽히지 않는다고 해도." 신고는 혼잣말을 했다.

"그러나 모든 해결은 잔혹하다."

해결은 아들이 해야 마땅하다. 부모가 나설 일이 아닐 것이다. 그럼에도 신고는 슈이치에게 얘기도 하지 않고 기누코의 집에 가보았다. 이미 슈이치를 신뢰하지 않는다는 증거이기도 했다.

 언제부턴가 아들과의 사이에 생각지도 못한 벽이 생겼다는 사실에 신고는 놀랐다. 기누코의 집에 가는 것도 슈이치 대신 해결한다기보다 불쌍한 기쿠코를 위해 분노해서가 아닌가.

 대학교 안의 나무 우듬지에만 석양이 강하게 남아 있고 보도는 어슴푸레했다. 하얀 와이셔츠와 바지 차림의 남학생들이 구내 잔디밭에 여학생과 앉아 있는 모습이 장마가 갠 풍경을 그리고 있었다.

 신고는 뺨에 손을 대어보았다. 술은 깨어 있었다.

 기누코가 가게에서 나오는 시간이 있었기 때문에 신고는 다른 회사 친구를 불러내어 양식집에 저녁을 먹으러 갔다.

 오랫동안 만나지 않은 친구라 술꾼인 걸 깜빡 잊고 있었다. 2층 식당으로 올라가기 전에 아래층 술집에서 마시기 시작하여 신고도 조금 술을 마셨다. 나중에는 또 다른 술집에 앉아버렸다.

 "뭐야, 벌써 돌아가는가?" 친구는 어이없어 했다. 오랜만에 할 얘기가 있는 듯, 쓰키지 어딘가에 전화를 걸어두었다고 말했다.

 신고는 한 시간 정도 사람을 만나고 온다고 하고 그 술집을 나왔다. 친구는 명함에 쓰키지의 가게 주소와 전화번호를 써서 건네주었다. 신고는 갈 생각도 없었다.

대학교의 담을 따라 걸으면서 신고는 반대쪽 골목 입구를 찾았다. 어슴푸레한 기억이었지만 틀림없었다.

북쪽을 향한 어두운 현관에 들어서자 허술한 신발장 위에 서양의 꽃처럼 보이는 화분이 놓여 있고 여성용 양산이 한 자루 걸려 있었다.

부엌에서 앞치마를 두른 여자가 나왔다.

"어머." 여자는 굳은 얼굴이 되어 앞치마를 풀었다. 감색 스커트에 맨발이었다.

"이케다 씨라고 하셨죠. 저번에 회사에 와주셨던……." 신고는 말했다.

"네. 그때는 히데코 씨를 따라가서 실례가 많았습니다."

이케다는 둘둘 만 앞치마를 한쪽 손에 쥐면서 무릎을 꿇고 앉아, 무슨 용건인가, 하는 눈치로 신고를 보았다. 눈 가장자리에 주근깨가 있었다. 화장기가 없는 탓인지 주근깨가 두드러졌다. 가는 콧날이 오뚝하고 외까풀 눈이 쓸쓸하게 보이는, 흰 살결에 고상한 용모였다.

새로운 블라우스는 아마도 기누코가 재봉한 것 같았다.

"실은 기누코 씨를 만나고 싶습니다."

신고는 부탁하듯 말했다.

"그러시군요. 아직 돌아오지 않았습니다만, 이제 곧 올 거예요. 자, 올라오세요."

부엌에서 생선 조리는 냄새가 났다.

신고는 기누코가 돌아와서 저녁 식사가 끝날 무렵에 다시 오는 게 좋겠다고 생각했지만, 이케다가 권하는 대로 객실로 들어갔다.

다다미 여덟 장짜리 방에는 스타일북이 겹쳐져 쌓여 있었다. 외국의 유행잡지도 많았다. 그 옆에 두 개의 프랑스 인형이 서 있었다.

장식해둔 의상 색깔이 낡은 벽과 어울리지 않았다. 재봉틀에는 바느질하다 만 명주가 아래로 드리워져 있었다. 선명한 꽃무늬도 다다미를 더욱 지저분하게 보이게 했다.

재봉틀 왼쪽에 작은 책상이 있었는데 초등학교 교과서가 올려져 있고 남자아이의 사진으로 장식되어 있었다.

재봉틀과 책상 사이에는 화장대가 있었다. 그리고 뒤쪽 벽장 앞에 커다란 전신 거울이 있었다. 그것은 금방 눈에 띄었는데, 기누코가 바느질한 옷을 자신의 몸에 대어보는 용도인 것 같았다. 부업으로 일감을 얻어와 집에서 가봉하는 것일지도 모른다. 전신 거울 옆에 큰 다리미판이 놓여 있었다.

이케다는 부엌에서 오렌지 주스를 가져왔다. 신고가 아이

사진을 보는 것을 알아채고,

"제 아이예요"라고 솔직하게 말했다.

"그렇습니까? 학교에서 아직 안 왔나요?"

"아니요. 아이는 여기에 없어요. 남편 집에 두고 왔어요. 그 책은…… 저는 기누코 씨처럼 가게에서 일하지는 않아서 가정 교사 일을 하며 예닐곱 집을 돌고 있어요."

"그래요. 아이 한 명의 교과서치고는 많군요."

"네. 여러 학년의 아이들이라……. 전쟁 전의 초등학교와 다른 점이 꽤 많아서 잘 못 가르칩니다만, 아이들과 공부하고 있으면 제 아이와 있는 것 같아서……."

신고는 고개를 끄떡였을 뿐, 전쟁미망인에게 뭐라고 말할 수 없었다.

기누코도 일하고 있다.

"어떻게 이 집을 아셨어요?" 이케다는 물었다.

"슈이치 씨가 알려주셨나요?"

"아니, 전에 한 번 온 적이 있습니다. 왔지만 들어오지는 못했지요. 작년 가을이던가."

"어머, 작년 가을?"

이케다는 얼굴을 들고 신고를 보았지만, 또 눈을 내리뜨고 잠시 묵묵히 있다가,

"슈이치 씨는 요즘 안 오세요" 하고 냉정하게 말했다.

신고는 오늘 온 이유를 이케다에게도 말하는 게 좋을지 생각했다.

"기누코 씨에게 아이가 생겼다는군요."

이케다는 갑자기 어깨를 움찔하고 자신의 아이 사진 쪽으로 눈을 돌렸다.

"낳을 생각일까요?"

이케다는 아이 사진을 계속 바라보고 있었다.

"그건 기누코 씨와 직접 얘기하세요."

"그건 그렇지만 엄마도 아이도 불행해질 텐데요."

"아이가 생기든 안 생기든 기누코 씨는 불행하다면 불행하지요."

"하지만 댁도 슈이치와 헤어지도록 충고하는 거 맞지요?"

"네. 저도 그렇게 생각하니까요……." 이케다는 말했다.

"기누코 씨가 한 수 위라 제 의견 따위는 먹혀들지 않아요. 저는 기누코 씨와 성격이 다르지만 마음이 맞는다고 할까요, 미망인 모임에서 서로 알고 지내다가 같이 살게 되어 기누코 씨에게 의지하고 있어요. 두 사람 다 시댁에서 나와서 친정에도 돌아가지 않고, 말하자면 자유의 몸인 셈이죠. 자유롭게 생각하자고 서로 약속하고 가지고 있던 남편 사진도 고리짝에 넣어버렸어요. 아이 사진은 꺼내놓았지만……. 기누코 씨는 미국 잡지를 척척 읽고, 프랑스 것도 사전을 찾으면서 읽지요. 양장 재단에 관한 내용뿐이니까 말을 몰라도 짐작이 간다고 해요. 머지않아 자기 가게를 갖겠지요. 재혼도 할 수 있다면 하자고 둘이서 말하고 있는데, 언제까지 그렇게 슈이치 씨와 관계를 이어갈지 저로서는 알 수가 없어요."

문이 열리자 이케다는 휭 하니 일어났다. 신고에게도 들리는 소리로 말했다.

"지금 오는 거야? 오가타 씨 아버님이 와 계셔."

"내가 만나야 돼?" 여자가 허스키한 목소리로 말했다.

*
2

기누코는 부엌에 가서 물을 마시는지 수돗물 소리가 났다.

"이케다, 같이 있어줘." 기누코가 뒤돌아보면서 나왔다.

화려한 투피스를 입고 있지만 체격이 큰 탓인지 신고가 보기에 임신했는지 알 수가 없었다. 작고 오므라진 입술이라 그 입에서 허스키한 소리가 나온다고는 믿기지 않았다.

화장대가 객실에 있어서 콤팩트로 화장을 약간 고치고 온 모양이었다.

첫인상이 그렇게 나쁘진 않았다. 코가 낮은 둥근 얼굴은 이케다가 얘기했던 것만큼 의지가 강해 보이지 않았다. 손도 포동포동했다.

"오가타입니다." 신고는 말했다.

기누코는 대답하지 않았다.

이케다도 다가와 작은 책상 앞에 앉고는 이쪽을 향하여,

"조금 기다리셨어"라고 말했지만 기누코는 잠자코 있었다.

기누코는 밝은 얼굴은커녕 반감도 곤혹도 노골적으로 안 나오는지 오히려 울상처럼 보였다. 이 집에서 슈이치가 정신없이 취하여 이케다에게 노래를 부르게 하면 기누코가 운다고 했던 걸 신고는 떠올렸다.

기누코는 무더운 거리를 서둘러서 돌아온 듯 얼굴이 달아올라 있었고 가슴을 부풀리며 숨을 고르고 있었다.

신고는 험악하게 말을 꺼내지도 못했다.

"제가 찾아뵙는 건 좀 이상합니다만, 어쨌든 만나보지 않고서는……. 제 얘기가 짐작이 가시겠지요."

역시 기누코는 대답하지 않았다.

"물론 슈이치에 관한 일입니다."

"슈이치 씨에 대해서라면 할 얘기가 전혀 없어요. 제게 용서

를 빌라고 하시는 건가요?" 기누코는 갑자기 대들었다.

"아니, 사과해야 할 건 제 쪽이지요."

"슈이치 씨와는 헤어졌어요. 이제 댁에 폐는 끼치지 않아요."

그리고 이케다를 보았다.

"그렇지, 이걸로 된 거지?"

신고는 우물쭈물하다가 말했다.

"아이에 관한 건 남아 있지 않습니까?"

기누코는 놀라서 얼굴빛이 변했지만 몸의 힘을 모으듯이,

"무슨 말씀이신지 전 모르겠는데요" 하고 목소리를 가라앉히자 더욱 허스키해졌다.

"실례인 줄 압니다만, 임신하지 않으셨나요?"

"그런 걸 제가 대답해야 하나요? 한 여자가 아이를 원하는데 왜 방해를 하시죠? 남자분이 알게 뭡니까?"

기누코는 빠른 말투로 말하더니 벌써 눈물이 글썽했다.

"나는 슈이치의 아버지니까요. 당신 아이에게도 아버지는 있을 테지요."

"없어요. 전쟁미망인이 사생아를 낳을 결심을 한 것뿐이에요. 제가 간청해야 할 이유는 없지만 하여튼 낳고 싶어요. 부탁이니까 못 본 척해주셨으면 좋겠어요. 아이는 제 몸 안에 있고 제 것이에요."

"그건 그렇지만, 앞으로 결혼하시면 다시 아이는 생길 거고…… 부자연스럽게 생긴 아이를 지금 낳지 않는다고 해도."

"뭐가 부자연스럽죠?"

"그게 아니라."

"제가 앞으로 결혼한다고 정해진 것도 아니고, 아이를 낳을 수 있다고도 정해져 있지 않아요. 하느님 같은 예언을 하시는 거예요? 전에는 아이가 없었어요."

"아이 아버지와의 관계가 말이죠. 아이도 당신도 괴로워질 거예요."

"전사한 사람의 아이가 수없이 많아서 엄마들을 괴롭히고 있어요. 전쟁 때 남쪽으로 가서 혼혈아라도 남기고 왔다고 생각하시면 돼요. 남자가 아득히 잊어버린 아이를 여자가 키운다고요."

"슈이치의 아이 얘기를 하는 겁니다."

"댁의 신세를 지지 않으면 되는 거죠? 절대로 울며 매달리지 않겠다고, 저, 맹세할게요. 슈이치 씨와 헤어지기도 했고요."

"그러고 말 문제도 아닙니다. 아이의 미래는 창창하고 아버지와 아들의 인연은 아무리 끊어도 이어지는 법이지요."

"아니요. 슈이치 씨의 아이가 아니에요."

"댁도 슈이치의 아내가 아이를 낳지 않은 걸 알고 있겠지요."

"부인이야말로 얼마든지 아이를 가질 수 있어요. 못 가지면 후회하시겠지요. 사치스러운 부인은 제 기분을 모르실 거예요."

"댁도 기쿠코의 기분은 모를 거요."

신고는 그만 기쿠코라는 이름을 말해버렸다.

"슈이치 씨가 아버님을 보내셨나요?" 기누코는 힐문하듯이 물었다.

"슈이치 씨는 낳지 말라면서 저를 때리고 밟고 차기도 하며, 의사에게 데려가려고 2층에서 질질 끌고 내려왔어요. 그런 연극 같은 폭력 행위로 슈이치 씨 부인에 대한 도리는 다한 것이 아닌가요?"

신고는 괴로운 얼굴을 했다.

"그렇지, 너무했지?" 기누코는 이케다를 돌아보았다. 이케다는 고개를 끄덕이고,

"기누코 씨는 양복감 자투리라도 이것저것 쓸 만한 것이나 아이의 기저귀가 될 만한 것은 지금부터 모으고 있어요"라고 신고에게 말했다.

"발길에 차여서 아이가 걱정이 되어 나중에 병원에 가보았어요." 기누코는 계속했다.

"전 슈이치 씨에게 말했어요. 슈이치 씨의 아이가 아니에요, 당신의 아이가 아니에요. 그걸로 헤어졌어요. 더 이상 오지 않

는다고요."

"그럼, 다른 사람의……?"

"네. 그렇게 해석하셔도 좋아요."

기누코는 얼굴을 들었다. 아까부터 눈물을 흘렸지만 새로운 눈물이 뺨에 계속해서 흐르고 있었다.

신고는 난감해지면서도 기누코가 아름답게 보였다. 이목구비를 자세히 보니 하나하나 잘생기지는 않았지만 탁 보아도 미인상이었다.

그러나 부드러운 외양과는 다르게 기누코라는 여자는 신고를 꼼짝도 못하게 했다.

*
3

신고는 고개를 숙이고 기누코의 집을 나왔다.

기누코는 신고가 내민 수표를 받았다.

"네가 슈이치 씨와 헤어져버릴 거라면 받는 편이 나을지도 몰라." 이케다가 시원스럽게 얘기하자 기누코도 수긍했다.

"그래? 위자료구나. 위자료를 받는 처지가 되었어. 영수증을 쓸까요?"

신고는 택시를 잡으며 슈이치와 다시 한번 화해시켜 중절 수술 쪽으로 얘기를 이끌어야 할지, 이대로 인연을 끊어버려야 할지 판단을 망설였다.

기누코는 슈이치의 태도에도, 신고의 방문에도 반감이 격심해져서 흥분한 것 같았다. 그러나 아이를 원하는 여자의 애절하고도 강력한 바람이기도 했다.

슈이치를 다시 접근시키는 것도 위험하다. 그러나 이대로 내버려두면 아이가 태어난다.

기누코의 말처럼 다른 남자의 아이면 상관없지만 그건 슈이치도 모른다. 기누코가 오기로 그렇게 말하고 슈이치가 간단히 그렇게 믿어버려 뒤탈이 없다면 세상은 태평하겠지만 태어난 아이는 엄연히 실재한다. 자신이 죽은 후에도 낯선 손주가 살고 있는 것이다.

"대체 왜 이런 일이." 신고는 중얼거렸다.

아이하라가 동반 자살극에서 회생하자 서둘러 이혼 서류를 제출했지만, 딸과 두 손녀를 거두어들인 꼴이 되었다. 슈이치는 여자와 헤어졌다고 해도 어딘가에 자식이 남게 되는 것일까? 둘 다 해결이 아닌 해결, 임시방편이 아닌가?

자신은 누구의 행복에도 도움이 되지 못했다.

그건 그렇다고 쳐도 기누코와 나눈 찜찜했던 대화는 생각조차 하기 싫었다.

신고는 도쿄역에서 돌아갈 생각이었지만 주머니 안에 있던 친구의 명함을 보고 쓰키지의 술집으로 차를 돌렸다.

친구에게 호소라도 해보고 싶었지만 이미 두 명의 기생과 취해버린 뒤라 말이 통하지 않았다.

신고는 언젠가 연회 때 돌아가는 차에서 무릎에 태운 젊은 기생을 떠올렸다. 그 아이가 오자, 친구는 여간 아니라느니, 눈이 높다느니 시시한 말을 연거푸 해댔다. 얼굴도 잘 기억하지 못하는 사람의 이름을 기억한다는 것은 신고에게는 대단한 일이었지만, 가련하고 기품 있는 기생이었다.

신고는 그 아이와 작은 방으로 갔다. 신고는 아무것도 하지 않았다.

어느 사이엔가 여자는 신고의 가슴에 부드럽게 얼굴을 댔다. 아양을 떠는 것인가 하고 보니 여자는 잠이 든 것 같았다.

"자니?" 신고는 들여다보았지만 바싹 다가와 있어서 얼굴은 보이지 않았다.

신고는 미소 지었다. 가슴에 머리를 대고 새근새근 잠들어 있는 아이에게서 신고는 따뜻한 안식을 느꼈다. 기쿠코보다 네댓 살 어린 걸 보니 아직 십 대 같았다.

매춘부의 비참한 애처로움일지도 모르지만 젊은 여자와 바싹 붙어 잔다고 생각하니 신고는 부드러운 행복에 마음이 온화해졌다.

행복이라는 것은 이처럼 찰나 같고 덧없는 것일지도 모른다.

신고는 성생활에도 빈부와 불운이 있다는 것을 멍하니 생각하다가 살짝 빠져나와 마지막 전철로 집에 돌아가기로 했다.

야스코와 기쿠코가 자지 않고 응접실에서 기다리고 있었다. 시곗바늘은 한 시를 지나고 있었다.

신고는 기쿠코의 얼굴을 보는 것을 피했다.

"슈이치는?"

"먼저 잠들었어요."

"그래? 후사코도?"

"네." 기쿠코는 신고의 양복을 치우면서 말했다.

"오늘은 밤까지 날씨가 좋았는데 또 흐려지기 시작했지요?"

"그래? 몰랐는데."

기쿠코는 일어서려는 순간 신고의 양복을 떨어뜨려 다시 바지 주름을 폈다. 미장원에 갔었는지 짧게 변한 머리 모양이 신고의 눈에 들어왔다.

야스코의 숨소리를 들으면서 신고는 잠에 들지 못하다가 금방 꿈을 꾸었다.

신고는 젊은 육군 장교가 되어 있고 군복 차림으로 허리엔 일본도와 권총 세 자루를 차고 있었다. 칼은 슈이치의 출정 때 지니게 한 가보였다.

신고는 밤에 산길을 걷고 있었다. 나무꾼을 한 명 데리고 있었다.

"밤길은 위험하니까 좀처럼 걷지 않습니다. 오른쪽으로 걸으시는 편이 안전해요." 나무꾼은 말했다.

신고는 오른쪽으로 치우쳤지만 불안감을 느껴 손전등을 켰다. 그 손전등은 유리 주위에 다이아몬드가 잔뜩 붙어 있어서 반짝반짝 빛이 나 다른 것보다 밝았다. 시야가 밝아지자 검은 뭔가가 눈앞을 가로막고 서 있었다. 커다란 삼나무 줄기가 두세 개 겹쳐져 있었다. 잘 살펴보니 그것은 모기떼였다. 모기떼가 큰 나무 모양으로 모여 있었다. 어떻게 할까, 신고는 생각했다. 뚫고 나가기로 했다. 신고는 일본도를 뽑아 들고 모기떼를 닥치는 대로 마구 베었다.

문득 뒤를 보자 나무꾼은 뒹굴듯이 도망쳤다. 신고의 군복 여기저기에서 불이 나왔다. 이상하게도 거기서 신고는 두 사람으로 나뉘어, 불이 나오는 군복 차림의 신고를 또 한 명의 신고가 바라보는 형국이었다. 불은 소맷부리와 어깨선의 끝을 따라 나오다가 사라졌다. 타오르는 것이 아니라 가는 숯불이 일어나는 형태로 탁탁 튀는 소리가 났다.

신고는 간신히 집에 도착했다. 어릴 적의 신슈 집인 것 같았다. 야스코의 아름다운 언니도 보였다. 신고는 피곤했지만 조금도 가렵지는 않았다.

도망친 나무꾼도 이윽고 신고의 집에 도착했다. 그는 당도하자마자 정신을 잃고 쓰러졌다.

나무꾼의 몸에서 커다란 양동이가 가득 차도록 모기를 떼어냈다.

어떻게 떼어냈는지 알 수 없지만 양동이에 모기가 수북이 쌓여 있는 것을 확실히 보고 신고는 잠이 깨었다.

"모기장에 모기가 있나?" 하며 귀를 기울이려고 해도 머리가 탁하고 무거웠다.

밖에는 비가 내리고 있었다.

뱀
알

1

 초가을이 되어 여름에 쌓였던 피로가 몰려오는 탓인지, 신고는 돌아오는 전철에서 조는 일이 잦았다.
 퇴근 시간의 요코스카선은 십오 분마다 있는데, 이등실은 그렇게 붐비지 않는다.
 지금도 비몽사몽 중의 조금 멍한 머리에 아카시아 가로수가 떠올랐다. 그 아카시아 가로수에는 모두 꽃이 달려 있었다. 도쿄의 아카시아 가로수도 꽃이 피는가, 하고 그곳을 지나갈 때 신고는 생각했다. 구단시타에서 천황이 거처하는 호리바타 쪽으로 나오는 길이었다. 때는 8월 중순쯤으로 가랑비가 내리는 날이었다. 가로수 중에서 한 그루의 아카시아만 아래 아스팔트에 꽃이 온통 깔려 있었다. 왜일까, 하고 신고는 차 안에서 뒤돌아보며 강한 인상을 받았다. 푸르스름하고 엷은 노란색의 작은 꽃이었다. 유독 한 그루만 꽃이 지는 것도 특이했지만 아카시아 가로수에 꽃이 피어 있다는 것만으로도 신고는 깊은 인상을 받았다. 간암인 친구의 병문안을 갔다가 병원에서 돌아오는 길이었기 때문이다.

친구라곤 해도 대학 동창으로, 그리 자주 만나지는 않았다.

벌써 꽤 쇠약해졌지만 병실에는 곁에서 시중드는 간호사밖에 없었다.

신고는 그 친구의 아내가 살아 있는지조차 알지 못했다.

"미야모토와 만나나? 못 만나더라도 전화로 그걸 부탁해주게나." 친구는 말했다.

"그거라니?"

"설날 동창회 때 얘기했던 것 말이야."

청산가리를 말하는 것이라고 신고는 짐작했다. 그러고 보니 병자는 자신이 암이라는 걸 알고 있는 듯했다.

신고처럼 예순을 넘긴 사람들의 모임에서는 노쇠의 고장과 병사(病死)의 공포가 이러니저러니 화제가 되기 마련이므로, 미야모토의 공장에서 청산가리를 사용하고 있으니 만일 치료가 어려운 암에라도 걸리면 그 독약을 전해주자고 누군가 말을 꺼냈다. 끔찍한 병을 오래 끌어봤자 비참해진다는 이유였다. 게다가 죽음을 선고받을 바에야 스스로 죽음의 시기를 선택할 자유를 갖고 싶다는 것이다.

"근데 그건 술에 취해 신이 났을 때 나온 얘기잖나." 신고는 시원하게 대답하지 않았다.

"복용은 하지 않아. 나는 안 써. 그때 얘기한 것처럼 단지 자유를 갖고 싶을 뿐이야. 이것만 있으면 언제든지, 하고 생각하면 앞으로의 괴로움을 견딜 힘이 생길 것 같아서 그래. 그렇잖은가? 최후의 자유라고나 할까, 유일한 반항은 이것밖에 없지 않은가. 하지만 복용하지 않겠다고 약속할게."

친구는 얘기하는 중에 다소 눈에 생기가 돌았다. 간호사는 하얀 털실로 스웨터를 짜면서 아무 말도 하지 않았다.

신고는 미야모토에게 부탁할 수도 없는 문제라 그대로 내버려두고 있었지만, 죽음을 선고받은 병자가 믿고 기다리고 있을지도 모른다고 생각하니 괴로웠다.

병원에서 돌아오는 길에 아카시아 가로수가 꽃을 피우고 있는 곳까지 와서야 신고는 겨우 안심했지만, 지금도 졸고 있을 때 그 아카시아 가로수가 떠오르는 것은 역시 병자의 일이 머리에서 떠나지 않아서일까.

신고가 잠이 들어버렸다가 문득 눈을 뜨니 전철이 멈춰 있었다.

역이 아닌 곳이었다.

이쪽 전철이 멈췄기 때문에 옆 선로를 달리는 상행 전철의 반동이 강해져 잠이 깬 것 같았다.

신고가 탄 전철은 조금 움직이다가 멈추고 다시 움직이다가 멈췄다.

한 무리의 아이들이 전철 쪽으로 좁은 길을 달려왔다.

창문으로 목을 내밀고 앞쪽을 내다보는 승객이 있었다.

왼쪽 창문에는 공장의 콘크리트 벽이 보였다. 벽과 선로 사이에 오염된 물이 고인 작은 도랑이 있어서 전철 속까지 악취가 들어왔다.

오른쪽 창문으로는 아이들이 달려온 좁은 길이 한 줄기 보였다. 길가의 푸른 잡초에 개가 코를 박고 오랫동안 움직이지 않았다.

길과 선로가 맞부딪치는 곳에 낡은 간판을 때려 박은 초라한 집이 두세 채 정도 있었다. 그 네모진 구멍 같은 창에서 백치 같은 아가씨가 전철을 향해 손짓하고 있었다. 손의 움직임이 힘없이 느릿느릿했다.

"십오 분 전에 출발한 전철이 쓰루미역에서 사고가 나서 정차하고 있습니다. 좀 오래 기다리셔야 할 것 같습니다." 차장이 말했다.

신고 앞의 외국인이 일행인 청년을 흔들어 깨워, "뭐라고 한 거지?"라고 영어로 물었다.

청년은 외국인의 커다란 한쪽 팔을 양손으로 껴안고 어깨에 뺨을 대고 잠들어 있었다. 눈을 뜨고도 그 모습 그대로 응석을 부리듯 외국인을 올려다보았다. 눈이 충혈되어 조금 빨개졌고 눈꺼풀은 움푹 패어 있었다.

머리를 붉게 물들이고 있었다. 그러나 머리 뿌리에 검은 부분이 드러난 지저분한 갈색 머리였다. 머리털 끝만 이상하게 붉었다. 외국인을 상대하는 남창일까, 하고 신고는 생각했다.

청년은 외국인의 무릎 위의 손바닥을 위로 향하게 하여 자신의 손을 거기에 포개더니 부드럽게 잡았다. 너무나도 만족스러운 여자 같은 모습이었다.

외국인은 소매 없는 셔츠에, 붉은 곰 같은 털북숭이 팔을 드러내고 있었다. 청년은 그 정도로 작은 체구는 아닐 텐데도 외국인이 거대하기 때문에 어린아이처럼 보였다. 배가 튀어나오고 목도 굵어서 옆을 향하는 것도 귀찮은지, 외국인은 청년이 매달리는 것에 완전히 무관심했다. 무서운 표정이었다. 그 좋은 혈색은 얼굴이 흙빛인 청년의 피로를 더욱 눈에 띄게 만들었다.

외국인의 나이는 알기 어려웠지만 커다란 대머리와 목주름과 맨 팔의 검버섯으로 봐서 신고와 비슷해 보였는데, 외국에 와서 그 나라의 청년이 따르는 것이 마치 거대한 괴수(怪獸)처럼 다가왔다. 청년은 칙칙한 연지색의 셔츠를 입었고, 위의 단추 하나가 끌러진 곳으로 가슴뼈가 보였다.

신고는 이 청년이 머지않아 죽을 것 같다는 예감이 들었다. 눈을 다른 곳으로 돌렸다.

냄새 나는 작은 도랑 언저리에 쑥들이 푸릇푸릇하게 무성했다. 전철은 아직도 멈춰 있었다.

*
2

신고는 모기장이 귀찮고 싫어서 더 이상 치지 않았다.

야스코는 거의 매일 밤 불평하며 일부러 모기를 때리기도 했다.

"슈이치네는 아직 치고 있답디다."

"그럼, 슈이치 방에 가서 자면 되잖아." 신고는 모기장이 없어진 천장을 바라보았다.

"슈이치네 방에 갈 수는 없지만 내일 밤부터 후사코 방에 갈 테니까 알아서 하시구려."

"그래. 손녀 한 명은 당신이 안고 재워주면 되겠군."

"사토코는 동생이 있는데 왜 저렇게 제 엄마한테 달라붙고 싶어 하는지 모르겠어요. 사토코, 좀 이상한 데가 있잖수? 가끔 이상한 눈초리를 하질 않나."

신고는 대답하지 않았다.

"아빠가 없으면 저렇게 되는 건지, 원."

"당신을 잘 따르면 좋을 텐데."

"난 구니코가 더 귀여워요." 야스코가 말했다.

"당신한테도 따르게 해보세요."

"아이하라는 그 이후로 죽었는지 살았는지조차 모르겠군."

"이혼 서류를 제출했으니까 이제 괜찮겠죠, 뭐."

"이렇게 끝을 내도 되는 건가?"

"그러게 말이에요. 좌우간 살아 있다고 해도 종적을 모르니까. 뭐, 결혼이 실패했다고 생각해서 단념하곤 있지만 아이를 둘이나 낳았어도 헤어져버리면 그만일까요? 그렇다면 결혼 따윈 정말 믿을 수가 없네요."

"결혼에 실패한다고 치더라도 좀 멋진 여운이 있을 법도 한데. 후사코도 잘한 게 없어. 아이하라가 세상살이에 실패해서 얼마나 괴로워했는지, 조금도 이해할 마음이 없었잖아?"

"남자의 자포자기는 여자 힘으로는 별 도리가 없을 때가 많고, 여자를 가까이 오지 못하게 하는 구석이 있어요. 내팽겨진 채 참고 있었다면 후사코도 아이들과 동반 자살이라도 하는 수밖에 없었겠지요. 남자들은 막다른 상황이 닥쳐도 다른 여자가 함께 죽어주기도 하니까 그나마 비빌 데라도 있겠지만." 야스코는 말했다.

"슈이치는 지금은 괜찮아 보이지만, 언제 어떻게 될지 몰라요. 이번 일이 기쿠코에게는 상당한 영향을 미치는 것 같으니까요."

"아이 말이군."

신고의 말에는 두 가지 의미가 있었다. 기쿠코가 낳지 않았던 아이와 기누코가 낳으려는 아이였다. 후자에 대해 야스코는 모른다.

기누코는 슈이치의 아이가 아니라고까지 말하면서 신고의 간섭은 받지 않겠다고 반항했지만, 슈이치의 아이인지 아닌지 신고로서는 알 수 없는 데다가 그녀가 일부러 그렇게 말한 것 같아 견딜 수가 없었다.

"난, 슈이치의 모기장에 가서 자는 편이 나을 것 같아요. 기쿠코와 둘이서 또 어떤 무서운 의논을 할지 모르니깐요. 위험해서."

"무서운 의논이란 또 뭐야?"

똑바로 누워 있던 야스코는 신고 쪽으로 몸을 뒤척였다. 그리고 신고의 손이라도 잡을 듯 손짓을 했지만, 신고가 손을 내밀지 않아 신고의 베개 끝을 잠깐 만지작거리면서 비밀을 속삭였다.

"기쿠코가 말이죠, 또 아이가 생겼을지도 몰라요."

"응?"

신고는 깜짝 놀랐다.

"조금 조급한 것 같지만 후사코가 그렇지 않을까 짐작한 거예요"

야스코가 자신의 임신을 털어놓는 듯한 분위기는 이제 사라지고 없었다.

"후사코가 그렇게 말했어?"

"조금 빠르지요?" 야스코는 되물었다.

"다음 애가 생기는 건 빠르다곤 합디다만."

"기쿠코나 슈이치가 후사코에게 얘기했나?"

"아니요. 단지 후사코의 관측이겠지요."

야스코의 '관측'이라는 표현은 이상했지만, 친정으로 돌아온 후사코가 올케에게 탐색의 눈초리를 보내기 때문이라고 신고는 생각했다.

"이번에는 몸조심하라고 당신도 말씀하세요."

신고는 가슴이 조여왔다. 그 말을 듣자 기누코의 임신이 더욱 강하게 다가왔다.

한 남자의 아이를 두 명의 여자가 동시에 임신했다고 한들 이상한 일은 아닐지 모른다.

그러나 그것이 아들의 현실이 되자 괴이한 공포를 동반했다. 누군가의 복수나 저주로 비롯된 지옥의 모습과 전혀 다를 바 없었다.

생각하기 따라서는 지극히 자연스럽고 건강한 생리에 지나지 않지만, 신고는 지금 그런 태평한 생각은 할 수 없었다.

더구나 기쿠코는 두 번째 임신이다. 기쿠코가 이전의 아이를 낙태했을 때, 기누코도 임신하고 있었다. 기누코가 출산하기 전에 기쿠코는 또 임신했다. 기쿠코는 기누코의 임신을 모른다. 기누코의 임신은 벌써 남의 눈에 띄고 태동도 있을 무렵이었다.

"이번에는 우리들도 알고 있다고 하면 기쿠코도 제멋대로 할 수 없을 겁니다."

"그렇군." 신고는 힘없이 말했다.

"당신도 기쿠코에게 잘 얘기해둬."

"기쿠코가 낳은 손주라면 당신도 귀여워하겠구먼요."

신고는 잠을 잘 수가 없었다.

기누코에게 아이를 못 낳게 하는 폭력은 없는 것일까, 하고 안절부절못하는 동안 흉악한 공상이 떠올랐다.

물론 기누코는 슈이치의 아이가 아니라고 했지만, 그녀의 소행을 조사해보면 어쩌면 일시적이나마 위안거리를 발견할지도 모른다.

정원의 벌레 소리가 귀에서 떠나지 않고 새벽 두 시가 지나갔다. 방울벌레나 귀뚜라미가 아닌 확실치 않은 벌레의 울음소리만 들려 신고는 어둡고 축축한 흙 속에서 자는 기분이 들었다.

요즘은 부쩍 꿈을 많이 꾸는데 새벽녘에 또 기나긴 꿈을 꾸었다.

어떻게 전개되었는지도 기억나지 않는다. 잠이 깼을 때는 아직도 꿈속에 나온 두 개의 하얀 알이 보이는 것 같았다. 벌판에 모래 외에는 아무것도 없었다. 거기에 알 두 개가 나란히 있었다. 한 개는 타조 알인데 상당히 컸다. 한 개는 뱀 알로 크기는 작았지만, 껍데기가 조금 깨져 귀여운 새끼 뱀이 머리를 내밀고 움직이고 있었다. 신고는 귀엽다고 생각하며 그 모습을 보고 있었다.

기쿠코와 기누코의 일을 생각하던 중이라 이런 꿈을 꾼 게 분명했다. 어느 쪽의 태아가 타조 알이고, 어느 쪽의 태아가 뱀 알인지는 물론 알 수 없었다.

"그런데, 뱀은 새끼를 낳았던가, 알을 낳았던가?" 신고는 혼잣말을 했다.

＊

3

다음 날은 일요일이라 신고는 아홉 시가 넘어서까지 잠자리에 있었다. 발이 나른했다.

아침이 되어 떠올려보니 타조 알도, 알에서 목을 내민 새끼 뱀도 어쩐지 기분이 나빴다.

신고는 칫솔질을 귀찮아하며 대충 끝내고 응접실로 나왔다.

기쿠코가 신문을 쌓아 올려 끈으로 묶고 있었다. 팔려는 것일까?

야스코를 위해 조간은 조간, 석간은 석간끼리 잘 모아서 날짜순으로 정리해두는 게 기쿠코의 몫이었다.

기쿠코는 일어나 신고에게 차를 내고는,

"아버님, 이천 년 전 연꽃에 대한 기사가 두 개나 나와 있어요. 읽으셨어요? 따로 두었어요"라고 말하면서 이틀분의 신문을 테이블 위에 올려놓았다.

"응. 읽은 것 같구나."

그러나 신고는 다시 한번 읽어보았다.

야요이식 고대 유적에서 대략 이천 년 전의 연꽃 씨앗이 발견되었다. 연꽃 박사가 싹을 틔워 꽃이 피었다고 일전에 신문에 나와 있었다. 신고는 그 신문을 기쿠코 방에 가져가서 보여주었다. 기쿠코는 병원에서 막 중절수술을 받고 돌아와 누워 있을 때였다.

그 후 연꽃 기사가 두 번이나 난 것이다. 하나는 연꽃 박사가 연꽃의 뿌리를 나누어 모교인 도쿄대학교의 산시로 연못에 심었다는 내용이었다. 나머지 하나는 미국 얘기로, 도호쿠대학교의 아무개 박사가 만주의 탄광 지대에서 화석이 된 연꽃 씨앗을 발견하여 미국에 보냈다는 것이었다. 워싱턴 국립공원에서는 굳어버린 씨앗의 바깥쪽을 벗기고 축축한 탈지면에 싸서 유리 안에 넣어두었다. 그리고 작년에 귀여운 싹이 텄다.

올해는 연못에 옮겨 심겨져 두 개의 봉오리를 맺고 분홍색 꽃을 피웠다. 공원 당국은 천 년 내지 오만 년 전의 씨앗이라고 공표했다.

"전에 읽었을 때도 생각했지만 정말 천 년 내지 오만 년이라고 말했다면 상당히 대략적인 계산이구나." 신고가 웃으며 더욱 자세히 읽어보니, 일본의 박사는 씨앗이 발견된 만주 지층의 상황으로 보아 수만 년 전의 것으로 추측했지만, 미국에서는 씨앗의 겉을 잘라낸 것을 탄소 14의 방사능으로 조사하여 대략 천 년 전의 것으로 추정했다고 한다.

워싱턴에서 특파원이 전한 소식이었다.

"다 읽으셨어요?" 기쿠코는 신고가 옆에 둔 신문을 집어 들었다. 연꽃 기사가 나와 있는 신문까지 팔아도 되는지 묻는 것이다.

신고는 끄덕이면서,

"천 년이든 오만 년이든 연꽃 씨앗의 생명은 길구나. 인간 수명에 비하면 식물의 종자는 거의 영원한 생명이나 다름없네"라고 말하면서 기쿠코를 보았다.

"우리들도 지하에 천 년이나 이천 년 정도 묻혀서 죽지 않고 쉴 수 있으면 좋을 텐데 말이지."

기쿠코는 중얼거리듯 말했다.

"땅속에 묻혀 있다니."

"무덤이 아니고 말이다. 죽는 것이 아니라, 쉬는 거야. 정말로 땅속에라도 묻혀서 쉴 수 없는 것일까. 오만 년이나 지나서 일어나면 자신의 고민도 사회적 난제도 완전히 해결되고 세계는 낙원이 되어 있을지도 몰라."

부엌에서 아이에게 뭔가를 먹이고 있던 후사코가,

"기쿠코, 아버지 식사하실 거잖아. 좀 봐주지 않겠어?"라며 불렀다.

"네."

기쿠코는 일어서서 신고의 아침 식사를 날라 왔다.

"모두 먼저 먹어서 아버님만 드시면 돼요."

"그래. 슈이치는?"

"낚시터에 나갔어요."

"야스코는?"

"정원에 계세요."

"아, 오늘 아침에 계란은 안 먹을란다." 신고는 말하고 날계란이 들어 있는 작은 사발을 기쿠코에게 건넸다. 꿈속의 뱀 알이 떠올라 싫었다.

후사코가 말린 가자미를 구워 왔지만, 아무 말도 않고 테이블에 놓더니 다시 아이 쪽으로 가버렸다.

신고는 기쿠코가 푼 밥공기를 받아 들고서, 작은 소리이지만 단도직입적으로 물었다.

"기쿠코, 아이 가졌니?"

"아니요."

기쿠코는 순식간에 대답한 뒤에 느닷없는 물음에 놀란 듯,

"아니요. 그렇지 않아요" 하고 고개를 흔들었다.

"정말 아니니?"

"네."

기쿠코는 이상하다는 듯이 신고를 보며, 얼굴을 붉혔다.

"이번에는 몸을 소중히 해주면 좋겠구나. 요전에 슈이치와도 말했지만, 다음 아기가 생기는 걸 어떻게 보증하냐고 물으니 슈이치는 보증해도 좋다고 간단하게 말하더구나. 그런 것이 하늘을 두려워하지 않는 증거라고 말해주었단다. 당장 자신의 내일도 사실 보증할 수 없는 것 아니니. 슈이치와 기쿠코의 아이이기도 하지만 우리에겐 손주이니까. 기쿠코는 틀림없이 훌륭한 아이를 낳을 거야."

"죄송했어요." 기쿠코는 고개를 숙이고 있었다.

기쿠코가 뭔가를 감추는 것처럼 보이지는 않았다.

왜 후사코는 기쿠코가 임신한 것 같다고 했을까? 후사코의 관찰이 도를 넘어선 것일까, 하고 신고는 의심했다. 후사코는 눈치챘는데 본인인 기쿠코가 눈치를 못 채는 일은 설마 없을 것이다.

지금 한 얘기가 부엌의 후사코에게 들렸을까 싶어 신고는 뒤돌아보았지만, 후사코는 아이를 데리고 밖에 나간 것 같았다.

"슈이치는 여태까지 낚시터에 간 적이 없었잖아?"

"네. 친구들에게 얘기라도 들은 게 아닐까요?" 기쿠코는 그렇게 말했지만 신고는 슈이치가 진짜 기누코와 헤어진 것인가,

하고 생각했다.

일요일에도 슈이치는 여자 집에 간 적이 있었다.

"나중에 낚시터에 가보지 않을래?" 신고는 기쿠코에게 권했다.

"네."

신고가 정원으로 내려가자, 야스코는 벚나무를 올려다보고 서 있었다.

"웬일이야?"

"아뇨. 벚꽃 잎이 거의 다 떨어져버렸잖수. 벌레라도 붙은 걸까요. 아직 벚나무 꽃가지에서 쓰르라미가 울고 있을 거라고 생각했는데 벌써 잎이 없구면요."

그렇게 말하는 동안에도 노랗게 물든 잎이 계속해 떨어졌다. 바람이 없기 때문에 휘날리지도 않고 곧바로 떨어졌다.

"슈이치가 낚시터에 갔대. 기쿠코를 데리고 갔다 올게."

"낚시터에 말이에요?" 야스코는 뒤돌아보았다.

"기쿠코에게 물어봤는데 말이야, 그런 일 없대. 후사코의 착각 아니야?"

"그래요? 당신이 물어보셨수?" 야스코는 얼빠진 말투였다.

"그거 실망이네요."

"후사코는 왜 또 멋대로 상상했는지 모르겠군."

"어째서일까요?"

"나야말로 묻고 싶어."

두 사람이 돌아오자 기쿠코는 하얀 스웨터에 양말을 신고 응접실에서 기다리고 있었다. 볼연지를 약간 발라 생기가 도는 것 같았다.

*

4

전철 창문에 문득 붉은 꽃이 비치기에 보니, 석산(石蒜)이었다. 선로의 둑에 피어 있어서 전철이 지나가자 꽃도 흔들릴 것처럼 가까워졌다.

도즈카의 벚나무 가로수 둑에도 석산이 줄지어 피어 있는 것을 신고는 바라보았다. 막 피기 시작한 밝은 빨강이었다.

그 붉은 꽃이 가을 들판의 고요함을 떠올리게 하는 아침이었다.

새로운 억새 이삭도 보였다.

신고는 오른발의 구두를 벗고 왼쪽 무릎에 올려 발바닥을 주무르고 있었다.

"왜 그러세요?" 슈이치가 물었다.

"나른해서 말이야. 요즘은 역 계단을 오를 때도 발에 기운이 없을 때가 있어. 왠지 올해는 약해지고 있어. 생명력이 엷어지기라도 한 기분이란다."

"아버지가 피곤해하신다고 기쿠코가 걱정하고 있어요."

"그래? 흙 속에 들어가 오만 년이나 쉬고 싶다고도 했으니, 원."

슈이치는 의아한 얼굴로 신고를 보았다.

"연꽃 씨앗 얘기야. 태고의 연꽃 씨앗에서 싹이 나와 꽃을 피웠다는 얘기가 신문에 나와 있었지, 왜."

"네?"

슈이치는 담배에 불을 붙이고 나서 말했다.

"아버지가 아이가 생겼냐고 물으셔서 기쿠코가 난처했나 봐요."

"어떻게 된 거니?"

"아직요."

"그것보다, 기누코라는 여자의 아이는 어떻게 된 거니?"

슈이치는 갑자기 말문이 막혔지만, 오히려 반항하면서 말했다.

"아버지가 가주셨다면서요. 위자료를 받았다고 들었어요. 그런 것 필요 없었어요."

"언제 들었니?"

"건너 건너 들었어요. 걔하고는 헤어졌으니까요."

"아이는 네 아이냐?"

"아니라고 기누코가 주장해서……."

"상대방이 뭐라고 하든 네 양심의 문제가 아니냐? 어떻게 된 거냐?" 신고의 목소리는 떨렸다.

"양심만으로는 알 수 없어요."

"뭐라고?"

"제가 혼자서 괴로워해도 그 여자의 미치광이 같은 결심은 아무도 못 말려요."

"그쪽이 너보다 더 괴로워하고 있을 거다. 기쿠코도 마찬가지야."

"근데 헤어지고 보니까, 여태까지 기누코는 기누코대로 멋대로 살았다고 여겨지는 거예요."

"후회하지 않니? 넌 정말로 네 아이인지 아닌지 알고 싶지 않은 게냐? 그렇지 않으면 네 양심은 알고나 있는 거니?"

슈이치는 대답하지 않았다. 남자치고는 예쁘장한 쌍꺼풀로, 자꾸 눈을 깜빡거리고 있었다.

회사의 신고 책상 위에는 부고장이 있었다. 간암에 걸렸던 그 친구가 쇠약해져 죽기엔 시기가 너무 빠르기만 했다.

누군가가 독약을 준 것일까? 부탁받은 게 신고 한 사람만은 아니었을지도 모른다. 혹은 다른 방법으로 자살한 것일까?

또 다른 봉투는 다니자키 히데코가 보낸 것이었다. 이제까지 다니던 양장점에서 다른 가게로 옮겼다는 소식이었다. 기누코도 히데코보다 조금 나중에 가게를 그만두고 누마즈에 틀어박혔다고 쓰여 있었다. 도쿄에서는 여의치 않아 누마즈에서 자신만의 작은 가게를 갖겠다고 히데코에게 얘기했던 모양이다.

히데코는 편지에 쓰지 않았지만, 신고는 기누코가 누마즈에 숨어 아이를 낳을지도 모른다고 생각했다.

슈이치가 말한 대로 기누코는 슈이치나 신고와 관계없이 멋대로 살아가는 사람이 되어버린 걸까?

신고는 맑은 햇살을 창문으로 보면서 잠시 멍하니 있었다.

기누코와 동거하던 이케다라는 여자는 혼자 남아 어떻게 되었을까?

신고는 이케다나 히데코를 만나 기누코의 소식을 물어보고 싶어졌다.

오후부터 친구의 문상을 갔다. 부인은 칠 년 전에 죽은 것을 신고는 비로소 알았다. 장남 부부와 살고 있던 것 같은데, 그 집에 손주가 다섯 명이나 있었다. 장남도 손주들도, 죽은 친구를 닮지는 않았다.

자살인가, 하고 신고는 의심했지만, 당연히 물어서는 안 될 일이었다. 관 앞의 꽃에는 훌륭한 국화가 많았다.

회사로 돌아가 나쓰코를 상대하며 서류를 보고 있는데, 생각지도 않게 기쿠코에게 전화가 걸려왔다. 신고는 무슨 일이라도 일어났나 싶은 불안에 휩싸여 물었다.

"기쿠코? 어디에 있니, 도쿄?"

"네. 친정에 와 있어요." 기쿠코는 밝게 웃으면서 말했다.

"엄마가 잠깐 의논할 게 있다고 하시기에 와보니 아무것도 아니에요. 쓸쓸해져서 제 얼굴을 보고 싶으셨다는 거예요, 글쎄."

"그래?"

신고는 가슴에 포근함이 스며드는 것 같았다. 전화 속 기쿠코의 목소리가 아가씨처럼 아름다운 탓도 있었지만, 그뿐만은 아니었다.

"그래. 사돈댁은 모두 별고 없으시지?"

"네. 함께 돌아가고 싶어 전화 드려봤어요."

"그래? 기쿠코는 천천히 있다가 와. 슈이치한테도 그렇게 말해둘 테니까."

"아니요. 이제 돌아갈래요."

"그럼, 회사에 들러주면 좋겠는데."

"괜찮으시겠어요? 역에서 기다리려고 했는데요."

"여기로 오는 게 낫지. 슈이치 바꿔줄까? 셋이서 밥 먹고 들어가도 좋겠구나."

"어디 외출했는지 자리에 없다고 하네요."

"그래?"

"지금 바로 가도 괜찮을까요? 나갈 준비는 다 되었거든요."

신고는 눈꺼풀까지 따뜻해져 창밖의 거리가 갑자기 선명하게 보이는 것 같았다.

가을 물고기

*

1

10월의 아침, 신고는 넥타이를 매다 말고 문득 당황하며,

"음? 어라……?" 하면서 손놀림을 멈추더니 곤란한 내색을 보였다.

"어라, 이상한데?"

매다 만 것을 일단 풀고 다시 매보았지만 그럴 수가 없었다.

넥타이의 양 끝을 잡아당기고 가슴 앞으로 들어 올리다가 그것을 바라보며 고개를 갸우뚱했다.

"왜 그러세요?"

상의를 입힐 준비를 하고 신고 뒤에 비스듬히 서 있던 기쿠코가 앞으로 왔다.

"넥타이를 맬 수가 없어. 매는 법을 잊어먹었다. 거 참, 이상하군."

신고는 어색한 손놀림으로 천천히 넥타이를 손가락으로 감아 한쪽을 꿰려고 했지만, 이상한 상태로 엉켜서 경단 모양이 되었다. 참 이상하시네, 하고 말할 법했지만, 신고의 눈이 공포와 절망으로 어둡게 그늘진 것에 기쿠코는 놀란 듯,

"아버님" 하고 불렀다.

"어떻게 하는 거였더라?"

신고는 생각해내려고 애쓸 힘도 없는 듯이 우두커니 서 있었다.

기쿠코는 차마 볼 수가 없어서 신고의 상의를 한쪽 팔에 걸치고 가슴 쪽으로 다가왔다.

"어떻게 하면 돼요?"

넥타이를 가지고 망설이는 기쿠코의 손가락이 신고의 노안에 희미하게 보였다.

"그걸 잊어버렸어."

"아버님 스스로 매일 하셨는데."

"그러게 말이다."

사십 년간 회사에서 근무하며 매일 매어 익숙한 넥타이를 어째서 오늘 아침 갑자기 맬 수 없게 된 것일까? 매는 방법 따위는 일부러 생각하지 않아도 손이 자연스럽게 움직여줄 텐데 말이야. 어떻게 매는지도 모르게 매었을 텐데.

갑자기 스스로를 잃어버려 주저앉는 순간이 온 것인가, 하고 신고는 불길한 예감이 들었다.

"저도 매일 보고는 있지만요." 기쿠코는 진지한 표정으로 신고의 넥타이를 계속해 감기도 하고 펴기도 했다.

신고가 기쿠코에게 맡길 셈으로 포기하자, 어린아이가 쓸쓸할 때에 응석을 부리는 듯한 기분이 은연중에 나타났다.

기쿠코의 머리 향기가 맴돌았다.

기쿠코는 갑자기 손을 멈추고 얼굴을 붉혔다.

"못 하겠어요."

"슈이치한테 매준 적 없었니?"

"없어요."

"취해서 돌아왔을 때, 풀어준 것뿐인가?"

기쿠코는 조금 떨어져 가슴을 조이면서 신고의 축 늘어진 넥타이를 물끄러미 바라보았다.

"어머님은 아실지 모르겠네요." 기쿠코는 한숨을 쉬더니,

"어머님, 어머님" 하고 큰 소리로 불렀다.

"아버님께서 넥타이를 못 매겠다고 하셔서……. 잠깐 와보시겠어요?"

"아니, 웬일이유?"

야스코는 어처구니가 없다는 얼굴로 나왔다.

"당신이 매면 되잖아요."

"매는 법을 잊으셨대요."

"한순간에 갑자기 알 수가 없어. 이상해."

"참, 이상도 해라."

기쿠코는 옆으로 비켜나고 야스코가 신고 앞에 섰다.

"글쎄, 나도 잘 몰라요. 잊어먹었을 거예요." 야스코는 그렇게 말하면서 넥타이를 쥔 손으로 신고의 턱을 살짝 들어 올렸다. 신고는 눈을 감았다.

야스코는 그럭저럭 매는 것 같았다.

한동안 고개를 젖혀 후두부를 압박하고 있던 탓인지, 핑 하고 정신이 아찔해진 순간에 금빛의 눈보라가 신고의 눈꺼풀 안 가득히 빛났다. 커다란 눈사태를 일으킨 눈보라가 석양을 받은 것이다. 윙 하는 소리가 들리는 것 같았다.

뇌일혈이라도 일어났나 싶어 신고는 놀라며 눈을 떴다.

기쿠코가 숨을 죽이고 야스코의 손놀림에 주목하고 있었다.

옛날에 신고가 고향의 산에서 봤던 눈사태의 환상이다.

"이렇게 하면 된 거지요?"

야스코는 넥타이를 다 매고 매무새를 고치고 있었다.

신고도 손으로 만져보다가, 야스코의 손가락에 닿았다.

"응."

신고는 떠올렸다. 대학을 졸업하고 처음 양복을 입었을 때, 넥타이를 매어준 것은 야스코의 아름다운 언니였다.

신고는 야스코와 기쿠코의 눈을 피하듯이 양복장 거울에 옆모습을 비춰보며 말했다.

"이제 된 것 같아. 이런, 망령이 난 건가. 갑자기 넥타이를 못 매다니, 오싹한 일이군."

야스코가 넥타이를 맬 수 있는 것을 보니, 신혼 때에도 야스코가 매어준 적이 있는 걸까? 그러나 생각이 나지 않았다.

야스코는 언니가 죽은 후 일을 도와주러 갔을 때, 미남인 형부의 넥타이를 매어준 적이 있는 것일까?

기쿠코는 걱정스러운 듯이 게타를 끌고 문 앞까지 신고를 배웅하러 나왔다.

"오늘 저녁은요?"

"모임이 없으니까 일찍 돌아올 거야."

"일찍 돌아오세요."

오부네 부근에서 전철 창문으로 맑게 갠 가을의 후지산을 보던 신고가 넥타이를 살펴보니, 왼쪽과 오른쪽이 반대가 되어 있었다. 왼쪽을 길게 잡아 감아 맨 모양이었다. 마주 보았던 탓에 야스코가 착각했을 것이다.

"나 원 참."

신고는 다시 풀어서 어려움 없이 고쳐 맸다.

언제 매는 법을 잊었던 건지 거짓말 같았다.

*

2

최근엔 슈이치가 신고와 함께 돌아가는 날도 적지 않았다.

삼십 분 간격으로 다니는 요코스카선이 저녁 무렵에는 십오 분마다 있어서 오히려 비어 있는 경우도 있었다.

도쿄역에서 신고와 슈이치가 나란히 있는데, 앞 좌석에 한 젊은 여자가 앉아 있었다.

"잠깐 부탁드리겠습니다." 그녀는 슈이치에게 그렇게 말하고는, 빨간 가죽 핸드백을 자리에 놓고 일어섰다.

"두 사람 자리입니까?"

"네."

젊은 여자의 대답은 애매했지만 화장기가 짙은 얼굴을 붉히지도 않고 뒷모습을 보이기가 무섭게 홈으로 나가버렸다. 좁은 어깨 끝이 귀엽게 올라간 코트는 어깨 아래로 여유 있게 늘어져 부드럽고 세련되어 보였다.

두 사람 자리인가, 하고 얼른 물은 걸 신고는 감탄했다. 어떻게 여자가 약속한 상대를 기다리고 있다는 걸 용케 알 수 있던 것일까?

슈이치에게 들은 뒤로는 신고 역시 여자가 일행을 보러 간 게 틀림없다고 생각했다.

그렇다 치더라도 여자는 창가의 신고 앞에 앉아 있었는데 왜 슈이치에게 말을 걸었을까? 일어선 순간에 슈이치 쪽을 향한 것이겠지만 역시 슈이치에게는 여자를 끌어당기는 힘이 있는 걸까?

신고는 슈이치의 옆얼굴을 바라보았다.

슈이치는 석간신문을 읽고 있었다.

이윽고 젊은 여자는 전철에 들어왔지만 문이 열린 입구를 잡고 다시 한번 홈을 둘러보고 있었다. 약속한 사람은 보이지 않는 것 같았다. 좌석으로 돌아오는 여자의 엷은 색 코트가 어깨에서 아래로 완만하게 흔들렸다. 가슴에 커다란 단추가 한 개 있었다. 주머니는 훨씬 아래쪽에 나 있고 여자는 한쪽 손을 넣고 흔들듯이 걸었다. 조금 이색적인 디자인이 잘 어울렸다.

나갈 때와는 달리, 그녀는 슈이치 앞에 앉았다. 입구 쪽을 세 번 정도 뒤돌아보는 것으로 보아 통로 쪽 자리가 입구를 보기 쉬워서 그런 것 같았다.

신고 앞자리에는 여자의 핸드백이 있었다. 타원의 통 모양으로 입구에는 폭이 넓은 물림쇠가 달려 있었다.

다이아몬드 귀걸이는 모조일 테지만 매우 반짝였다. 여자의 긴장된 얼굴과 두툼한 코가 눈에 띄었다. 작고 아름다운 입이었다. 치켜 올라간 짙은 눈썹은 짧게 다듬어져 있었다. 눈꺼풀은 아름답게 쌍꺼풀이 져 있었지만 선이 눈꼬리까지 이어지지 않았다. 아래턱은 야무졌다. 미인이었다. 눈에 조금 피로가 괴어 나이는 알 수 없었다.

입구 쪽이 소란스러워 젊은 여자도, 신고도 그쪽을 보았다. 커다란 단풍 가지를 짊어지고 대여섯 명의 남자가 올라탔다. 여행에서 돌아오는 것 같았는데, 크게 떠들어대고 있었다.

다홍빛 단풍은 추운 지방에서 가져온 게 틀림없다고 신고는 생각했다.

주위를 꺼리지 않는 남자들이 큰 소리로 말한 탓에, 에치고 깊숙한 곳의 단풍이라는 걸 알게 되었다.

"신슈의 단풍도 지금쯤 아름다울 텐데." 신고는 슈이치에게 말했다.

그러나 신고는 고향에 있는 산의 단풍보다도, 야스코 언니가 죽었을 때 불전에 있던 큰 분재 단풍을 떠올렸다.

그때 슈이치는 물론 아직 태어나지 않았다.

전철 안에 계절을 장식하며 좌석 위로 올려진 단풍을 신고는 물끄러미 바라보았다.

문득 제정신으로 돌아와보니, 아까 그 젊은 여자의 아버지가 신고 앞에 앉아 있었다.

여자는 아버지를 기다리던 것인가? 신고는 왠지 모르게 안심했다.

아버지도 딸과 마찬가지로 코가 두툼해서 둘을 나란히 보자 우스꽝스러웠다. 머리털이 난 언저리도 꼭 닮았다. 아버지는 검은 테 안경을 쓰고 있었다.

아버지도 딸도 서로 무관심한 것처럼 아무 말도 하지 않고 쳐다보지도 않았다. 아버지는 시나가와에 이르기 전에 잠들었다. 딸도 눈을 감았다. 속눈썹까지 닮은 느낌이다.

슈이치는 신고와 이렇게 닮지는 않았다.

신고는 아버지와 딸이 한마디라도 서로 얘기하지 않을까, 하고 은근히 기다리면서도, 또 두 사람의 타인 같은 무관심이 어쩐지 부럽기도 했다.

아마 가정은 평화로울 것이다.

그래서 요코하마역에서 여자 혼자만 내렸을 때 신고는 깜짝 놀랐다. 부녀지간은커녕 생판 남이었던 것이다.

신고는 실망한 나머지 맥이 다 풀렸다.

옆의 남자는 요코하마를 출발하려고 할 때 실눈을 떴을 뿐,

칠칠치 못하게 계속해서 졸았다.

젊은 여자가 사라지자 신고에게는 그 중년 남자가 갑자기 칠칠치 못하게 보인 것이다.

*

3

신고는 팔꿈치로 슈이치를 살짝 누르며,

"부녀지간이 아니었어"라고 속삭였다.

슈이치는 신고가 기대한 만큼 별 반응을 보이지 않았다.

"봤니? 못 봤니?"

슈이치는 관심이 없다는 식으로 고개를 끄덕였다.

"참 이상한 일이구나."

슈이치는 이상하다고도 생각하지 않는 것 같았다.

"닮았는데 말이야."

"그러게요."

남자는 잠들어 있고, 전철이 달리는 소리도 있었지만 눈앞에 사람을 앉혀놓고 큰 소리로 왈가왈부할 수는 없다.

그렇게 보는 것도 나쁜 것 같아서 신고는 눈을 내리뜨고는 쓸쓸함에 휩싸였다.

상대 남자를 쓸쓸하게 생각한 것이었는데 이윽고 그 쓸쓸함은 신고 자신 안에 침전되어갔다.

호도가야역과 도즈카역 사이인 나가초바였다. 가을 하늘이 저물었다.

남자는 신고보다는 젊었지만 쉰 중반은 지나 보였다. 요코하마에서 내린 여자는 대충 기쿠코 나이 정도일까? 기쿠코 눈의 아름다움과는 전혀 달랐다.

근데 그 여자는 왜 이 남자의 딸이 아닌 것일까, 하고 신고는 생각했다.

신고의 불가사의함은 더욱 깊어져갔다.

세상에는 부모와 자식으로밖에 볼 수 없을 만큼 닮은 사람이 있다. 그러나 그렇게 많지는 않다. 그 아가씨에게는 어쩌면 이 남자 한 사람뿐이고, 이 남자에게는 그 아가씨 한 사람뿐일 것이다. 서로에게 한 사람이 있을 뿐이다. 아니면 두 사람 같은 경우는 이 세상에 단 한 쌍일지도 모른다. 두 사람은 아무런 인연도 없이 살아가고 상대의 존재를 꿈에도 모른다.

그 두 사람이 문득 전철을 같이 타게 되었다. 처음으로 우연히 만났고 두 번 다시 만나는 일은 없을 것이다. 긴 인생 중 단 삼십 분이다. 말도 주고받지 못하고 헤어져버렸다. 옆에 앉았어도 서로 얼굴도 유심히 보지 않았기 때문에 두 사람은 서로 닮은 것도 알아차리지 못했던 걸까? 기적을 만난 사람이 자신의 기적을 알지 못하고 가버렸다.

불가사의하게도 감동을 받은 것은 제삼자인 신고였다.

그러나 두 사람 앞에 우연히 앉아서 기적을 관찰한 자신도 기적에 참가한 것일까, 하고 신고는 생각했다.

부녀지간처럼 닮은 남자와 여자를 만들어, 일생 중 삼십 분만 우연히 만나게 하여 그것을 신고에게 보여준 것은 도대체 누구일까?

더구나 젊은 여자는 기다리던 사람이 오지 않아 아버지로밖에 볼 수 없는 남자와 무릎을 나란히 하고 한자리에 앉았다.

이런 것이 인생인가, 하고 신고는 중얼거릴 뿐이다.

전철이 도즈카에 멈추자, 자고 있던 남자는 당황해 일어나더니 짐칸 위의 모자를 신고 발 언저리에 떨어뜨렸다. 신고는 모자를 주워주었다.

"아이고, 고맙습니다."

남자는 먼지도 털지 않고 쓰고 갔다.

"이상한 일도 있구나. 생판 남이었어." 신고의 목소리는 해방되었다.

"닮았지만 옷차림이 달랐어요."

"옷차림……?"

"아가씨는 세련됐지만 방금 아저씨는 초라하잖아요."

"딸이 세련되게 멋을 부린다 해도 아버지는 누더기를 입고 있는 것은 세상에 흔한 일이잖니."

"그렇다고 해도 복장의 질이 달라요."

"음." 신고는 고개를 끄떡이고 말했다.

"여자가 요코하마에서 내렸잖니. 그리고 남자가 혼자가 된 순간에 실은 나도 갑자기 남자가 초라해 보이기는 했단다."

"그렇죠? 처음부터 그랬어요."

"근데 갑자기 초라해 보인 것도 나는 불가사의해. 왠지 남의 불행이 내 일처럼 여겨지기도 해서 말이야. 그 사람은 나보다 훨씬 젊었지만……."

"확실히 노인은 젊고 예쁜 여자를 데리고 있으면 돋보이죠. 아버지도 그렇게 해보세요." 슈이치는 얘기를 전락시켜버렸다.

"너처럼 젊은 남자가 부러워하는 눈초리로 보는 건 질색이구나."

신고는 얼버무렸다.

"저는 부럽지 않아요. 젊은 미남 미녀 한 쌍은 아무래도 안정성이 없고, 추남이 아름다운 사람과 함께하면 불쌍한 생각이 들고. 미인은 노인에게 맡기는 게 어울려요."

아까 그 두 사람으로 인한 불가사의를 신고는 아직 떨쳐내지 못했다.

"그러나 두 사람은 사실 부녀지간인지도 몰라. 지금 문득 떠오른 건데 혹시 어디 딴 곳에 낳아둔 자식이 아닐까? 만나서 얘기해본 적이 없어서 부모도 자식도 모르고……."

슈이치는 외면했다.

신고는 말하고 나서 아차 했다.

그러나 슈이치에게 비아냥대는 것처럼 여겨진 이상,

"너도 이십 년 후에는 저렇게 될지 몰라" 하고 신고는 말했다.

"아버지가 말씀하려던 게 바로 그거였어요? 저는 그런 감상적인 운명론자가 아니에요. 적의 대포알이 귀에 닿을락 말락 획획 소리 내며 지나가도 한 개도 맞지 않았어요. 어쩌면 중국이나 동남아에 사생아가 태어났을 수도 있겠죠. 사생아와 만나서 모르고 헤어지는 정도는, 귓가를 스치는 대포알에 비교한다면 아무것도 아니에요. 생명의 위험은 없어요. 게다가 기누코가 딸을 낳는다는 보장도 없고, 기누코가 제 아이가 아니라고 하면 저는 그런가 보다, 하고 생각할 뿐이에요."

"전시와 지금은 달라."

"지금도 새로운 전쟁이 우리들을 뒤쫓아 오고 있을지도 모르고, 우리들 안의 이전 전쟁이 망령처럼 쫓아오고 있을지도 몰라요." 슈이치는 밉살스러운 얼굴로 말했다.

"아버지야말로 저 아가씨가 조금 달라 보이니까 은근히 매력을 느껴 묘한 생각을 끈덕지게 이어가고 계세요. 다른 여자와 어딘가 조금 달라 보이는 것만으로도 남자는 끌리니까요."

"너는 조금 달라 보인다고 여자에게 아이를 낳게 만들고 기르게 하면 만족스럽니?"

"저는 원치 않아요. 원한다면 여자 쪽이지요."

신고는 말이 나오지 않았다.

"요코하마에서 내린 그 여자 말이죠, 그 여자는 자유예요."

"자유라니 그게 무슨 소리냐?"

"결혼하지 않았으니 잘 꾀면 올 거예요……. 고상한 척하지만 정상적인 생활을 못 해서 불안정하고 피곤에 절어 있어요."

신고는 슈이치의 관찰에 질려버렸다.

"너한테도 질렸다. 언제부터 그렇게 타락한 거니?"

"기쿠코도 자유예요. 정말로 자유예요. 군인도 아니고 죄인도 아닌걸요." 슈이치는 도전하듯이 내뱉었다.

"자기 마누라에게 자유라니 그건 또 무슨 소리야? 넌 기쿠코한테도 그딴 소리를 하고 있는 거냐?"

"기쿠코에게는 아버지가 말씀해주세요."

신고는 꾹 참고 말했다.

"결국 넌 나에게 기쿠코와 인연을 끊게 해달라는 말이냐?"

"그게 아니에요." 슈이치도 목소리를 억눌렀다.

"요코하마에서 내린 아가씨가 자유라는 얘기가 나왔기에……. 그 아가씨가 기쿠코와 같은 나이 또래니까 아버지는 그 두 사람을 부녀지간으로 보신 거잖아요."

"응?"

신고는 너무나 갑작스럽게 기습당하여 오히려 깜짝 놀랐다.

"그게 아니야. 부녀지간이 아닌 게 기적일 만큼 닮았잖니."

"근데 아버지가 말씀한 것만큼 감동할 정도는 아니에요."

"아니. 나는 감동했어." 그렇게 대답했지만 막상 기쿠코가 마음속에 있었기 때문이라고 슈이치에게 듣자 신고는 말문이 막혔다.

단풍놀이를 갔다 온 사람들은 오부네에서 내렸다. 단풍 가지가 홈으로 멀어져가는 것을 지켜보고 나서,

"언제 신슈에 단풍이라도 보러 가지 않을래? 야스코와 기쿠코도 같이" 하고 신고는 말했다.

"그러죠. 전 단풍 같은 건 흥미 없지만요."

"고향 산을 보고 싶구나. 네 엄마 집도. 엄마 꿈에서는 형편없이 황폐해졌다고도 하고."

"황폐해져요?"

"손질할 수 있을 때 해두지 않으면 썩어버릴 거야."

405

"뼈대가 튼튼하니까 그렇게 낡지는 않았겠지만, 막상 손질하려 들면……. 근데 고쳐서 어떻게 하시려구요?"

"글쎄, 우리들이 은거하든지 또 너희들이 언젠가 돌아가게 될지도 모르잖니."

"이번에는 제가 집을 보고 있을게요. 기쿠코는 아직 아버지의 고향을 본 적이 없으니까 같이 가는 게 좋겠네요."

"요즘 기쿠코는 어떻니?"

"제 여자 문제가 해결되고 나니 기쿠코도 권태기가 온 게 아닐까요?"

신고는 쓴웃음을 지었다.

*
4

슈이치는 일요일 오후에 또 낚시터에 나간 것 같았다.

복도에 말리던 방석을 일렬로 늘어놓고 팔베개를 하며 신고는 가을 햇살을 쬐고 있었다.

그 앞의 섬돌 위에 테르도 엎드려 있었다.

야스코는 응접실에서 열흘분 정도의 신문을 무릎에 쌓아놓고 읽고 있었다.

재미있다고 생각하는 기사가 있으면 신고를 불러서 들려준다. 그런 일이 잦아서 신고는 건성으로 대답하고 나서,

"야스코, 일요일은 신문 보는 거 그만둬" 하고 나른하게 뒤척였다.

객실의 도코노마 앞에서 기쿠코는 쥐참외를 꺾꽂이하고 있었다.

"기쿠코, 그거 뒷산에 매달려 있던?"

"네. 예뻐 보여서요."

"아직 산에 남아 있겠지?"

"네. 산에 아직 대여섯 개 남아 있어요."

기쿠코의 손에 들려 있는 덩굴에는 참외가 세 개 정도 달려 있었다.

신고는 아침에 세수할 때마다 억새 너머로 뒷산의 쥐참외가 물든 걸 보고 있었지만, 집 안에 들여오니 눈이 번쩍 뜨일 만큼 강렬한 빨강색이었다.

쥐참외를 바라보니 기쿠코도 눈에 들어왔다.

턱에서 목선까지가 형용할 수 없이 세련되게 아름다웠다. 한 대에서 이런 선이 나올 것 같진 않았고, 몇 대에 걸친 혈통이 낳은 아름다움일까, 하고 신고는 서글퍼졌다.

머리 모양 때문에 목이 눈에 띄는 탓인지 기쿠코의 얼굴은

조금 야위어 보였다.

기쿠코의 가늘고 긴 목선이 아름다운 것은 신고도 잘 알고 있었지만, 적당하게 떨어져서 엎드려 누운 눈의 각도 때문에 한층 더 아름답게 보이는 걸까?

가을의 광선도 한몫하고 있을지도 모른다.

그 턱에서 목선까지 아직 처녀 같은 기쿠코의 체취가 풍겨 왔다.

그러나 점차 부드럽고 볼록해져 그 선의 처녀 같은 정취는 지금 사라지려 하고 있다.

"이제 하나만……." 야스코가 신고를 불렀다.

"여기에 재미있는 것이 나왔어요."

"그래?"

"미국 얘긴데요. 뉴욕주의 버펄로라는 곳에서 말이에요, 버펄로……. 한 명의 남자가 자동차 사고로 왼쪽 귀를 잃고 병원에 갔대요. 의사는 갑자기 밖으로 뛰쳐나가서 현장으로 달려가 피투성이의 귀를 찾아 주워 돌아와서는, 그 귀를 상처 부위에 붙였대요. 그 후 지금까지 별 탈 없이 잘 붙어 있대요."

"손가락도 잘려 떨어진 순간 바로 붙이면 잘 붙는다더군."

"그럴수?"

야스코는 잠시 다른 기사를 보고 있다가 또 생각난 듯이,

"부부도 말입니다, 헤어졌다가 얼마 안 되어 재결합하면 다시 순조롭게 가는 경우도 있잖수. 헤어져서 너무 오래 지나면."

"무슨 얘기야?" 신고는 건성으로 말했다.

"후사코 일도 그렇잖아요."

"아이하라가 생사불명, 행방불명 상태로는 어쩔 도리가 없지 뭐." 신고는 가볍게 대꾸했다.

"행방은 조사하면 알 수 있겠지만……. 어떻게 되는 걸까요?"

"할멈의 미련이야. 이혼 수속한 게 언젠데. 단념해."

"단념이야 젊을 때부터 특기지만 후사코가 저렇게 두 아이를 데리고 눈앞에 있는 걸 보면 무슨 수가 없을까 하고 머리가 무거워져서."

신고는 잠자코 있었다.

"후사코는 생긴 것도 별로잖아요. 혹시 재혼 이야기가 있어도 아이들을 둘이나 두고 가면, 아무리 그래도 기쿠코가 딱하잖아요."

"그렇게 되면 물론 개네들은 분가시켜야지. 아이들은 할머니가 키워야지."

"내가요? 꾀부리는 게 아니라 내 나이가 예순 몇이라고 생각하는 거예요?"

"인간사 재천명이라 했어. 후사코는 어디 나갔나?"

"불상 있는 곳에요. 아이들은 묘한 구석이 있어요. 사토코가 전에 절에서 돌아오는 길에 자동차 사고가 날 뻔했는데도 불상을 좋아해서 자꾸 가고 싶어 하는구먼요."

"불상 자체를 좋아하는 건 아닐 테지."

"불상을 좋아하는 것 같습디다."

"그래?"

"후사코가 시골로 돌아가면 좋겠는데. 그 집의 대를 이으러."

"시골집의 대 같은 건 이을 필요가 없어." 신고는 딱 잘라 말했다.

야스코는 잠자코 신문을 계속해 읽었다.

"아버님." 이번에는 기쿠코가 불렀다.

"어머님의 귀 얘기 때문에 생각났는데요, 언젠가 아버님이 머리를 몸에서 떼어내어 병원에 맡겨서 세탁이나 수선할 수는 없는 걸까, 하고 말씀하셨지요?"

"그래, 맞아. 이웃집의 해바라기 꽃을 보고 말이지. 드디어 그럴 필요가 생긴 것 같다. 넥타이 매는 법을 잊지를 않나, 머지않아 신문을 거꾸로 보고도 예사로 여길지도 몰라."

"저도 자주 그런 걸 떠올리곤 해요. 머리를 병원에 맡긴다고 생각해보는 거예요."

신고는 기쿠코를 보았다.

"음. 매일 밤 수면 병원에 머리를 맡기는 거나 마찬가지니까 말이지. 그런데 나이 탓인지 꿈을 자주 꾼단다. 괴로움을 마음속에 지니고 있으면 현실의 연속인 꿈을 꾼다, 하는 노래를 어딘가에서 본 적이 있구나. 내 꿈은 현실의 연속도 아니지만."

기쿠코는 꺾꽂이가 끝난 쥐참외를 좌우로 보고 있었다.

신고도 그 꽃을 바라보면서,

"기쿠코, 분가하거라"라고 갑자기 말했다.

기쿠코는 깜짝 놀라 뒤돌아보고 일어서더니 신고 옆으로 와 앉았다.

"분가는 무서워요. 그이가 무서워요." 기쿠코는 야스코에게 들리지 않게 작은 소리로 말했다.

"기쿠코는 슈이치와 헤어질 생각인 게냐?"

기쿠코는 심각한 얼굴이 되어,

"만일 헤어진다면 아버님 옆에서 어떤 시중이라도 해드릴 수 있어요."

"그건 기쿠코의 불행이야."

"아니요. 기꺼이 하는 일에 불행은 없어요."

처음으로 기쿠코가 정열을 표현하는 것 같아 신고는 놀랐다. 위험을 느꼈다.

"기쿠코가 나에게 잘해주는 것은 나를 슈이치와 혼동해서가 아니니? 그래서 오히려 슈이치에게 벽이 있는 것처럼 느껴지는 거야."

"그이한테는 제가 알 수 없는 부분이 있어요. 때때로 갑자기 무서워져서 어떻게 할 수도 없어요." 기쿠코는 하얀 얼굴로 호소하듯 신고를 보았다.

"그래. 전쟁에 나갔다 와서 변했지. 나에게도 일부러 본심을 보이지 않더구나. 근데 아까 얘기는 아니지만 잘려 나간 피투성이 귀처럼 대수롭지 않게 붙이면 순조롭게 풀릴지도 몰라."

기쿠코는 가만히 있었다.

"기쿠코는 자유라고 슈이치가 기쿠코에게 말하지 않던?"

"아니요." 기쿠코는 의아한 듯한 눈을 하고 말했다.

"자유라니요……?"

"응. 나도 말이야, 자기 마누라 보고 자유라는 건 무슨 말이냐, 하고 슈이치에게 반문했는데, 잘 생각해보니 기쿠코가 나로부터 더 자유로워져라, 나도 기쿠코를 더욱 자유롭게 해주어라, 하는 의미일지도 모르겠구나."

"나라는 것은 아버님을 말씀하는 거예요?"

"그래. 기쿠코는 자유라는 걸 나보고 직접 기쿠코에게 말해주라고 슈이치가 말했어."

그때 하늘에서 소리가 났다. 정말로 신고는 하늘로부터 소리를 들었다고 생각했다.

위를 보니 비둘기 대여섯 마리가 정원 위를 낮게 가로질러 날아갔다.

기쿠코도 들은 모양인지 복도 끝에 나가,

"저는 자유로운 걸까요?" 하고 비둘기를 바라보면서 눈물지었다.

섬돌의 테르도 비둘기의 날갯짓 소리를 쫓아 맞은편 저쪽으로 달려 나가고 있었다.

*
5

그날 일요일 저녁 식사 때에는 식구 일곱 명이 모두 모였다.

이혼하고 친정으로 돌아온 후사코와 두 아이도 지금은 물론 가족일 것이다.

"은어가 세 마리밖에 없어요. 사토코에게 줄게요." 기쿠코는 그렇게 말하면서,

접시를 신고와 슈이치 앞에 놓고 사토코 앞에 놓았다.

"은어 같은 건 아이들 음식이 아니야." 후사코는 손을 내밀었다.

"할머니께 드리자."

"싫어." 사토코는 접시를 눌렀다.

야스코가 온화하게 말했다.

"커다란 은어구나. 이제 올해는 다 들어갔을 거야. 나는 할아버지 것을 발라 먹을 테니까 됐다. 기쿠코는 슈이치 것을 먹으렴."

그러고 보니 여기에는 세 쌍이 모여 있으니 집도 세 채가 있어야 할지도 몰랐다.

사토코는 은어 소금구이에만 젓가락을 대었다.

"그렇게 맛있어? 지저분하게도 먹는구나." 후사코는 얼굴을 찡그리고 은어 알을 젓가락으로 집더니 동생 구니코 입에 넣어 주었다. 사토코도 불평을 하지 않았다.

"알을……." 야스코는 중얼거리고 신고의 은어 알 끝을 자신의 젓가락으로 비틀어 뜯었다.

"옛날에 시골에서 처형이 지어보라기에 잠깐 하이쿠(5·7·5의 3구 17음으로 된 일본 단시-옮긴이)를 머리를 짜내어 지었는데 아키노아유(가을철의 은어-옮긴이)라든가, 오치아유(산란기에 바다에서 강으로 내려가는 은어-옮긴이)라든가, 사비아유(성숙하여 강을 내려오는 가을철 은어-옮긴이) 등 계제(季題, 하이쿠를 지을 때 사계절의 느낌을 나타내기 위해 반드시 삽입하는 말-옮긴이)가 있잖아." 신고는 말을 꺼내고 문득 야스코의 얼굴을 보았지만, 말을 계속했다.

"알을 낳고 피곤하여 본모습을 찾아볼 새도 없이 용색(容色)이 수척해져서 바다로 내려가는 은어 말이야."

"저 같네요." 신고의 말이 끝나자마자 후사코가 말했다.

"저한테는 은어 같은 용색이 처음부터 없었지만."

신고는 못 들은 척하며,

"지금은 몸을 물에 맡기는 가을철 은어라든가, 죽을 것을 모르고 내려가는 여울의 은어라든가 하는 옛 구절이 있지. 아무래도 내 얘기 같아서 말이야."

"그건 제가 할 소리네요." 야스코가 말했다.

"알을 낳고 바다로 내려가면 은어는 죽어버리나요?"

"아마 죽을 거야. 강 깊은 곳에 숨어서 해를 넘기는 은어도 가끔 있어서 도마리아유(머물러 있는 은어-옮긴이)라고 불렸던 것 같아."

"난 그 도마리아유일지도 모르겠구먼요."

"저는 머물 수 있을 것 같지도 않아요." 후사코는 말했다.

"하지만 집에 돌아오고부터 후사코도 살이 찌고 살결도 윤기가 돌잖니." 야스코는 후사코를 보았다.

"살찌는 건 싫어요."

"친정으로 돌아오는 것은 강물 깊은 곳에 숨어버리는 거와 같은 거니까." 슈이치는 말했다.

"길게는 숨어 있지 않아. 싫어. 바다로 내려갈 거야." 후사코는 신경질적인 목소리로,

"사토코, 가시밖에 안 남았어. 이제 그만 먹어" 하고 나무랐다.

야스코는 묘한 얼굴로 말했다.

"아버지가 은어 얘기를 하는 바람에 모처럼 먹는 은어 맛이 떨어졌구나."

후사코는 고개를 숙이고 우물쭈물하다가 정색하고 말했다.

"아버지, 제게 뭔가 조그마한 가게라도 하나 내주세요. 화장품 가게든 문구점이든. 변두리라도 좋아요. 포장마차나 스탠드 바도 해보고 싶어요."

슈이치가 놀란 듯 말했다.

"누나가 술장사를 할 수 있을까?"

"할 수 있어. 뭐, 손님은 여자 얼굴을 마시는 줄 아니? 술을 마시지. 예쁜 부인을 가졌다고 무슨 말을 그렇게 하니?"

"그런 의미가 아니야."

"형님도 하실 수 있어요. 누구나 술장사를 할 수 있는걸요."

기쿠코가 뜻밖의 말을 꺼냈다.

"형님이 하시면 저도 도와드리겠어요."

"응? 이거 큰일 났군."

슈이치는 놀란 척했지만 식탁은 쥐 죽은 듯 조용해졌다.

기쿠코 혼자 귀까지 빨개져 있었다.

"어떻게 생각하니? 다음 주 일요일에 모두 다 같이 단풍 구경 가려고 생각하는데." 신고가 말했다.

"단풍이라고요? 가면 좋겠다."

야스코 눈이 반짝였다.

"기쿠코도 가자. 우리 고향도 아직 보여주지 않았으니까."

"네."

후사코와 슈이치는 뾰로통한 채였다.

"집은 누가 봐요?" 후사코는 말했다.

"내가 보지, 뭐." 슈이치가 말했다.

"내가 볼래." 후사코가 반항하듯 말했다.

"하지만 신슈에 가시기 전에 아버지가 지금 한 말씀에 대답 안 해주시면 싫어요."

"그럼, 결론을 내려주마." 신고는 말하면서 아이를 밴 채로 누마즈에 작은 양장점을 개업했다는 기누코를 떠올렸다.

식사가 끝나자 슈이치가 맨 먼저 일어섰다.

신고도 목덜미가 뻐근한 것을 주무르며 일어서 무심코 객실을 들여다보고 불을 켜고는,

"기쿠코, 쥐참외가 늘어지고 있다. 무거워서" 하고 불렀다. 그러나 접시를 씻는 소리 때문에 들리지 않은 것 같았다.

● 작품 해설

성(性), 죽음, 꿈의 하모니 -《산소리》의 미학과 터부
가와바타 야스나리의 작품 세계

《산소리》는 가와바타 야스나리(川端康成)의 후기 대표작으로, 패전 후의 일본 근대소설 중에서도 최고의 작품이다. 16개의 장으로 구성된 이 소설은 각 장이 독립된 단편소설이면서도 한데 어울려 긴밀한 장편의 세계를 구성하는 독특한 구조를 이룬다. 그 이유는 가와바타가 각 장을 단편소설로 여러 잡지에 분산하여 불연속적으로 발표하였기 때문이다. 각 장의 표현 하나하나에 심층적인 의미가 있고, 독자에게 평온 속의 긴장감을 전달하는 그의 독특한 방식이 이처럼 불연속적인 발표 형태를 통해 나타난 것이다.

가와바타 야스나리는 1899년 오사카에서 태어나 1972년 자살로 생애를 마감한다. 어린 시절 육친의 잇따른 죽음으로 고독한 소년기를 보낸 탓인지, 그의 작품에는 일반적인 삶이 지향하는 '일상성'을 억제하는 차가움이 보인다. 가와바타가 문단에 데뷔할 무렵, 요코미쓰 리이치(橫光利一) 등을 중심으로 새로운 형식과 표현을 내세워 구시대의 상투적인 형식과 내용을 비판하는 젊은 작가 그룹이 형성된다. 기성문단에 강력한 반기를 든 작가들과 함께 가와바타는 신감각파의 주력 멤버로 두각을 나타낸다. 그 후 〈이즈의 무희〉(1926), 《설국》(1937), 《천 마리 학》(1952), 《산소리》(1954) 등의 명작을 통해 '일본의 전통미'를 아름다운 필치로 그려내어, 1968년 일본 작가로는 최초로 노벨문학상을 수상한다.

그렇다면 일본 비평가들이 주장하는 가와바타 문학의 '일본의 전통미'란 무엇일까? 일본 비평가들이 의식·무의식적으로 의미를 부여하는 '일본의 전통미'라는 추상적인 용어는 '무언가 일본에는 전통미가 있다'라는 환상에 의해 만들어진 개념이기도 하다. 《산소리》 역시 일본의 전통적 감성을 근대적 자아의 고독감을 통해 표현했다고 평가되는 소설로, 한국 독자에게는 다소 생소한 장면들이 존재한다. 일반적으로 일본의 독자들은 가와바타 문학이 일본의 전통미를 그린다는 점에 과도한 의미를 부여하기 쉽다. 반면 번역을 통해 가와바타의 소설을 읽는 외국 독자들은 '일본'의 감성이 아닌 '외국'의 감성으로 텍스트에 접근한다. 따라서 어떤 고정된 이미지에서 벗어나 텍스트의 세계를 자유롭게 해독할 수 있다는 즐거움이 뒤따른다.

과거에 동경했던 연상의 여인을 향한 달콤한 집착과 성의 터부에 대한 심리적 갈등이 《산소리》를 지탱하는 예리한 감성의 핵이다. 여기에 일상적이고 현실적인 질서를 뒤흔드는 꿈 장면들이 삽입되어 독자들에게 해석하는 재미를 선사하고 있다. 그 꿈들은, 일상 세계를 섬세하게 관찰한 끝에 주조된 텍스트 세계의 상념들과 융합하여 독특한 시공간을 구성한다. 이와 같은 《산소리》의 시공간은 《설국》과 《천 마리 학》, 《잠자는 미녀》 등에 나타난 현재적 시공을 초월하는 심미성과 일맥상통한다.

작품에서는 죽음에 대한 공포가 유머러스하게 그려지기도 하는데, 그 유머는 읽는 이의 마음을 슬프게 하는 차가움으로 텍스트 세계의 저변에 드리워진다. 신고는 며느리인 기쿠코에게 다음과 같이 말한다.

> "나는 말이지, 요즘 머릿속이 매우 멍해져서 해바라기를 보아도 머리만 생각나. 저 꽃처럼 머리가 맑아질 수 없을까? 아까 전철 안에서도 머리만 세탁하거나 수선을 맡길 수 없을지 생각했어. 머리를 싹둑 자른다고 하면 거칠긴 하지만, 머리를 잠깐 몸통에서 떼어내 세탁물처럼 '자, 이걸 부탁합니다'라고 말하며 대학 병원에 맡길 수 없을까? 병원에서 뇌를 씻어내거나 나쁜 곳을 수선하는 동안 사흘이든 일주일이든 몸통은 푹 자는 거야. 뒤척이지도 않고 꿈도 꾸지 않으면서 말이지."

노년기의 생명이 쇠진해가는 느낌! 그것은 신고 앞에 놓인 커다란 벽이었다. 소설 제목인 '산소리'는 죽음의 소리가 아닌가 하는 강렬한 느낌을 환갑이 넘은 주인공에게 심어주며 텍스트 세계를 열고 있다. 죽음의 공포는 기억력 상실에 대한 자성(自省)을 강력하게 일깨운다. 작품의 첫 장면에서 신고는 '기억력 감퇴=노쇠 현상'이라는 노인의 불안감을 지닌 채 등장한다. 이는 닷새 전에 그만둔 식모의 이름을 떠올리지 못하는 초조함과 기억에 대한 집착으로도 나타난다.

신고의 공포감은 점점 죽어가는 친구들의 장례식과 관련된 에피소드에서도 잘 드러난다. 설날 아침에 아들 슈이치에게 머리가 허옇게 되었다는 말을 들었을 때, 신고는 "우리 나이가 되면 하루에 갑자기 흰머리가 느는 경우가 있지. 하루는커녕 보고 있는 사이에, 눈앞에서 머리가 하얘지기 시작한단다"라고 대답한다. 그것은 흰머리를 뽑다가 죽어버린 친구인 기타모토를 떠올렸기 때문이다. 기타모토라는 신고의 친구는 거울 앞에서 흰머리를 뽑다가 머리털이 한 오라기도 남지 않았는데, 흰머리를 뽑는 동안에 머리가 희어져가는 자신의 모습을 응시하고 있었다. "머리 거죽이 오므라드는 것 같고, 손으로 만지면 아프다는 것이 의사의 말이야. 피는 안 나지만 머리카락이 없어진 데가 빨갛게 부어올라 있었어." 신고는 기타모토의 모습을 친구에게 들으면서 쓴웃음을 짓는다. 이 얼마나 무서운 망집이란 말인가? 이외에도 신고는, 젊은 여자와 온천 여관에 가서 어이없게 급사한 친구 미즈타가 지니던 탈을 사게 되고 그 탈에 성적 욕망을 느낀다. 그것을 며느리인 기쿠코에게 씌우고 이상한 느낌에 사로잡히는 신고.

독자는 작품 곳곳에 파묻힌 성의 기호(記號)를 발견하고 도덕의식에서 해방되어 위험한 유희를 접하는 자신의 모습에 놀랄 것이다. 꿈속에서 신고는 여인의 유방을 만지기도 한다. 양심의 가책도 없었고 무기력했지만 처녀의 순결을 빼앗은 것이다. 그 상대가 아들 슈이치의 친구 여동생이었다. 심지어 슈이치와 혼담도 오갔던 상대였다. 신고는 깜짝 놀란다. 슈이치와 부부가 될 뻔했던 여인, 그것은 현실 세계에서 슈이치의 아내이자 며느리인 기쿠코에 대한 욕망이 도덕적인 포장으로 굴절된 채 꿈에 나타난 것이나 다름없었다.

> 만일 신고의 욕망이 원하는 대로 허용되어 그의 인생을 고칠 수 있다면, 신고는 처녀 적의 기쿠코, 즉 슈이치와 결혼하기 전의 기쿠코를 사랑하고 싶었던 것이 아니었을까?
> 그 마음이 억압되고 왜곡되어 꿈에 초라한 형태로 나타났다. 신고는 꿈에서도 그것을 스스로 감추고 속이려던 것일까?

전쟁을 거치며 신고는 성관계를 가질 수 없었다. 현실적으로 불가능한 성이 점점 퇴행하여 꿈속 깊이 뿌리내린다.《산소리》를 제대로 읽으려면 패전 직후 연합군의 점령을 받았던 일본을 이해해야 한다. 전쟁의 그림자는 신고를 정신적 충격으로 인한 성 불능의 상태로 만들었고, 아들 슈이치는 참전 경험에서 몸에 밴 퇴폐와 감각에만 의존하는 삶 때문에 기누코라는 여자와 불륜에 빠지게 된다. 기누코는 전쟁미망인이다. 패전의 충격과 그로 인해 해체된 가족을 전면에 등장시켜 당시의 시대상을 드러내고 있다. 신고와 슈이치는 2대가 같은 집에 살고 있고, 슈이치의 바람기를 잡기 위한 해결책으로 신고는 아들 부부를 분가시키려 한다. 딸 후사코 역시 남편 아이하라가 마약중독자로 폐인이 되어 친정에 머물러 있다. 작품에서는 아이하라가 전쟁터에 갔다 왔는지 별다른 설명이 없지만, 패전 후 정신적으로 피폐해진 일본의 상황을 간접적으로나마 읽을 수 있다.

가족의 해체를 가장 상징적으로 보여주는 것은 기쿠코의 낙태다. 기쿠코가 낙태를 하게 된 데에는 남편의 바람기에 대한 복수의 의미가 담겨 있다. 그런 기쿠코의 심리를 누구보다도 잘 이해하고 따뜻하게 위로하는 시아버지 신고는 가족의 해체를 저지하기 위해 온 힘을 다한다. 기쿠코가 중절수술을 받기 전부터 슈이치의 내연녀에 대해 조사하고 어떻게 손을 써야 할지 나름대로 고심한다. 그러면서 자신의 인생은 실패했는지 고민하고 허무해하기도 한다. 단순히 슈이치 때문만은 아니다. 딸 후사코도 마찬가지다. 사위 아이하라가 술고래가 되어 점점 신세를 망쳐간 끝에, 마약중독자가 되어버렸다. 그로 인해 딸 후사코의 결혼 생활은 파탄 직전에 이르고 신고는 그 경위를 살피며 어떻게 처리할까 고심한다. 그렇게 슈이치의 내연녀인 기누코에게 슈이치와 인연을 끊도록 우회적으로 압력을 넣는 동시에, 친정으로 돌아온 후사코의 시집에 남몰래 경제적 도움을 주면서 최적의 길은 무엇인가 고민하는 나날이 지속된다. 기쿠코의 중절수술과 때맞춰 슈이치와 기누코의 관계가 식어갈 무렵, 기누코는 슈이치의 아이를 임신한다. 슈이치는 발로 기누코의 배를 차는 등 행패를 부리며 중절수술을 강요하고, 기누코는 그런 슈이치와 헤어져 혼자 아이를 키울 결심을 한다. 그 사실을 알게 된 신고도 기누코를 만나 아이를 포기할 것을 부탁한다. 기누코에게 거절당하고 나오면서 수표를 건네준 신고의 마음은 착잡하기만 하다. 그런 와중에 신고는 다시 꿈을 꾼다.

어떻게 전개되었는지도 기억나지 않는다. 잠이 깨었을 때는 아직도 꿈속에 나온 두 개의 하얀 알이 보이는 것 같았다. 벌판에 모래 외에는 아무것도 없었다. 거기에 알 두 개가 나란히 있었다. 한 개는 타조 알인데 상당히 컸다. 한 개는 뱀 알로 크기는 작았지만, 껍데기가 조금 깨져 귀여운 새끼 뱀이 머리를 내밀고 움직이고 있었다. 신고는 귀엽다고 생각하며 그 모습을 보고 있었다. 기쿠코와 기누코의 일을 생각하던 중이라 이런 꿈을 꾼 게 분명했다. 어느 쪽의 태아가 타조 알이고, 어느 쪽의 태아가 뱀 알인지는 물론 알 수 없었다.

"그런데, 뱀은 새끼를 낳았던가, 알을 낳았던가?" 신고는 혼잣말을 했다.

그날 아침 밥상 위에 오른 날계란을 보고 신고는 "아, 오늘 아침에 계란은 안 먹을란다" 하고 중얼거린다. 신고가 알 꿈을 꾼 것은 기쿠코와 기누코의 임신과 관련해 신고의 마음에 새겨진 상처 때문이었다. 신고는 낙태당한 기쿠코의 아이를 떠올리며 '먼발치에서 행한 살인'이라고 느끼고 있었다. 두 개의 알 중 하나는 부화하지 못했고 나머지 하나는 자신의 집에서 번식할 수 없는 금기에 봉인되어 있다. 신고는 자신의 손자가 누군지도 모르는 상태로 이 세상에 존재하는 것을 두려워했다. 이는 한편으로 기쿠코가 지운 아이에게 더욱더 애착을 느끼는 계기가 되기도 한다. 만약 여자아이였다면, 그가 동경했던 옛 여인의 환생을 의미할지도 모르기 때문이다.

이러한 신고의 눈물겨운 노력에는 가족의 재건이라는 패전 후 일본의 동시대적 주제가 담겨 있다. 동경했던 처형 대신 그 동생과 결혼했다는 것 자체가 신고의 잘못된 역사적 경로였으니 말이다.

동경하던 연상의 여인이 시집가서 죽자, 신고는 그 대신 언니보다 훨씬 못생긴 여동생 야스코와 마음에도 없는 결혼을 하게 된다. 신고의 아내 야스코도 자신의 언니를 동경하고 미남인 형부를 사모하고 있었다. 그래서 야스코는 죽은 언니 대신 형부와 결혼하고자 마음먹었지만 그 꿈이 좌절되어 신고와 결혼한다. 둘은 서로 그러한 감정을 감추며 예순이 넘도록 살아왔다. 이제 와서 둘이 살을 맞대는 것은, 건장하고 숙면하는 야스코의 코 고는 소리를 선잠을 자는 신고가 멈추게 하려고 코를 잡거나 목을 잡고 흔들 때뿐이다. 신고는 첫딸 후사코에게도 유전적인 기대를 걸었다. 즉, 외탁을 하여 못생긴 엄마 대신 이모를 닮아 미녀가 되길 바랐지만, 어찌 된 일인지 엄마보다도 더 못생긴 얼굴로 태어난다. 실망한 신고는 딸을 홀대했고 후사코 역시 아버지에 대한 섭섭한 마음을 품고 성장했다. 신고는 종종 죽은 처형의 모습을 떠올렸는데, 꿈속에서 자신의 이름을 부르는 처형의 소리에 깜짝 놀라 눈뜬 적이 있을 정도였다. 그런데 기쿠코가 며느리로 온 다음부터 신고는 생의 밝은 빛을 느끼게 된다. 생의 밝은 빛, 그것은 기쿠코에게서 동경의 대상이었던 처형의 모습을 발견했다는 뜻이기도 했다.

어느 날, 신고는 넥타이를 매는 법을 잊어버린다. 40년 동안 혼자 매던 넥타이였다. 늙음에 대한 공포, 죽음에 대한 공포를 잠재적으로 짊어지고 있던 신고는 커다란 쇼크를 받는다. 기쿠코를 불러 넥타이를 매달라고 부탁하고, 기쿠코는 넥타이 매는 법을 모르면서도 시아버지의 당황한 모습에 어떻게든 매어보려고 넥타이를 만지작거린다. 일단 기쿠코에게 맡겼다고 생각하자, 신고는 마치 어린아이가 응석을 부리듯 마음이 포근해진다. 이 장면에서 신고의 시간은 과거로 역류한다. 즉, 잃어버린 시간을 단숨에 회복한 셈이다. 대학 졸업 후 처음으로 신고의 넥타이를 매어준 사람이 다름 아닌 야스코의 언니였다. 넥타이를 매는 동작은 육체적인 접촉을 가능하게 하는 행위라는 점에서, 신고는 기쿠코와 야스코의 언니를 동일시한다. 신고는 노화에 집착하면서도 잃어버린 시간을 반추하며, 나아가 기쿠코의 여자아이 출산을 통해 궁극적인 회복을 꾀한 것이다. 꿈속에서는 기쿠코가 연상되는 여인과 이미 육체적인 관계를 가졌고, 현실에서는 그의 분신인 아들 슈이치의 아내 기쿠코가 처형을 닮은 딸을 낳음으로써 신고의 잃어버린 시간은 완성된다. 그런 점에서 이 작품은 잃어버린 시간을 찾는 소설이라고도 할 수 있다.

한편 작품에서는 출산이란 코드와 육체, 나아가 성적 문제들이 차분하면서도 집요하게 다루어지고 있다. 처형의 죽음으로 시작되는 시간의 상실은 여러 가지 죽음을 서사하기에 이른다. 작품 속에서 구체적인 육체 표현 중 하나는 여성의 유방을 적나라하게 그린다는 점이다. 비서였던 히데코와 춤을 춘 이후 그녀의 작은 젖가슴에 시선이 머물거나, 딸 후사코를 보며 얼굴은 못생겼지만 가슴은 포동포동하고 잘생겼다고 생각한다. 그런가 하면 꿈속에서 여자의 유방을 만지기도 한다. 이처럼 육체적 상징이 성적인 의미를 자극하지 않고 오히려 억제하는 장치로 전환된 것은 가와바타 야스나리만이 표현할 수 있는 독특한 세계라고 할 수 있다. 신고에게 가장 직접적으로 성적인 대상이 될 수 있는—느낌을 동반할 수 있는—것은 얼굴이자, 기쿠코의 어깨선이고, 기쿠코의 목 뒤에 가지런히 자란 솜털이었다. 선의 미학, 특히 얼굴선의 성적 표상을 가장 심도 있게 그려낸 부분은, 영원한 소년을 상징하는 탈에 이끌린 나머지 살아 움직이는 듯한 입술에 키스를 할 뻔한 장면에서 잘 드러난다. 신고가 기쿠코의 얼굴을 볼 때 입술을 벌린 각도에 눈길이 머물고, 기쿠코의 허리 곡선에서 억압된 욕망을 느끼는 것도 같은 맥락이라고 할 수 있다.

그런 시아버지의 욕망을 며느리인 기쿠코가 어디까지 얼마나 구체적으로 의식하는지는 확실치 않다. 다만 시아버지를 따르고 좋아하는 며느리의 모습을 곳곳에서 등장한다. 중절수술을 받은 후 몸이 안 좋아져 말없이 친정으로 돌아가버린 그녀를 돌아오게 한 것은 신고였다. 그때 기쿠코는 신고를 신주쿠 공원에서 만나 산책을 한다. 그 장소는 주위에 아베크족이 많아 시아버지와 며느리가 있을 만한 장소는 아니었다. 분가를 제의하는 신고의 말에 거절의 뜻을 표하는 기쿠코는 슈이치와 헤어질 거냐는 신고의 물음에 심각한 얼굴이 되어 이렇게 말한다.

"만일 헤어진다면 아버님 옆에서 어떤 시중이라도 해드릴 수 있어요."
"그건 기쿠코의 불행이야."
"아니요. 기꺼이 하는 일에 불행은 없어요."
처음으로 기쿠코가 정열을 표현하는 것 같아 신고는 놀랐다. 위험을 느꼈다.

소설에서는 시어머니가 할 역할을 대부분 며느리가 맡고 있다. 시어머니인 야스코는 가족 중 중립적인 존재, 의견의 조정자이자 가족들의 화목에 한몫을 하고 있을 뿐이다. 신고의 양복을 입혀주는 것도, 녹차를 타서 건네는 것도 기쿠코의 일이다. 옷을 갈아입을 때도 마찬가지다. 마치 신고의 아내인 것처럼 기쿠코가 신고의 시중을 든다. 이상한 건 정작 기쿠코가 슈이치의 일상적인 뒤치다꺼리를 하는 장면은 거의 등장하지 않는다는 점이다. 단 한 번, 술에 취해 들어온 슈이치의 구두를 벗겨주고 넥타이를 끌러준 것이 유일하다. 물론 소설은 시아버지인 신고의 관점에서 서술되고 있지만, 소설 안에서 신고와 기쿠코가 중요한 한 쌍(pair)을 이룬다는 건 분명한 사실이다. 기쿠코의 '어떤 시중'이라는 말은 꿈속에서 드러난 신고의 내적 표현과 동일한 맥락이라는 걸 시사하고, 이에 따라 신고가 느낀 위험은 꿈과 비슷해지는 현실의 파괴와 맞닿아 있다. 현실의 파괴는 동시에 잃어버린 시간의 회복을 파괴하는 것이기도 했다.

인용문에서 본 것처럼, 기쿠코의 '어떤 시중'이라는 표현은 꿈을 통해 형성한 신고의 내적 감성이 현실로 나타나게끔 촉구한다. 꿈은 어디까지나 꿈의 영역에 머물러야 하기에, 신고가 위험을 느끼는 건 당연하다. 현실로 환원된 꿈은 더 이상 꿈이 아니다. 따라서 꿈은 신고를 매개로 하여 현실과 꿈 사이를 왕복하는 중간 지대에 위치할 때 의미를 지닐 수 있다. 그것은 성(性), 죽음, 꿈의 하모니가 꾸며내는 세계로 존재하고 그 안에 머물러 있어야 한다. 그 속에서 신고와 기쿠코 그리고 독자가 또 다른 조화를 이루게 된다.

일본의 근대소설에서 시아버지와 며느리를 다룬 작품은 대표적으로 시가 나오야의 소설《암야행로(暗夜行路)》와 다니자키 준이치로의 소설《풍전 노인 일기(瘋癲老人日記)》가 있다. 《암야행로》는 할아버지와 어머니와의 사이에서 태어난 한 남자가 자신의 운명을 괴로워하는 이야기로, 직접적인 육체성과 절박한 정신성이 동시에 드러나고 있다. 반면《풍전 노인 일기》는 오로지 며느리와 신체적인 접촉을 하려는 노인의 욕구를 해학적으로 그리고 있어, 육체의 사상이라는 소재를 다루고 있다.《산소리》는 여기에서 한 발짝 더 나아간다. 시아버지의 굴절된 시간 의식이 빚어낸 현실과 몽환의 세계가 교류하는 공간을 만들어, 그 속에서 벗어나지 않음으로써 팽팽한 긴장 속에서 또 다른 미의식을 발견하게 한다.

2018년 봄

신인섭

● 연보

1899	6월 14일, 오사카시에서 태어남. 아버지는 의사.
1901	폐결핵으로 부친 사망.
1902	폐결핵으로 모친 사망. 누나는 외가의 친척 집에서, 가와바타는 조부모와 살게 됨.
1906	조모 사망, 초등학교 입학.
1909	누나 요시코 사망.
1912	오사카 부립 이바라키중학교 입학.
1914	조부의 사망으로 고아가 됨. 외숙부 집에 기거(*훗날 이때의 경험에 근거해 〈16세의 일기〉, 〈뼈 줍기〉 등을 발표).
1917	3월, 이바라키중학교 졸업. 도쿄에 상경하여 9월에 제일고등학교 입학.
1918	이즈를 여행하다가 순회 악극단의 일행과 길동무가 됨(*훗날 〈이즈의 무희〉의 소재가 됨).
1920	7월, 고등학교 졸업. 같은 달, 도쿄제국대학 영문과 입학.
1921	제6차 〈신사조〉 창간에 주요 동인으로 참가. 〈초혼제일경〉으로

	호평을 받으며 문단에 데뷔. 국문학과로 전과.
1923	기쿠치 간이 창간한 〈문예춘추〉의 동인이 됨.
1924	대학 졸업과 동시에 동인지 〈문예시대〉를 창간. 요코미쓰 리이치, 가타오카 뎃페이와 함께 신감각파의 주축으로 활동.
1926	〈이즈의 무희〉 발표. 부인 히데코와 결혼 생활 시작.
1927	여자아이가 태어났으나 사산.
1929	〈아사히신문〉에《아사쿠사의 홍단》연재.
1931	〈수정 환상〉 발표.
1933	〈이즈의 무희〉의 영화화. 〈금수〉, 〈말기의 눈〉 발표.
1935	《설국》부정기적으로 연재 시작(1947년 완결).
1941	만주로 두 번 정도 여행을 감.
1945	패전과 함께 가마쿠라 문고 설립.
1948	일본 펜클럽 회장 취임.
1949	《산소리》연재 시작(1954년 완결).
1952	《천 마리 학》간행. 예술원상 수상.

1954	《산소리》 간행. 노마문예상 수상.
1958	국제 펜클럽 부회장. 기쿠치 간상 수상.
1961	문화훈장 수상.
1968	아시아에서 두 번째, 일본 최초 노벨문학상 수상. 스웨덴 아카데미에서 '아름다운 일본의 나, 그 서설'이라는 기념 강연을 가짐.
1970	서울 국제 펜클럽 대회 참석.
1971	미시마 유키오 장례 위원장.
1972	자택에서 가스 자살.

웅진지식하우스 일문학선집
산소리

초판 1쇄 발행 1995년 3월 20일
재판 1쇄 발행 2003년 4월 28일
삼판 1쇄 발행 2018년 4월 25일
삼판 7쇄 발행 2025년 12월 1일

지은이 가와바타 야스나리
옮긴이 신인섭

발행인 윤승현 **단행본사업본부장** 신동해
편집장 김경림 **디자인** [★]규
마케팅 최혜진 이인국 **홍보** 반여진 허지호 송임선
국제업무 김은정 김지민 **제작** 정석훈

발행처 ㈜웅진씽크빅 **출판신고** 1980년 3월 29일 제406-2007-000046호
브랜드 웅진지식하우스 **주소** 경기도 파주시 회동길 20
문의전화 031-956-7429(편집) 031-956-7089(마케팅)
홈페이지 www.wjbooks.co.kr
인스타그램 www.instagram.com/woongjin_readers
페이스북 www.facebook.com/woongjinreaders
블로그 blog.naver.com/wj_booking

한국어판 출판권 © 웅진씽크빅, 2018
ISBN 978-89-01-22342-1 (04830)
ISBN 978-89-01-20824-4 (세트)

웅진지식하우스는 ㈜웅진씽크빅 단행본사업본부의 브랜드입니다.
이 책의 한국어판 출판권은 Imprima Korea Agency를 통해 The Sakai Agency와 맺은
독점계약으로 ㈜웅진씽크빅에 있습니다.

저작권법에 의해 한국 내에서 보호받는 저작물이므로 무단 전재와 무단 복제를 금지하며,
이 책 내용의 전부 또는 일부를 이용하려면
반드시 저작권자와 ㈜웅진씽크빅의 서면 동의를 받아야 합니다.

- 책값은 뒤표지에 있습니다.
- 잘못된 책은 구입하신 곳에서 바꾸어 드립니다.